Auftrag fürs Herz

Impressum

© 2016 der Originalausgabe by Tina Eugen
Hans-Bachmann-Straße 5
9360 Friesach
Österreich

Zweite Auflage
Covergestaltung: Designs & Cover – Linda Woods
Unter Verwendung von Models: konradbak/depositphotos.com;
Haus: DeCe11/depositphotos.com
Lektorat: DKF-Korrekturen - www..dkf-korrekturen.net
Korrektorat: Julia Funcke
Satz und Layout: Martina Schabernig
Herstellung und Verlag: BoD – Books on Demand, Norderstedt

Band 1

ISBN: 978-3-744-848-398

www.tina-eugen.at

Auftrag fürs Herz

Liebesroman

Band 1

Zur Autorin:

Tina Eugen ist Kärntnerin und Indie-Autorin aus Leidenschaft.
Ihre Kindheit verbrachte sie als jüngstes zweier Kinder wohl behütet in Althofen,
einem kleinen Städtchen in Mittelkärnten. Nach erfolgreich abgelegtem
Schulabschluss begann sie als Assistentin eines Chemieunternehmens zu arbeiten,
dem sie bis heute treu geblieben ist.

Die große Liebe fand sie in Friesach, der ältesten Stadt Kärntens, wo sie jetzt mit
ihrem Mann und den zwei Töchtern lebt. Ihre Freizeit verbringt sie gerne in der
freien Natur. Egal, ob im Winter in den Kärntner Bergen beim Skifahren oder im
Sommer im eigenen Garten, ihre Familie ist immer mit dabei. Diese Momente
hält sie, zum Leidwesen ihrer Kinder, oft mit einer Kamera fest.

Vom Sternzeichen Waage ist Ausgeglichenheit ein wichtiger Faktor in ihrem
Leben. Romantik und Harmonie spielen ebenso eine große Rolle wie Erotik und
Leidenschaft. All das spiegelt sich in ihren Geschichten wider.

In der Gesellschaft geht sie mittlerweile als Mittdreißigerin durch, doch die wahre
Liebe zum Schreiben hat sie erst vor kurzem entdeckt. Und das, obwohl Deutsch
in der Schule schon immer zu ihren Lieblingsfächern gehörte und ihr das
Schreiben stets locker von der Hand ging. Das Lesen von erotischen
Liebesromanen brachte schließlich die letzte Inspiration.

www.tina-eugen.at

Für Marie und Nina
Meinen beiden Engeln auf Erden!
Bevor ihr dieses Werk aber tatsächlich in die Hände bekommt,
sollen noch ein paar Jahre vergehen.
Bussi – Eure Mama

♥ Kapitel 1

„Na wenigstens doch noch ein bisschen Glück", sagte ich zu mir selbst, als ich an der mittlerweile dritten grünen Ampel vorüberfuhr.

Wie schon so oft war ich ein paar Minuten zu spät dran. Meine beste Freundin Isabell hat es mir in den letzten fünfzehn Jahren nicht übel genommen und kannte daher meinen Hang zur Unpünktlichkeit. Aus dem Radio erklang Rihannas FourFiveSeconds, das ich gut gelaunt mitsummte. Ich freute mich auf einen entspannten Mädelsabend im Kino.

Und schon war die grüne Welle vorbei – die Ampel sprang gerade auf Rot, als ich der Kreuzung näherkam. Leicht genervt von der Unterbrechung warf ich einen Blick in den Rückspiegel. So ein Mist! Auf meinem Gesicht hatten sich vereinzelt Schweißtropfen gebildet, die mein schnelles Make-up ruinierten.

Mit zirka zehn Minuten Verspätung fuhr ich in die Einfahrt von Isabells Haus, das sie mit ihrem Freund Tom bewohnte. Vor zwei Jahren hatte sie es von ihrer Großmutter geerbt und mit meiner Hilfe umgebaut. Bei diesem Projekt war ich von Anfang an mit viel Herzblut bei der Sache gewesen: Die Umbaupläne stammten von mir und bei der Realisierung hatte ich tatkräftig mitgeholfen. Bei jedem Besuch erinnerte ich mich gern an dieses Ereignis zurück. Als Architektin hatte ich es immer außerordentlich spannend gefunden, alten Häusern zuzuhören, wenn sie mir ihre Geschichte erzählten, und achtete bei einer Renovierung stets darauf, dass sie ihren Charme nicht verloren.

Beim Abstellen meines Autos vor der Garage stach mir ein eleganter, schwarzer Audi Q7 mit amerikanischem Kennzeichen ins Auge. Mein absoluter Favorit unter den PS-Schleudern! Ich wunderte mich, was ein ausländischer Wagen in Wien zu suchen hatte. Neugierig stieg ich aus und betrachtete dieses Wahnsinnsgefährt genauer, während Isa mir vom Haus aus entgegenkam.

„Anne, da bist du ja endlich", rief sie und umarmte mich gleich darauf herzlich. Wir hielten uns für ein paar Sekunden umschlungen und ich war froh, wieder hier zu sein.

„Kommst du noch auf einen Sprung mit rein? Ich will dir einen Schulfreund von Tom vorstellen."

Sofort schrillten bei mir alle Alarmglocken.

„Mensch, Isa, nicht schon wieder die Nummer", sagte ich genervt. „Du weißt, wie ich zu dem Thema Männer stehe."

„Keine Verkupplungen oder anderweitige Versuche, dir einen Mann vorzustellen, ich weiß", beschwichtigte sie mich. „Der Besuch von Gabriel war gar nicht geplant. Er ist erst seit einer Woche aus den Staaten zurück und hat sich nun auf die Suche nach Tom gemacht. Heute stand er unerwartet vor unserer Tür."

Ich sah sie mit gerunzelter Stirn an, konnte mir dennoch ein Lächeln nicht verkneifen. „Okay, sorry, war nicht so gemeint. Wenn das Ganze nicht für mich inszeniert ist, komm ich natürlich mit rein." Und ich musste gestehen, dass meine Neugier auf den Typ mit dem Q7 geweckt war.

Bevor ich Isa ins Wohnzimmer folgte, gab ich ihr durch Handzeichen zu verstehen, dass ich noch kurz ins Gästebad wollte. Ein paar Minuten später fühlte ich mich wieder ein bisschen wohler und betrat mit aufgefrischtem Make-up den Wohnraum.

„Anne, hi! Schön, dich zu sehen. Wie geht es dir?", begrüßte mich Tom, ebenfalls mit einer herzlichen Umarmung.

„Danke, nicht schlecht. Es tut gut, wieder mal hier bei euch zu sein. Wie geht's dir?"

„Alles im grünen Bereich." Lächelnd fuhr er sich durch sein blondes Haar.

Tom war ein absolut liebenswürdiger Mann. Ich freute mich für Isabell, dass sie ihn seit mehr als vier Jahren an ihrer Seite hatte.

Mit einem mulmigen Gefühl im Magen sah ich mich im Wohnzimmer um. Hier und im angrenzenden Esszimmer entdeckte ich keine mir unbekannte Person. Doch dann vernahm ich ein Geräusch aus der Küche nebenan. Ich wollte wissen, was es war, und ging in dessen Richtung. Ein großer, dunkelhaariger Mann stand an die Theke gelehnt da und telefonierte. Er war komplett in Schwarz gekleidet. Enge Jeans und ein tailliertes Hemd, das er an seinen sehnigen Unterarmen hochgekrempelt hatte, unterstrichen seinen Sex-Appeal. Er war sehr muskulös, und bei genauerer Betrachtung überragte er mich bestimmt um einen Kopf. Das war also Gabriel, Toms Schulfreund, der nicht nur gut aussah, sondern ein absolut heißer Typ war. Auf den ersten Blick schien er ein Mann zu sein, der mich allein durch sein Aussehen nervös machen konnte. Ich hörte, wie er sich am Telefon auf Englisch von jemandem verabschiedete. Lässig schob er sein Handy in die Hosentasche, bevor er zu uns ins Wohnzimmer kam. Ich verfolgte jede einzelne seiner Bewegungen, saugte jedes noch so kleine Detail von ihm auf. Unmöglich konnte ich meinen Blick von ihm abwenden und musste gestehen, dass ich schon lange keinen Mann mehr gesehen hatte, der so perfekt war und mich vom ersten Augenblick an faszinierte.

Er musterte mich ebenfalls von oben bis unten, und es kam mir vor wie in Zeitlupe. Trotzdem fühlte ich mich von seinem intensiven Blick geschmeichelt.

„Anne, darf ich dir Gabriel Carter vorstellen? Ein alter Kumpel und Schulfreund von mir. Gabe, das ist Anne, Isabells beste Freundin und die Frau, der wir es zu verdanken haben, dass aus dem betagten Häuschen ein absolutes Traumhaus geworden ist." Sehr langsam drangen Toms Worte zu mir durch und erinnerten mich daran, dass meine Freunde auch noch anwesend waren.

Gabriel kam auf mich zu und gab mir die Hand. Keiner von uns beiden dachte auch nur für eine Sekunde daran, den intensiven Blickkontakt zu unterbrechen. Es war, als wären wir in den Augen des anderen versunken. Wunderschöne braune Iriden blickten mir entgegen und machten mich wider Willen schwach.

„Hi, Anne, schön, dich kennenzulernen." Ich liebte seinen süßen amerikanischen Akzent vom ersten Moment an.

„Hi!" Vor lauter Verlegenheit brachte ich nicht mehr heraus.

Meine Freundin sah mich verwundert an, sie wusste, dass ich normalerweise nicht so auf den Mund gefallen war.

„Ich denke, wir lassen euch jetzt alleine. Ihr habt euch bestimmt noch genug zu erzählen." Mit diesen Worten versuchte Isa, die peinliche Situation zu retten und stahl sich gleich darauf einen Kuss von Tom.

„Bis später, Ladys!" Tom winkte mir zu.

Mit einem „Bye, Anne" verabschiedete sich Gabriel von mir. „Ich hoffe, wir sehen uns bald wieder." Seine Stimme klang tief und verführerisch.

„Ja, gut möglich", erwiderte ich lächelnd und war froh, langsam wieder Herrin der Situation zu werden. „Hast du denn vor, länger hierzubleiben?", entsprang es meinen Lippen plötzlich.

Gabriel antwortete: „Mal sehen, wie sich alles entwickelt, aber ich denke schon."

Bejahend lächelte ich ihn erneut an, und in dem Moment, als ich mich umdrehen und zur Tür rausgehen wollte, ergriff Gabriel noch einmal das Wort: „Du bist also Architektin?"

Ich nickte. „Wieso fragst du?"

„Mir gefällt, wie du diesem alten Haus zu neuem Glanz verholfen hast. Es kann sein, dass ich bei einem besonderen Projekt Hilfe gebrauchen könnte." Dabei schien er kurz in seine Gedanken abzudriften und süße Fältchen bildeten sich um seine Augen.

„Klar, warum nicht?" Ich erschrak vor mir selbst wegen dieser viel zu schnellen Zusage, aber er hatte mein neugieriges Architektenherz entfacht. Aus meiner Tasche hole ich eine Visitenkarte und reichte sie ihm. Mein Herz klopfte wild dabei. Für einen Moment berührten sich unsere Finger und sofort breitete sich von dieser Stelle ein angenehmes Kribbeln aus.

„Kommst du, Anne, sonst verpassen wir noch den Film", rief Isa zur Tür herein.

„Bin schon unterwegs." Verlegen lächelte ich Gabriel an und verabschiedete mich schnell, nicht ohne ihm ein weiteres Mal tief in die Augen zu sehen.

Kaum dass wir im Wagen saßen, begann Isa mit einem Verhör. „Sag mal, was war das denn? Kann es sein, dass du an dem total heißen Typen da drinnen Gefallen gefunden hast?" Sie grinste verschmitzt.

„Ach Quatsch, keine Ahnung, ich weiß auch nicht. Ich war nur absolut nicht vorbereitet auf so etwas", murmelte ich und ärgerte mich, dass dieser Kerl mich so aus dem Konzept gebracht hatte. Ich startete den Motor und bog ab in Richtung Hauptstraße. Isa betätigte den Schalter für den Fensterheber und ließ frische Luft von draußen herein.

„Komm, Anne, mach mir doch nichts vor. Ich kenn dich länger und besser als so manch anderer und weiß verdammt genau, wenn dir ein Mann gefällt."

„Ja, ja, du gibst ja sonst keine Ruhe. Er ist wirklich ganz anders als die Männer, die ich bis jetzt so kennengelernt habe."

„Soll ich ein Date für euch vereinbaren?", brachte sie nach kurzem Schweigen hervor.

„Untersteh dich, du kennst meine Meinung zu deinen Verkupplungsversuchen", wehrte ich sofort ab und wechselte die Spur. Ich durfte gar nicht an ihre letzte – bestimmt gut gemeinte – Aktion denken.

„Ja, ich weiß, das mit Oliver ging daneben. Ich hab's aber nur gut gemeint, das weißt du doch. Damit du auf andere Gedanken kommst."

Vor zirka zwei Monaten hatte mich Isa zu einem Date mit ihrem Arbeitskollegen überredet. Eigentlich hatte es ja ganz nett angefangen, aber während des gemeinsamen Abendessens hatte ich herausgefunden, dass Oliver mit seinen fünfunddreißig Jahren noch immer das Hotel Mama bevorzugte. Ich hatte zwei elend lange Stunden durchhalten müssen, in denen ich mehr über seine Mutter erfuhr, als mir lieb war. Mama spielt jetzt Golf, Mama achtet stets auf ihr Äußeres, Mama liebt chinesisches Essen. Das meistverwendete Wort von ihm, war eindeutig Mama gewesen. Es war so ziemlich die schlimmste Verabredung, die ich je gehabt

11

hatte. Damals hatte ich mir im ersten Schock geschworen, mich so schnell nicht wieder auf einen Mann einzulassen. Sollte es mein Schicksal sein, allein durchs Leben zu gehen, so hatte ich vor längerer Zeit beschlossen, würde ich nicht mehr mit aller Gewalt dagegen ankämpfen.

„Ich weiß deine Mühen zu schätzen, aber ich brauche nicht unbedingt einen Mann im Leben. Bisher bin ich sehr gut ohne ausgekommen. In Zukunft kümmere ich mich selbst um meine Dates, okay?"

„Geht klar, Süße. Ab sofort mische ich mich nicht mehr in deine Liebesbeziehungen ein. Es sei denn, du bittest darum." Versöhnlich blickte sie mich an.

Lächelnd sah ich zu ihr rüber. An der nächsten roten Ampel ließ mir meine Neugier aber doch keine Ruhe und wollte gespielt beiläufig von Isa wissen: „Weißt du eigentlich irgendwas über Gabriel? Warum hat er denn seine Zelte in den USA abgebrochen?"

Isa zuckte mit den Schultern. „Ich weiß nur, dass seine Großeltern vor kurzem verstorben sind und er der Alleinerbe ist." Wieder grinste sie spitzbübisch und ich wusste genau, worum sich ihre Gedanken drehten.

Leicht boxte ich ihr mit der rechten Hand in den Oberarm. „Du hast es versprochen", sagte ich mit drohendem Unterton und gab wieder Gas, da die Ampel auf Grün wechselte.

Sie kicherte: „Ja, und ich halte mein Wort. Trotzdem werde ich versuchen, mehr über ihn herauszufinden. Natürlich nur aus eigenem Interesse." Dabei versuchte sie sich an einem ernsten Gesichtsausdruck, während ich mit aller Kraft dagegen ankämpfte, meiner Freundin den Kopf abzureißen.

Mittlerweile waren wir am Kino angekommen und nach erfolgreicher Parkplatzsuche schlenderten wir gemeinsam Richtung Eingang. Isa entging es nicht, dass ich in meine Gedankenwelt abdriftete.

Sie blieb stehen und bedeutete mir, sie anzusehen. „Ach Anne, ich wünsche dir wirklich nur das Allerbeste. Ich hab dich sehr lieb und weiß, dass deine letzten Bekanntschaften mehr als nur für die Tonne waren. Mario, diese Vollpfeife, mit eingeschlossen. Ich würde dir nichts sehnlicher wünschen als endlich jemanden, der dir Tag und Nacht zur Seite steht."

Gerührt sah ich sie an. „Ich weiß, Isa, danke. Du und Tom seid ein wirkliches Vorbild für mich. Nur, in unserem Alter sind die interessanten Männer meistens schon verheiratet und haben Kinder, und die anderen, die noch nicht in festen Händen sind, haben ein Problem mit sich selbst oder so wie Oliver ein Mama-Problem", gab ich, leider doch etwas frustriert, zurück.

„Du wirst sehen, Anne, jeder Topf findet irgendwann seinen Deckel und so eine hübsche junge Frau wie du bekommt auch noch ihren Traumprinzen. Immer dann, wenn man am wenigsten damit rechnet, taucht er wie aus dem Nichts auf. So wie Gabriel heute", wusste sie mich gleich wieder aufzuheitern.

„Das wäre zu schön, um wahr zu sein, aber vielleicht hast du ja recht. Und bis es so weit ist, komm ich alleine auch ganz gut klar."

„Siehste, so gefällst du mir schon wieder viel besser." Sie umarmte mich.

Wir bestellten uns zwei Cola, Popcorn und eine große Tüte Gummibärchen. Bei unseren gemeinsamen Frauenabenden sündigten wir immer, was das Zeug hielt, aber ich bereute nichts. Die Treffen mit Isa waren in letzter Zeit viel zu selten geworden, daher genoss ich sie in vollen Zügen. Fasten konnte ich an anderen Tagen wieder.

Nach dem Film, bei dem ich mich nicht richtig konzentrieren konnte, wollten Isa und ich noch im Friends, nicht weit weg von meiner Wohnung, vorbeischauen. Isa brachte mich nach meinem Abgleiten in ein vorübergehendes Gefühlschaos wieder auf andere Gedanken. Sie sah mir oft schon an einem normalen Stirnrunzeln an, was ich fühlte oder was mir gerade durch den Kopf ging. Es tat gut, so eine wunderbare beste Freundin zu haben, und für dieses Geschenk war ich wirklich unendlich dankbar.

Mein Auto hatten wir zuvor bei mir zu Hause abgestellt und

schlenderten jetzt zu Fuß zu der kleinen Cocktailbar, deren Chef Matthias wir sehr gut kannten. Bevor er die Bar übernommen hatte, war er dort Barkeeper gewesen. Als die damaligen Besitzer, ein Ehepaar aus Bayern, wieder zurück in ihre Heimat gingen, hatte sich Matti, wie wir ihn liebevoll nannten, entschlossen, die Bar zu pachten und allein weiterzuführen. Das ist ihm fabelhaft gelungen. Er liebte seinen Beruf über alles und konnte sich damit seinen größten Traum erfüllen. Das spürte jeder Gast. Wir nahmen auf der überdachten Terrasse Platz, und als Matti uns erblickte, kam er an unseren Tisch und brachte gleich drei frisch gemixte Erdbeershots mit, die wie immer aufs Haus gingen.

„Oh, welch besondere Gäste in meiner bescheidenen Hütte. Guten Abend, die Damen", begrüßte er uns herzlich.

„Dir auch einen schönen Abend." Ich lächelte ihn an.

„Hallo, Matti, und cheers." Isa reichte mir einen der Shots und wir prosteten uns zu. Nachdem wir die Gläser zurück auf Mattis Tablett gestellt hatten, fragte er nach unseren Getränkewünschen und war gleich darauf hinter seiner Theke verschwunden, da die Kneipe sehr gut besucht war.

Isa und ich plauderten wieder mal über alte Zeiten. So manchen Schwank aus unserer gemeinsamen Schulzeit gaben wir zum Besten, was mich doch sehr aufheiterte. Es war der erste laue Abend in diesem Jahr, und nun konnte ich ihn in vollen Zügen genießen. Die Zeit verging wie im Flug, und etwa drei oder vier Cocktails später rief Isa sich ein Taxi und ich spazierte gemütlich nach Hause. Während ich so vor mich hin schlenderte, versank ich wieder komplett in meine Gedanken.

Dieser Liebesfilm mit Happy End im Kino heute Abend hatte einen leicht bitteren Beigeschmack bei mir hinterlassen. Auf einmal fühlte ich mich wieder einsam und verlassen und hasste mich gleichzeitig für mein Selbstmitleid. Mein Exmann Mario, der auch meine erste große Liebe gewesen war, hatte mich vor drei Jahren sitzen gelassen und war in seine Heimat Italien zurückgekehrt. Das war wenige Wochen vor meinem dreißigsten Geburtstag gewesen.

Alles, was danach kam, hatte sich auf zwei, drei kurze Beziehungen beschränkt, die von Anfang an zum Scheitern verurteilt waren. Von schlechten Erfahrungen mit Männern hatte ich ein für alle Mal die Schnauze voll. Als Teenager hatte ich mich schon nach dem perfekten Mann an meiner Seite gesehnt. Dem, der auf mich wartete, wenn ich abends nach Hause kam. Dem, mit dem ich gemeinsam das Essen zubereiten konnte. Dem, der mich einfach in den Arm nahm und mit mir kuschelte.

Mich begrüßte abends nur meine hungrige Katze, und das war noch nie meine Vorstellung von der wahren Erfüllung des Lebens gewesen. Die Sommerabende waren bis jetzt nicht allzu schwer zu überstehen gewesen. Schon immer war ich gerne laufen gegangen oder hatte mit dem Rad noch eine Runde um den See gedreht. Doch die langen Winterabende, wenn es bereits um vier Uhr nachmittags zu dämmern anfing und der gesamte Freundeskreis in einer Beziehung war, waren seit jeher schlimm für mich. Dann wusste ich oft nicht, was ich allein mit mir anfangen sollte. Dreimal in der Woche bei meinen Eltern oder bei meinem großen Bruder aufzukreuzen, war auch inakzeptabel.

Privat war ich seit je her ein sehr gefühlvoller und emotionaler Mensch, der gerne träumte und die Seele baumeln ließ. Beruflich zählte ich mich aber zu jener Sorte Frau, die wusste, was sie wollte, und das hatte ich den männlichen Kollegen gegenüber schon oft unter Beweis gestellt. Im Laufe der Zeit hatte ich gelernt, dass es besser war, mich voll und ganz auf den Job zu konzentrieren. Der Wunsch nach einer Beziehung hingegen rückte auf meiner Prioritätenliste weiter nach hinten. Männer waren für mich diejenigen, die zuerst für verwirrende Gefühle und später für ein gebrochenes Herz sorgten. Trotz allem war heute so ein Tag, an dem sich die Sehnsucht nach einer festen Partnerschaft wieder an die Oberfläche drängte.

Die Krönung des Ganzen war, dass sich dieser Gabriel ständig vor mein inneres Auge schummelte und mir nicht mehr aus dem Kopf gehen wollte. Das war doch verrückt.

Ein Mann, mit dem ich noch keine fünf Sätze gesprochen hatte, von dem ich so gut wie nichts wusste, hinterließ einen so tiefen Eindruck bei mir, dass er mich plötzlich an meinen Prinzipien zweifeln ließ. „Mensch, Anne – du spinnst komplett", murmelte ich zu mir selbst und schüttelte instinktiv den Kopf über meine wirren Gedanken. Aber das war immer schon eine absolute Schwäche von mir. Ich hatte oft ein Händchen dafür gehabt, mich voreilig in etwas hineinzusteigern und mich viel zu schnell zu verlieben. Meistens ging das nach hinten los, denn diejenige, die am Ende allein und verlassen, mit gebrochenem Herzen dastand, das war leider immer ich.

Kapitel 2

Heute war wieder ein herrlicher warmer Tag, und ich bereitete mir gerade eine Tasse Kaffee zu, als mein Handy klingelte. Am anderen Ende der Leitung meldete sich meine Mutter. „Hallo, meine verschollene Tochter. Hast du uns schon komplett aus deinem Leben gestrichen?", erkundigte sie sich vorwurfsvoll.

Ich setzte mich mit einer Tasse in einen der Rattansessel auf meiner kleinen Terrasse und verbrannte mir fast die Lippen am heißen Kaffee. Es stimmte, die letzten zwei Wochen über hatte ich mich nicht bei ihnen blicken lassen. Jetzt im Frühling hatten wir auf den Baustellen meist Hochbetrieb, und die derzeit laufenden Projekte beanspruchten mich sehr. Was ich aber keineswegs bedauerte. Ich liebte meinen Job über alles. Deshalb legte ich oft auch viel Herzblut in die Vorhaben.

„Ja, Mama, ich habe jetzt sehr viel zu tun, aber ich verspreche dir, dass ich am kommenden Wochenende bei euch vorbeischaue. Vielleicht kommen Max und Nancy auch, dann könnten wir ja grillen? Ich bringe den Kuchen mit."

„Oh ja, das ist eine sehr gute Idee", stimmte sie mir begeistert zu.

„Wie geht's dir denn sonst so, Mama?"

„Ach, danke, mein Schatz. Es ist alles in Ordnung. Dein Vater und dein kleiner Neffe halten mich ganz schön auf Trab." Ich hörte sie lauter durchatmen. „Aber das ist auch gut so. So wird mir nicht langweilig, und mein Kreislauf bleibt in Schwung", nun lachte sie über sich selbst.

Ich stimmte in ihr Lachen mit ein und es tat mir gut, mit ihr zu telefonieren.

„Ja, was sich liebt, das neckt sich eben. Aber wenn Papa dich mal wieder zu sehr aufzieht, dann rufst du mich an und ich weise ihn zurecht." Ich musste schmunzeln.

„Ja, bitte, auf seine Lieblingstochter hört er zumindest mehr als auf seine Frau."

„Stimmt, denn er hat ja schließlich nur eine Tochter."

In der Zwischenzeit hatte ich es mir hier draußen bequem gemacht und die Füße auf dem anderen Rattansessel hochgelagert. Ich lehnte mich zurück und badete meinen Körper in der warmen Frühlingssonne.

„Ja, und eine Schwiegertochter, der er auch aus der Hand frisst." Nancy, meine Schwägerin und die Frau meines älteren Bruders Max, liebte mein Vater mindestens genauso sehr wie mich.

„Schön, das zu hören. Die Frauen in Papas Leben haben es ihm angetan."

„Jetzt fehlt nur noch eine Enkeltochter, die ihm auch noch sagt, was er zu tun hat, dann wäre alles perfekt", zog sie mich einmal mehr heimtückisch damit auf, dass ich mit dreiunddreißig noch immer keine eigene Familie vorzuweisen hatte. Ich konnte nicht verstehen, warum meine Liebsten mich in einer Beziehung sehen wollten. Wahrscheinlich, weil ich es mir unbewusst auch aus tiefstem Herzen wünschte?

„Ja, ja, Mama, irgendwann mal vielleicht, wenn mir der Traummann begegnen sollte", entgegnete ich etwas genervt. Dass ich ihm gestern Abend womöglich begegnet bin, wollte ich ihr nicht auf die Nase binden.

„So, mein Schatz, ich glaub, ich muss jetzt Schluss machen. Wenn man vom Teufel spricht, dann kommt er höchstpersönlich. Dein Vater sucht schon wieder etwas und findet es nicht." Sie seufzte am Telefon auf, klang aber dennoch amüsiert.

Spürbar erheitert lächelte auch ich, denn ich kannte meinen Vater nur zu gut. Wenn er was suchte und es nicht gleich fand, dann wurde er ziemlich nervös.

„Okay, Mama, gib Dad", so nannte ich meinen Vater liebevoll, „ein Küsschen von mir. Bis bald, ich hab euch lieb."

„Wir dich auch, mein Schatz. Bis bald." Gleichzeitig beendeten wir das Gespräch.

Eigentlich war ich gerne bei meinen Eltern, denn ich liebte die beiden über alles. In dem Haus, in dem ich aufgewachsen war,

18

fühlte ich mich weiterhin zuhause und ich hatte nur gute Erinnerungen an meine Kindheit dort. Meine Eltern hatten mich mit viel Liebe, Zuneigung und Geborgenheit großgezogen und dafür war ich ihnen bis heute dankbar.

Auch in der Zeit, als Mario mich sitzen ließ, waren sie eine große Stütze und standen hinter mir. Seit vierunddreißig Jahren sind sie verheiratet und immer noch sehr glücklich miteinander. Ich wünschte, ich könnte irgendwann selbst dieses Glück erfahren.

Zehn Minuten später klingelte abermals mein Handy. Genervt, weil ich es mir gerade in der Sonne gemütlich gemacht hatte, sah ich auf das Display. Als ich Isas Namen aufleuchten sah, freute ich mich dennoch über ihren Anruf, vergaß meine ersten Gedanken darüber und nahm das Gespräch an.

„Guten Morgen, Süße – gut geschlafen?", begrüßte ich sie, selbst hellwach. Denn diejenige von uns beiden, der es am Morgen nach einem Freundinnenabend regelmäßig schlechter ging, war eindeutig sie.

„Hallo, Sweetie", zwitscherte sie ins Telefon. Ich war überrascht, dass sie schon dermaßen fit und gut gelaunt war.

„Na, du klingst aber ganz anders als sonst", stellte ich fest. „Hat Tom dir letzte Nacht noch einen Super-Orgasmus verschafft oder warum betreibst du heute nicht dein Morgenmuffeldasein?"

Die Antwort ließ nicht lange auf sich warten: „Ja, das auch, aber es wird noch besser. Als ich nach Hause kam, waren Tom und Gabriel noch wach. Die beiden hatten sich sehr viel zu erzählen und ein paar Bier intus."

„Ach so, und deswegen hast du so gute Laune?", wollte ich wissen.

„Mann, Anne – jetzt lass mich doch mal ausreden! Ich hab mich mit auf die Couch gesetzt und noch ein Gläschen Wein getrunken. So mitten im Gespräch fing Gabriel dann an, mich über dich auszufragen. Was du beruflich machst, wusste er ja bereits, aber von mir wollte er noch alles Weitere erfahren und obendrein fragte er auch, ob du vergeben bist oder nicht."

„Ach, und so, wie ich dich kenne, hast du ihm gleich brühwarm alles über mich erzählt, nicht wahr?"

„NEEIIINNN, wo denkst du hin? Ich hab ihm zwar gesagt, dass du allein in einer Wohnung wohnst. Dass du Single bist, konnte er sich hoffentlich ausmalen. Und auch Tom hat ihm vorher schon ein bisschen von dir vorgeschwärmt. Gabriel meinte, dass du eine beeindruckende und interessante Frau bist. Also wenn du mich fragst, der hat sich total in dich verknallt."

„Ach komm, Isa – jetzt übertreibst du aber. Wir kennen uns doch gar nicht."

„Ja, ich weiß, trotzdem ist er ein heißer Typ und wir haben uns auch über ein paar Dinge unterhalten, die ihn betreffen. Er ist zurück nach Österreich gekommen, da er hier ganz in der Nähe den Bauernhof von seinen Großeltern vererbt bekommen hat. Jetzt ist er gerade dabei, zu eruieren, ob er sich hier zum zweiten Mal auf Dauer niederlassen kann. Er müsste einiges an Geld investieren, um das alte Gemäuer wieder bewohnbar zu machen, und dazu bräuchte er jemanden, der ihm sagt, ob sich das auszahlt oder nicht. Derzeit wohnt er noch im Hotel. Er wird dich also sicherlich in den nächsten Tagen anrufen!", flötete sie ins Telefon.

Ich hatte meiner besten Freundin aufmerksam zugehört, aber irgendwie verschlug es mir total die Sprache. Immerhin brachte ich einen kleinen Vorwurf aus meiner Kehle hervor, da ich ganz genau wusste, worum sich ihre Gedanken drehten.

„Du hast versprochen: keine Verkupplungsversuche mehr, und gleich bei der nächstbesten Gelegenheit fällst du mir in den Rücken."

„Ich kupple ja gar nicht", protestierte sie lautstark. „Ich habe ihm nur seine Fragen beantwortet. Außerdem ist er lediglich an einer geschäftlichen Beziehung mit dir interessiert und möchte sich auf alle Fälle deinen Rat einholen."

Ich konnte mir ihr Grinsen am anderen Ende der Leitung mehr als deutlich vorstellen. „Vielen Dank, liebste Freundin", sagte ich sarkastisch. „Er wird sich dann eh bei mir melden."

Isa wurde jetzt wieder ernst und antwortete: „Gib ihm eine Chance, Anne – er ist echt in Ordnung, und was sein Aussehen anbelangt, trifft er bei dir ja total ins Schwarze." Ich hörte sie kichern. Da hatte sie zweifellos recht. Gabriel war wirklich einer jener Männer, die mich von der ersten Sekunde vom Hocker hauten. Normalerweise war mir das Aussehen ziemlich egal, aber das, was ich bis jetzt von ihm hatte sehen können, war tatsächlich nach meinem Geschmack. Mir hatten dunkelhaarige Männer immer schon am besten gefallen, deswegen hatte ich damals wahrscheinlich auch einen Italiener geheiratet. Und Gabriels rehbraune Augen hatten etwas Geheimnisvolles, etwas Schönes, das mich vom ersten Moment an verzaubert hatte. Ich versank kurz in meine Gedanken und vergaß völlig, dass ich Isa am anderen Ende noch in der Leitung hatte.

„Hallo, Anne, bist du noch dran", fragte sie und holte mich zurück in die Realität.

Kopfschüttelnd entgegnete ich: „Äh, ja klar, bin noch da."

Wir quatschten über ein paar belanglose Dinge und sie erkundigte sich, was ich am Wochenende so vorhätte. Noch unschlüssig darüber, antwortete ich ihr, dass ich meinen Haushalt mal wieder auf Vordermann bringen müsste. Für den Rest des Wochenendes plante ich, einfach nur zu relaxen und nichts zu tun. Der Montag kam meistens früher als gewollt, und dann startete erneut eine stressige Arbeitswoche.

♥ Kapitel 3

Am Montagmorgen brach ich recht früh zum Büro auf. Wir hatten erst Mitte Mai, aber für heute war wieder ein sehr warmer Tag vorausgesagt worden. Da wollte ich die wichtigsten Sachen am Vormittag erledigt haben. Eine helle Jeans, weißes Top und blaue Jeansjacke darüber zierten meinen Körper. Die naturblonden, schulterlangen Haare, hatte ich bequem zu einem Pferdeschwanz zusammengebunden.

Beim Bürokomplex angekommen, parkte ich den Wagen auf dem Parkplatz hinter dem Haus, der bewacht und mit Schranken versehen war. In dem Gebäude waren mehrere Büros untergebracht. Unseres lag im vierten und fünften Stock, beide Etagen hatte TG Bau angemietet. Mit dem Aufzug fuhr ich nach oben. Miriam, die Empfangsdame, war bereits auf ihrem Platz. Wir begrüßten uns freundlich, und wie immer am Montagmorgen, kurz bevor ich dann tatsächlich in mein Büro verschwand, erzählten wir einander, was wir am Wochenende so erlebt hatten.

Die unbeschwerte Situation in der Firma ließ mich gerne hier arbeiten. Wir hatten alle ein sehr freundschaftliches Verhältnis, und auch die Beziehung zu meinem Chef, Herrn Gerhardt, basierte auf gegenseitiger Achtung und Einverständnis. Er schätzte mein Können und mein Talent für alte Objekte und gewährte mir bei solchen Dingen freie Hand. Einmal wöchentlich, immer montags um neun Uhr, trafen wir uns zu einer Guten-Morgen-Besprechung, um die Ereignisse der letzten Woche kurz zu bereden und gleichzeitig die Pläne für die kommende Arbeitswoche zu diskutieren.

Nach dem Meeting saß ich wieder an meinem Schreibtisch und checkte die eingegangenen E-Mails. Erstaunlicherweise waren es nicht so viele. Das lag vermutlich daran, dass sich die meisten Leute wegen des herrlichen Wetters und der vergangenen Maifeiertage, spontan in einen Kurzurlaub verabschiedet hatten.

Mein Kalender bescherte mir heute keine Außentermine. Diesen Umstand begrüßte ich sehr. So konnte ich in Ruhe an den laufenden Projekten weiterarbeiten. Jetzt gerade war ich mit Andreas, dem Kollegen, der mir schon bei Isabells Haus bautechnisch zur Seite stand, mit einem fast ähnlichen Projekt beschäftigt. Wir waren mittlerweile ein gutes Team. Er war Baumeister und hatte mit Anfang 40 bereits eine Bilderbuchfamilie vorzuweisen. Wir verstanden uns gut und hatten bei der Umsetzung der Ideen meistens keinerlei Schwierigkeiten. Ich schätzte ihn sehr und mochte auch seine Frau Angelika. Die beiden hatten zwei Kinder im Alter von zwölf und zehn Jahren und führten ein liebevolles und harmonisches Familienleben. Eigentlich hatte ich mir mein Leben immer so vorgestellt. Ein hübsches Haus mit Garten und eine Familie, in der man sich gegenseitig den Rücken stärkte. Manchmal bekam ich deswegen ein wenig Torschusspanik, denn mit dreiunddreißig und meines mittlerweile gestörten Verhältnisses zu Männern war ich noch nicht mal ansatzweise so weit, mir so ein trautes Familienglück auch nur in meinen Träumen ausmalen zu können.

Ich zeichnete gerade an dem Umbauplan für ein altes Innenstadthaus, das sich über drei Etagen zog und eine komplette Sanierung mit einigen an Umbauarbeiten erforderte, als mein Handy klingelte. Es war erst kurz vor elf. Die Nummer auf dem Display kannte ich nicht.

„Anne Santori, TG Bau, guten Tag", meldete ich mich freundlich.

„Hallo, Anne, hier ist Gabriel Carter, Toms Schulfreund. Stör ich dich gerade?"

Seine Stimme jagte mir einen Schauer über den Rücken. Meine Gedanken setzten für ein paar Sekunden aus und ich wurde nervös. Vor meinem inneren Auge stellte ich ihn mir wieder vor, den großen, gut gebauten Mann mit dem charmanten Lächeln. Oh mein Gott, was geschah hier nur mit mir? Insgeheim hatte ich mir gewünscht, bald wieder von ihm zu hören, doch wirklich gerechnet hatte ich mit seinem Anruf heute nicht. Im ersten Moment wusste ich nicht so recht, was ich sagen sollte.

23

„Äh, hi, Gabriel, nein, du störst nicht. Was kann ich für dich tun?", versuchte ich, so cool wie möglich von mir zu geben.

„Ich würde dich gerne um einen Termin in meinem Haus bitten. Isabell wird dir sicher erzählt haben, dass ich es von meinen Großeltern geerbt habe, oder?"

„Ja, sie hat etwas erwähnt." Dass sie mich eigentlich nur deswegen angerufen hatte, musste ich ihm ja nicht verraten.

„Du hast das nötige Fachwissen, um mir sagen zu können, ob ich in dieses alte Gemäuer noch einziehen kann oder ob ich mir lieber etwas anderes suchen sollte."

Ich konnte mir ein Schmunzeln nicht verkneifen. „Hmmm, um welche Art von altem Gemäuer handelt es sich denn?", fragte ich, jetzt doch neugierig.

„Na ja, es ist ein stillgelegter Bauernhof ein paar Kilometer außerhalb der Stadt. Der ist aber mehr als nur renovierungsbedürftig und ich hab absolut keine Ahnung, ob sich das ganze Anwesen wieder so herrichten lässt, dass man vernünftig darin wohnen kann."

Plötzlich war ich Feuer und Flamme.

„Alte Objekte sind tatsächlich mein Spezialgebiet, ich arbeite hauptsächlich damit. Ich bin überzeugt, dass man aus etwas Altem wieder etwas tolles Neues zaubern kann. Es ist immer eine Frage der finanziellen Möglichkeiten."

„Das ist mir bewusst. Geld spielt bei diesem Projekt keine Rolle."

Aha, okay. Reich war er also auch noch. Deswegen nannte er einen Q7 sein Eigen.

„Ich kann mir das Ganze gerne mal ansehen." Nebenbei klickte ich meinen Kalender auf und sah nach, wann ich einen freien Termin hatte. „Würde dir Mittwoch so gegen 16 Uhr passen?"

„Ja, das passt sogar sehr gut. Da bin ich von meinem Vorstellungsgespräch schon zurück."

Vorstellungsgespräch? Er hatte also tatsächlich vor, sich hier wieder nieder zu lassen. Ein kleines Lächeln umspielte meine Lippen, und irgendwie konnte ich es jetzt nicht mehr erwarten, Gabriel endlich wiederzusehen.

24

Er nannte mir die Adresse des Bauernhofes und wir verabschiedeten uns voneinander. Ein paar Minuten später suchte ich mir die Anschrift im Internet raus und bemerkte, dass der Hof in einer absolut wunderschönen Gegend, nicht weit außerhalb der Stadt und nahe der Donau, gelegen war. Ohne weiter darüber nachzudenken, ging ich wieder an den Umbauplan des Innenstadthauses. Nur: So richtig bei der Sache war ich den ganzen Tag nicht mehr. Gabriel schlich sich andauernd in meine Gedanken.

♥ Kapitel 4

Der Dienstag und der halbe Mittwoch vergingen nur sehr schleppend. Ich konnte es kaum erwarten, Gabriel endlich wiederzusehen. Meine Gedanken kreisten oft um ihn und beinahe im gleichen Atemzug, versuchte ich, mir ins Gedächtnis zu rufen, dass ich eigentlich so schnell keinem Mann mehr Beachtung und Platz in meinem Leben schenken wollte. Bei diesem Vorhaben scheiterte ich jedoch kläglich.

Um kurz nach fünfzehn Uhr packte ich meine Sachen zusammen und begab mich auf den Weg raus aus dem Büro. Es war zwar noch zu früh, aber ich konnte mich so oder so nicht mehr auf die Arbeit konzentrieren. Meine Nerven lagen blank, und je näher der Termin mit ihm rückte, desto nervöser wurde ich. Warum, das verschloss sich mir. Es war ein rein geschäftliches Treffen, nichts weiter, versuchte ich, meine Gedanken wieder zu ordnen. Beim Hinausgehen winkte ich Miriam zu und sagte ihr, dass ich zu einem Auswärtstermin ginge.

„Sollte was sein, ich bin über Handy erreichbar."

„Klar, Anne, ich weiß Bescheid, so viel wird heute sowieso nicht mehr passieren. Die meisten Leute genießen diesen schönen Tag sicher irgendwo im Freien."

Ich nickte kommentarlos und war gleich darauf durch die Eingangstür verschwunden.

Am Parkplatz angekommen, stieg ich in meinen Audi A3 Sportback und tippte die Adresse von Gabriels Hof ins Navi ein. Ein Luxus, den ich mir, gerade in meinem Job, absolut nicht mehr wegdenken konnte. Der elektronische Routenplaner errechnete mir eine Fahrtzeit von etwa einer halben Stunde. Tatsächlich war heute nicht so viel Verkehr und ich kam gut voran. Ich fuhr auf die Autobahn Richtung Süden. Von der Abfahrt aus sollten es nur ein paar Kilometer bis zu Gabriels Adresse sein. Es wurde immer ländlicher, doch die Gegend gefiel mir durchaus, da ich eigentlich nie ein richtiges Stadtkind gewesen war. Man sah die nahe gelegenen Weinberge, und einige Windräder verrichteten ihre Arbeit, indem sie ihre weit in den Himmel reichenden Flügel im Wind drehten. In der ebenen Landschaft hatte man einen kilometerweiten Ausblick, und die Wellen der wunderschönen blauen Donau suchten sich ihren Weg Richtung Ungarn. Abseits der Autobahn fuhr ich durch mir unbekannte kleine Ortschaften.

Irgendwann verkündete mir die Damenstimme meines Navis, dass ich in zweihundert Metern rechts abbiegen sollte. Gesagt, getan. Auf einem Schild mit einem Pfeil, der in die Richtung wies, in die ich gerade abgebogen war, las ich „Gut Rabenstein". Ein Gut? Ich war etwas verwirrt, konnte mich damit jetzt aber nicht genauer beschäftigen, da ich mich auf die Straße vor mir konzentrieren musste. Der Ansage folgend, wurde ich auf eine malerische Allee, die von stattlichen Kastanien gesäumt war, geleitet. Vorerst war noch kein Haus oder Ähnliches zu sehen. Aber es konnte nicht mehr weit sein. Ich fuhr langsam, um die idyllische Landschaft aufzunehmen.

Hinter einer scharfen Kurve verlief die Straße leicht abwärts, und auf einmal sah ich ein Haus, nein, kein Haus, es war meiner Meinung nach ein Schloss. Das sollte Gabriels Erbe sein? Um Gottes willen. Ich musste kurz anhalten, um mich umzusehen. Wo der Asphalt endete, bildeten weiße Kieselsteine den Bodenbelag für die Einfahrt, die nah am Haus in einen Halbkreis überging. Umgeben von Gras, das einem englischen Stil entwachsen war, nahm ich in der Mitte des Rasenplateaus einen wunderschönen, nicht mehr aktiven Springbrunnen wahr.

Das hier war kein stillgelegter Bauernhof, das war ein unbewirtschaftetes Gut mit Herrenhaus und allem, was sonst noch so dazugehörte. Sogar eine kleine alte Kirche sah ich, nicht weit vom Haus entfernt. Gabriel musste einer Gutsfamilie entsprungen sein. Das Haupthaus war tatsächlich ein wenig heruntergekommen, und ich schätzte deren Alter auf etwa hundertfünfzig Jahre. Die Fassade war in Gelb gehalten, mit weißen Verzierungen an den Ecken. Dunkelgrüne Fensterläden dienten als Umrahmungen für die Fenster. In unmittelbarer Nähe befanden sich noch zwei Nebengebäude, die nicht so prunkvoll aussahen, aber das gleiche Erscheinungsbild besaßen und teilweise mit Efeu überwachsen waren. Gott, war das schön hier. Schon lange hatte ich nicht mehr so ein bewegendes Bauwerk gesehen.

Ich parkte das Auto direkt vor dem Haus und obwohl ich etwa zwanzig Minuten zu früh dran war, stand Gabriels Audi bereits in der Einfahrt. Kurz bevor ich aussteigen konnte, musste ich mich noch sammeln. Durch die überdurchschnittlich warmen Frühlingstemperaturen hatte ich mich am Morgen für eine leichte weiße Sommerjeans entschieden. Dazu trug ich ein schwarzes Seidentop und flache, bequeme Schuhe. Die Haare ließ ich offen, und während ich ausstieg, schob ich mir die Sonnenbrille auf den Kopf.

Meine vorherige noch vorhandene Nervosität ließ langsam nach. Das Bauchkribbeln und die Vorfreude darauf, Gabriel gleich wiederzusehen, waren unverändert. Dieses schöne Anwesen beflügelte meine gute Laune umso mehr. Mein Architektenherz hüpfte wild vor Freude, als ich daran dachte, dass Gabriel dieses wunderschöne Objekt wieder herrichten wollte.

Mit dem Rücken zum Haus stehend, ließ ich den Blick umherschweifen, um mir einen Überblick zu verschaffen, was hier alles dazugehörte. Plötzlich vernahm ich Schritte auf dem Kies hinter mir und hörte, wie jemand meinen Namen rief: „Anne, schön, dass du gekommen bist." Ich drehte mich um und sah Gabriel auf mich zukommen. Als ich ihn in direkter Nähe wahrnahm, wurden meine Knie schwach und mein Herz fing wie wild zu rasen an. Die soeben noch verflogen geglaubte Nervosität kam von einer Sekunde zur anderen wieder zurück.

Er sah atemberaubend aus. Über der schwarzen Anzughose trug er ein weißes Hemd, dessen Ärmel leger hochgekrempelt waren.

„Hallo, Gabriel – ich bin zu früh. Ich hoffe, das macht nichts."

„Nein, gar nicht. Hast du problemlos hergefunden?", und reichte mir seinen Arm entgegen.

Unsere Hände verweilten länger als normal ineinander und wir sahen uns tief in die Augen. Ich brachte kein Wort über meine Lippen, denn der Anblick dieses Mannes machte mich wider Willen schwach und die Atmosphäre zwischen uns war mehr als nur geladen.

Beim Blick in seine Augen vergaß ich, dass er mich etwas gefragt hatte. Es vergingen ein paar Sekunden, bis ich ihm antwortete: „Äh, ja, danke, das Navi hat mich glücklicherweise nicht in die Irre geführt."

„Schön, das freut mich." Gabriels Blick schweifte ab, hinüber zu meinem Wagen, und ein Lächeln umspielte seine Lippen. „Mir scheint, wir haben den gleichen Geschmack in Sachen Autos?"

Ich musste schmunzeln. „Stimmt, deines ist mir letztens bei Isa schon ins Auge gefallen."

Lächelnd nickte er und wir sahen uns wieder an.

„Eine Frau mit dem richtigen Feingefühl für Autos, das gefällt mir."

„Ja, deutsche Fabrikate haben das gewisse Etwas", gab ich zurück. Dann folgten ein paar Augenblicke der Stille zwischen uns, da wir den Faden des Gesprächs verloren hatten. Doch schnell ergriff Gabriel wieder das Wort und zeigte mit den Händen auf alle Gebäude, die rund um uns herum zu sehen waren. „Das hier ist also mein Erbstück."

Noch einmal sah ich mich genauer um. Der Anblick war einfach atemberaubend. „Oh mein Gott, ist das schön hier."

„Ja, das finde ich auch. Nur leider ein wenig in die Jahre gekommen."

„Du meintest, du hättest einen Bauernhof vererbt bekommen, aber das hier ist wohl viel mehr, oder?"

„Hmm, ich musste flunkern, weil ich dachte, du würdest gar nicht erst kommen, wenn ich dir von Anfang an sage, um was es sich hier handelt. Gefällt es dir also?"

„Gefallen ist kein Ausdruck. Das hier ist der Wahnsinn. Bei so einem Objekt macht mein Herz absolute Luftsprünge." Lächelnd sah ich ihn an.

„Da bin ich aber froh. Das heißt, ich darf dich jetzt herumführen?"

„Ja, sehr gerne", antwortete ich. Er wies mit einer Geste Richtung Haus und bedeutete mir, vorzugehen. Dort angekommen hielt er mir die Tür auf. Ich ging hinein, und für den Bruchteil einer Sekunde spürte ich Gabriels Hand auf meinem Rücken. Mir wurde sofort heiß und eine Gänsehaut breitete sich aus, als ich die Berührung wahrnahm. Was war nur los mit mir?

Er zeigte mir das ganze Haus und vom ersten Moment an war ich mehr als nur überwältigt von den vielen Räumen. Es war wie in einem kleinen Schloss mit hohen Decken und Verzierungen an den Wänden. Es schien nicht so heruntergekommen zu sein, wie zunächst vermutet. Die Zimmer im oberen Stockwerk waren fast alle leer. Nur hier und da standen noch ein paar vereinzelte Möbelstücke darin. Die Treppe war mittig im Haus platziert, sodass es oben links und rechts eine offene Galerie gab, von der aus die Schlafräume erreicht werden konnten. Das waren mindestens sechs große Zimmer, von denen zwei ein eigenes Bad und WC besaßen.

Das Erdgeschoss bestand aus einer viel Platz bietenden Küche mit angrenzender Vorratskammer, die zwar sehr alt, aber noch gut erhalten war. Auf der anderen Seite des Hauses befand sich ein geräumiges Wohn-Esszimmer, in dessen Mitte acht massive Stühle einen großen, rustikalen Esstisch umgaben. Die mussten zur damaligen Zeit ein Vermögen gekostet haben. Ich kam aus dem Staunen nicht mehr heraus. Die breite Fensterfront brachte Licht ins Innere, und durch eine Tür trat man hinaus in den Garten. Durch die geöffnete Terrassentür blies der Wind die Vorhänge in den Raum. Vorbei an einem Raumteiler gelangte man in das Wohnzimmer. Eine Seite wurde von einer eingebauten Regalwand mit ein paar Büchern eingenommen, davor stand ein wunderschöner alter Sekretär, dem gegenüber befand sich ein offener Kamin. Sitzmöglichkeiten waren keine vorhanden. Aber hier hätte ich mir eine tolle dreiteilige Ledercouch mit Sesseln sehr gut vorstellen können. Im Geiste begann ich, den Raum einzurichten. Um Gottes willen, ich wusste ja noch nicht einmal, ob Gabriel das auch wollte.

Vom ersten Moment an war ich überwältigt von dem Anwesen. Es war nicht nur Gabriels Gegenwart, die mich schier aus dem Häuschen brachte. Dieses märchenhafte Gebäude gab mir ein Gefühl von Wärme und Liebe. Ich stellte mir vor, wie es hier wohl zuging, als es noch voll bewohnt und der Betrieb am Laufen war. Gabriel erzählte mir in jedem Zimmer eine kleine Geschichte. Im Erdgeschoss gab es noch zwei weitere große Räume, von denen einer früher das Jagdzimmer seines Großvaters war, jetzt aber ebenfalls leer stand. Sein Opa hatte das gesamte Inventar samt Trophäen und Bildern kurz vor dessen Tod einem Treuhänder zur Verfügung gestellt, der den Großteil davon verkauft oder auch versteigert hatte. Der Erlös wurde einer privaten Kinderklinik gespendet, die sich auf Erkrankungen wie die Schmetterlingskrankheit spezialisiert hatte. Sein Großvater musste ein überaus gern gebender und bedeutender Mann gewesen sein.

Nachdem wir unsere Tour beendet hatten, führte Gabriel mich durch das Wohnzimmer hinaus auf die Terrasse, die jetzt reizvoll im Schatten des Hauses lag. Sie war großzügig und mit einem beeindruckenden Pflaster angelegt. Das musste vor kurzem erneuert worden sein. Er bot mir einen Sitzplatz an und sagte zerknirscht: „Ich kann dir im Moment leider nur Wasser anbieten. Der Wein ist noch nicht kalt."

„Perfekt! Das ist mir sowieso das liebste Getränk."

Er nickte und verschwand darauf im Haus.

Währenddessen blickte ich mich neugierig um. Von hier aus sah ich einen bezaubernden, wenn auch etwas verwilderten Rosengarten und einen angrenzenden Park mit sehr viel Grünfläche und verschiedenen und seltenen Bäumen. Mitten in dem Grün wuchs eine sicher dreihundert Jahre alte Rotbuche. Der Stamm hatte einen Umfang von mindestens zwei Metern und sie war an die dreißig Meter hoch. Sie stand da wie eine Königin und begann, die ersten weinroten Blätter zu bilden. Dann erblickte ich noch zwei wunderschöne Trauerweiden, deren Äste fast bis zum Boden hingen. Einfach nur traumhaft. Ich fühlte mich hier wie im Paradies.

Ein paar Augenblicke später kam Gabriel mit zwei Gläsern und einer großen Karaffe Wasser auf die Terrasse zurück und ließ sich auf der rustikalen, aber noch sehr gut erhaltenen Holzgarnitur nieder. Während er mir das Mineralwasser einschenkte, fragte er ohne Umschweife: „Was meinst du als Profi zu dem Ganzen? Könnte man es wieder so herrichten, dass ich bald hier wohnen könnte?"

Ich schätzte es sehr, dass er sich auf meine Meinung verließ, und wie aus der Pistole geschossen antwortete ich: „Aber selbstverständlich. Meiner Ansicht nach musst du hier nicht komplett umbauen, vielmehr muss alles ein wenig auf Vordermann gebracht werden."

Gabriel lachte. „Ja, das sagst du als Frau vom Fach. Ich bin zwar handwerklich nicht gänzlich unbegabt, aber ansonsten wohl doch eher ein Schreibtischtäter."

„Wieso, was machst du denn beruflich?", fragte ich neugierig.

„Ich bin Rechtsanwalt. In den USA hatte ich mit meinem besten Freund Marcus eine eigene Kanzlei."

„Oh, okay, dann hast du zumindest Ahnung von Baurecht", witzelte ich. „Nein, Spaß beiseite. Ich helfe dir gerne und stehe dir mit Rat und Tat zur Seite. Sicherlich müssen ein paar Sachen renoviert und erneuert werden, aber selbst da kenne ich die notwendigen Adressen von Leuten, die diesen Job hier sehr gewissenhaft ausführen würden."

„Und was meinst du, wie lange kann das dauern?", wollte er angespannt wissen.

Warum hatte er es plötzlich so eilig? Wunderte ich mich, fragte aber nicht genauer nach.

„Ich denke, in zwei bis drei Monaten sollte es bewohnbar sein."

Meine Antwort schien ihn beruhigt zu haben, denn jetzt lächelte er wieder und hatte einen erleichterten Gesichtsausdruck.

„Ehrlich, du meinst, in dieser kurzen Zeit bekommen wir das hin? Wie gesagt, Geld spielt keine Rolle."

Schmunzelnd entgegnete ich: „Mann, ich habe es hier also mit einem reichen Anwalt und Kapitalisten zu tun."

„Reich nicht unbedingt. Ich musste mir alles hart erarbeiten.

Jedoch, was die Renovierung des Gutes betrifft, hat mein Großvater gut vorgesorgt."

„Er hat dir das notwendige Geld auch hinterlassen?"

Gabriel nickte abermals. „Ja, aber das liegt auf einem Treuhandkonto. Ich komm nur an das Kapital heran, wenn ich es tatsächlich in die Instandhaltung des Hauses investiere. Das war die Bedingung meines Großvaters in seinem Testament. Er wusste genau, dass ich mir nichts, dir nichts in den USA alles hinter mir lassen würde."

Jetzt wurde ich noch neugieriger und konnte mir die Nachfrage nicht verkneifen: „Du wolltest gar nicht zurückkommen, oder?"

Eigentlich stand mir diese Frage nicht zu, da ich aber Gabriel als Toms Freund kennengelernt hatte, wollte ich es genauer wissen.

„Anfangs schon, ja", er zögerte kurz. „Als ich von dem Erbe erfuhr, buchte ich mir ein Flugticket und flog ursprünglich hierher, um einen geeigneten Käufer zu finden. Doch als ich meine Füße nach einer sehr langen Zeit wieder auf diesen Boden setzte, wusste ich sofort, dass das meine Heimat ist und dass ich hier noch einmal ganz von vorne anfangen möchte. Schließlich verbrachte ich meine gesamte Kindheit auf dem Gut. Mein Vater ist Amerikaner, meine Mutter ist Österreicherin. Sie ist ebenfalls hier aufgewachsen und hat viele glückliche Stunden verlebt."

Ich nickte stumm, denn ich wusste, was er meinte. Wer einmal hier war, konnte diesem schönen Fleckchen Erde nicht mehr so einfach den Rücken kehren.

„Entschuldige, dass ich so neugierig bin, aber mich berührt deine Geschichte. Darf ich dich noch etwas fragen?"

„Selbstverständlich! Ich lege alles offen."

Dankend lächelte ich ihn an. „Wieso seid ihr dann eigentlich nach Amerika gezogen?"

„Mein Vater war von der U.S. Army aus hier stationiert. So hatten sich meine Eltern auch kennengelernt. Mein jüngerer Bruder Lucas und ich sind in Österreich geboren und aufgewachsen. Irgendwann erhielt mein Vater ein tolles Jobangebot in den

USA und so sind wir dann gemeinsam dorthin gezogen. Meine Mutter tat es aus Liebe, aber ich bin mir sicher, dass sie sich nirgendwo mehr zu Hause fühlte als in ihrer Heimat."

Plötzlich konnte ich nicht nur Gabriel verstehen, sondern auch seine Mutter, und wusste jetzt so viel mehr über ihn und seine Familie. Trotzdem brannte mir noch eine Frage wie Feuer auf den Lippen: „Und du willst wirklich dein komplettes Leben in den USA aufgeben? Ich meine, deine Freunde und Verwandtschaft sind nach wie vor dort, oder?" Es war mir schon peinlich, dass ich ihm so viele Fragen stellte, aber ich musste eine Antwort darauf haben. Mich hatte dieser Mann vom ersten Augenblick an interessiert. Ich fand ihn nicht nur wahnsinnig erotisch und sexy, sondern wollte alles über ihn erfahren.

Gabriel wurde nachdenklich, antwortete mir dennoch: „Ja, das muss ich, aber es fällt mir nicht allzu schwer. Ich hatte eine sehr schöne Zeit dort, leider habe ich auch einen schlimmen Schicksalsschlag erlitten und mir wurde ein geliebter Mensch genommen. Das bringt viele traurige Erinnerungen mit sich, die ich nur mühsam vergessen kann. Deswegen kommt mir so ein Neuanfang nicht ungelegen."

Jetzt musste ich auch schlucken. Um Gottes willen, was hatte er bloß durchgemacht? Ich sah ihn an und bemerkte, dass er beim Erzählen dieser Geschichte blass geworden war. Er war also ein gebranntes Kind und hatte eine schlimme Erfahrung hinter sich. Wen er wohl verloren hatte? Bis dato hatte er es mir nicht erzählt. Drängen wollte ich ihn keinesfalls, denn wir kannten uns noch nicht so gut. Weswegen sollte er mir hier und jetzt bereits sein Herz ausschütten?

Trotzdem verspürte ich ihm gegenüber eine große Vertrautheit, wie bei keinem anderen Mann zuvor in meinem Leben.

Er wechselte das Thema, da ihn das vorherige doch ziemlich aufgewühlt hatte.

„Du übernimmst also diesen Auftrag für mich?"

„Ja, sehr gerne. Du gibst mir alle Pläne von dem Haus mit und ich fange morgen mit der Bearbeitung an, versprochen. Ich habe bereits ein paar konkrete Vorstellungen zu deiner Renovierung. Komm am Nachmittag zu mir ins Büro, da kann ich dir Genaueres sagen."

Gabriel atmete sichtlich erleichtert aus und sagte: „Ich bin so froh, dass ich dich kennenlernen durfte. Du bist ein absolutes Geschenk des Himmels, Anne!"

Seine Komplimente schmeichelten mir, und meine Wangen röteten sich. So direkt hatte mir schon lange kein Mann mehr gesagt, dass er mich toll fand.

Gabriels Gesicht überzog ein strahlendes Lächeln und ein wohliger Schauer breitete sich auf meinen ganzen Körper aus. Wir sahen uns erneut tief in die Augen.

Einen Wimpernschlag später gewann ich meine Fassung zurück und wollte mich jetzt nicht auf Privatgespräche mit ihm einlassen.

„Ich nehme das Kompliment gerne an, allerdings glaube ich, dass du das mit jedem anderen Architekten in der Stadt auch hinbekommen hättest."

„Das mag sein, aber dass ich dadurch mit dir gleich noch so eine tolle Frau kennenlernen durfte, ist ein Glücksfall."

Er ließ mir keine Chance, eine gewisse Distanz zu ihm aufrechtzuerhalten. Die sexuelle Spannung zwischen uns war plötzlich zurück. Ich wusste nicht mehr, was ich erwidern sollte, und blickte ihn nur stumm an. Gott sei Dank ergriff Gabriel wieder das Wort: „Gehst du ein Stück mit mir? Ich möchte dir noch etwas zeigen."

„Ja klar, warum nicht?" Am liebsten hätte ich diesen Ort und Gabriel gar nicht mehr verlassen. Wir standen beide auf und er wies mir den Weg aus dem Park. Es war ein schmaler Feldweg, auf dem wir entlangliefen. Links von uns wuchsen viele Haselsträucher in einer Reihe, und rechts lag das offene Feld. Unweit dahinter rann ein kleiner Bach, und für den Moment entspannte das romantische Plätschern des Wassers meine Nerven wieder.

„Diesen Weg bin ich früher oft mit meinem Großvater entlanggegangen, um zum Fischen zu gehen."

„Du mochtest deinen Großvater sehr."

„Ja, er war ein beeindruckender Mann. Für seine Angestellten war er manchmal furchteinflößend. Aber ich habe es damals nie so empfunden. Für mich war er mein großes Vorbild und ich wollte immer so werden wie er."

„Verstehe ich vollkommen. Ich hätte ihn auch sehr gerne kennengelernt."

Es war einfach unbeschreiblich. Ich fühlte mich auf diesem Fleckchen Erde dermaßen wohl und glücklich, und die Anwesenheit von Gabriel bescherte mir heimlich jede Menge Schmetterlinge im Bauch. Ich genoss die Sonne, die bereits tief am Himmel stand, überall duftete es nach frischem Getreide und Blumen.

Wir schlenderten gemütlich den Weg entlang, als ich plötzlich rechts neben mir im hohen Gras Geraschel ausmachte. Ehe ich mich versah, sprang etwas Schwarzes hervor, streifte meine Füße und schoss ins offene Feld. Ich schreckte hoch, da ich absolut nicht damit gerechnet hatte, verlor für einen kurzen Moment das Gleichgewicht und strauchelte nach hinten. Gott sei Dank war Gabriel sofort zur Stelle und fing mich auf, sodass ich nicht stürzte. Er hielt mich in seinen starken Armen, und erst ein paar Augenblicke später wurde mir bewusst, was da gerade passiert war. Eine schwarze Katze war einer Maus hinterhergesprintet und hatte sich dabei lässig den Weg über meine Füße ausgesucht. Ich fing an zu grinsen, und da konnte auch Gabriel sein Lachen nicht mehr zurückhalten. „Darf ich vorstellen, das war Benny, unser Haus-und-Hof-Kater, auf Mäusejagd. Das einzige Lebewesen, das dem Gut erhalten geblieben ist. Ist alles in Ordnung bei dir?"

Noch immer befand ich mich in Gabriels Armen. Ich nickte und wir sahen uns tief in die Augen. Doch diesmal war der Blick intensiver. Seine Augenfarbe hatte einen dunkleren Farbton angenommen, der mir einen wohligen Schauer über den Rücken schickte. Eine Haarsträhne hatte sich durch den Schreck in mein Gesicht verirrt, und Gabriel strich sie mir mit der rechten Hand wieder hinter das Ohr und fuhr mir zärtlich mit den Fingern über die Wange. Dieser Augenblick ging wie in Zeitlupe an mir vorüber. Die Schmetterlinge in meinem Bauch wanderten plötzlich tiefer und lösten ein wunderbares Ziehen in meinem Unterleib aus. Bitte küss mich, bitte küss mich.

Als ob Gabriel Gedanken lesen könnte, nahm er mein Gesicht in seine Hände, und ein paar Sekunden später berührten sich unsere Lippen. Mir wurde heiß und kalt zugleich. Im selben Augenblick bat Gabriel mit seiner Zunge um Einlass, den ich ihm gewährte. Ich genoss den Moment und begann vorsichtig, meine Zunge, in den Kuss zu involvieren. Mir war schon ganz schwindelig von dem himmlischen Spiel unserer Lippen. Gabriels Hände strichen an meinen Schultern entlang tiefer zur Außenseite meiner Brüste. Allein diese Berührung sorgte für einen erneuten Schauer. Seine Finger bahnten sich weiter den Weg unter mein Top und streichelten mir sanft über den Bauch. Das Gefühl von Haut auf Haut schoss direkt zu meinem Lustzentrum. Ein leises Stöhnen entwich meiner Kehle. Unsere Körper rieben sich aneinander und ich spürte deutlich Gabriels Erektion. Ich war völlig berauscht von den wunderbaren Empfindungen zwischen meinen Beinen und bemühte mich, noch halbwegs aufrecht stehen zu bleiben und nicht umzukippen. Gabriel streichelte mit den Händen sanft an meinem Rückgrat entlang und ich hoffte, dass er sich gleich den Weg weiter nach unten in mein Höschen suchen würde.

Unerwartet stoppte er das Spiel seiner Finger, nahm mein Gesicht wieder in seine Hände, und ein paar Augenblicke später saugte er kurz an meiner Unterlippe und beendete diesen hinreißenden Kuss. Er sah mir eindringlich in die Augen und ich wünschte mir nichts sehnlicher, als dass er weitermachte und das jetzt nicht das Ende wäre. „Bitte hör nicht auf", flüsterte ich mit rauchiger Stimme.

„Ich will auch nicht aufhören, aber wenn wir jetzt weitermachen, kann ich für nichts garantieren. Ich war auf so eine Situation absolut nicht vorbereitet und hab keine Kondome bei mir. Du machst mich total verrückt, Anne."

„Mir geht es nicht anders", entgegnete ich ihm. Auch meine Erregung war in einem fortgeschrittenen Stadium, sodass ich ihn jetzt dringend bei mir brauchte, und ich versuchte, nicht daran zu denken, dass das Spiel negative Folgen haben könnte. Der Wunsch, endlich wieder einem Mann ganz nah zu sein, war so stark, dass ich es auf keinen Fall verkraften würde, wenn diese wunderschöne Situation an Ermangelung eines Verhütungsmittels scheitern sollte. Meine Handtasche, in der ich zur Sicherheit immer ein oder zwei Kondome aufbewahrte, hatte ich leider im Auto liegen lassen. Sex mit einem fast Fremden ohne Verhütung wäre in den letzten Jahren ein absolutes No-Go für mich gewesen. Bei Gabriel war es etwas anderes. Bei ihm spürte ich eine Vertrautheit, die sämtliche Bedenken wegzufegen schien.

Er hielt mich noch immer in seinem Arm und ich sagte: „Gabriel, normalerweise ist zusätzliche Verhütung ein absolutes Muss für mich, aber ich kann das jetzt nicht mehr stoppen. Ich nehme die Pille und bei der Blutspende lass ich mich regelmäßig testen. Seit der letzten Spende vor fast drei Monaten hatte ich keinen Sex mehr."

Gabriel nahm mich wieder fester in den Arm, streifte ganz vorsichtig mit seinem Mund den meinen und flüsterte mir zu: „Wunderbar. Mein letzter Kontakt zu einer Frau ist sehr lange her und ich schwör dir, ich bin gesund."

Ich war noch nie so glücklich über eine derartige Aussage und fragte ihn: „Das heißt, wir können da weitermachen, wo wir gerade aufgehört haben?"

„Am liebsten würde ich dir hier und jetzt sämtliche Kleider vom Leib reißen, so heiß bin ich auf dich. Aber lass uns noch ein, zwei Minuten weitergehen, dann zeige ich dir meinen Lieblingsplatz. Dort ist es noch schöner und ein bisschen bequemer als hier auf dem offenen Feld. Da werde ich ein paar Sachen mit dir anstellen, die ich bereits tun wollte, als du mir das erste Mal begegnet bist."

Oh mein Gott. Ganz automatisch nickte ich. Allein bei dem Gedanken daran, was er mir gerade gestand, spürte ich erneut ein süßes Ziehen im Unterleib. Ich konnte es kaum erwarten, an dem von ihm genannten Platz anzukommen. Gabriel und ich verhakten unsere Finger ineinander und spazierten den Feldweg weiter entlang. Am Ende kamen wir zu einer Waldlichtung und der Weg führte weiter in den Wald hinein. Egal wo mich dieser Mann auch hinführte, ich konnte es nicht beschreiben und vertraute ihm blind. Meine Ballerinas waren nicht unbedingt das beste Schuhwerk für den flach abfallenden Waldweg. Gabriel ging mir voran und half mir über einige Baumwurzeln hinweg. Durch die hoch gewachsenen Nadelbäume fiel kaum Licht auf den Weg. Ein paar Schritte später wurde es wieder heller. Als wir kurz darauf den Wald verließen, war ich von der Umgebung überwältigt. Vor mir lag ein kleiner See mit kristallklarem Wasser. Nicht weit von uns entfernt führte ein schmaler Steg direkt ins Wasser, und am Ufer erblickte ich ein schnuckeliges Holzhaus mit zwei Fenstern. Der See war von hohen Nadelbäumen eingesäumt und wir waren hier komplett von der Außenwelt abgeschieden. Was gab es auf diesem Anwesen denn noch alles zu bewundern?

Gabriel begann wieder zu sprechen: „Hier hab ich, glaube ich, die schönsten Stunden meines Lebens verbracht. Als Kind bin ich mit meinem Großvater sehr oft hierhergekommen. Wir haben ein Zelt aufgeschlagen und viele Sommernächte im Freien verlebt. Der See hatte damals einen großen Fischbestand, als es noch die dazugehörige Fischzucht gab. Diese Tage hier als kleiner Junge habe ich unendlich genossen." Er ging nun geradewegs auf das kleine Häuschen zu, griff an einen Holzbalken unterhalb der Dachrinne und zog einen Schlüssel hervor, mit dem er die Tür zum Haus aufsperrte. Statt ihm zu folgen sog ich die Idylle weiter auf. Der Anblick dieses Fleckchen Erde hatte mich in seinen Bann gezogen. So etwas Schönes hatte ich in meinem ganzen Leben noch nicht gesehen.

Gabriel kam gleich darauf mit einer Wolldecke unter dem Arm wieder. In der anderen Hand trug er zwei Gläser, die er an dem kleinen Brunnen neben dem Haus kurz auswusch und mit Wasser befüllte. Mit einem Lächeln kam er auf mich zu. Ich nahm ihm die Decke ab und breitete sie auf dem Steg aus.

„Schon wieder Gänsewein", schmunzelte er. „Ich hoffe, du bist einverstanden? Leider hab ich auch hier keinen Sekt zum Anstoßen, aber das frische Quellwasser schmeckt um einiges besser." Über seine plötzliche Unsicherheit musste ich grinsen. Zu wissen, dass er auf diese Situation absolut nicht vorbereitet war, gab dem Moment das Besondere. Ich spürte, dass das zwischen Gabriel und mir etwas ganz anderes war. Etwas, das ich zuvor bei anderen Männern noch nie so gespürt hatte. Mit einem leisen Klirren stießen wir an. Das kühle Quellwasser rann meine Kehle hinunter. Erst jetzt wurde mir bewusst, wie durstig ich eigentlich war, und im Nu hatte ich fast das halbe Glas geleert.

„Es schmeckt köstlich. Besser als jeder Wein, Sekt oder Champagner."

„Das freut mich. Ich habe auch immer schon so empfunden. Es ist zwar kurzzeitig in Vergessenheit geraten, aber als ich wieder hier war, habe ich mich an all diese schönen Dinge aus meiner Kindheit zurückerinnert." Gabriel nahm mir das Glas ab und stellte es hinter uns auf die kleine Decke. Ich drehte mich um und sah den Steg entlang auf den See hinaus. Die Sonne stand kurz davor, unterzugehen, und schimmerte mit ihrer letzten Kraft genau über das Wasser. Ich genoss diesen wunderschönen Moment, als ich von hinten Gabriels Arme auf den Hüften spürte. Sein Mund wanderte zu meinem Hals, mit den Lippen und der Zunge fuhr er ganz vorsichtig an der Seite meiner Kehle hinab. Mein Oberteil war von den Schultern gerutscht und Gabriel küsste sich einen Weg entlang, der freiliegenden Stellen.

Das Prickeln von vorhin war sofort wieder da und ich drehte mich ihm bereitwillig entgegen. Unsere Lippen fanden sich abermals, und gleich darauf ließ Gabriel seine Zunge erneut in meinen Mund gleiten. Seine Finger streichelten meine Arme, glitten über meinen Rücken zum Bauch und zurück, bis er mir in den Po kniff, sodass ich näher an ihn gedrückt wurde. Seine mittlerweile vollständige Erektion spürte ich am Unterleib. Ich ließ meine Hände nun auch an seinen Schultern hinabgleiten. Strich ihm über den Rücken und versuchte, das Hemd aus dem Hosenbund herauszuziehen, damit ich endlich seinen nackten durchtrainierten Körper spüren konnte. Es war ein berauschendes Gefühl, als meine Finger auf die samtig weiche Haut trafen. Ich verweilte etwas unter seinem Hemd, sog diese erste Berührung auf. Vorsichtig kratzte ich mit den Fingernägeln sanft über seinen Rücken. Ich spürte, wie Gabriel eine leichte Gänsehaut bekam. Seinen Lippen entfuhr ein leises Stöhnen. Es war, als würde ein Schalter bei ihm umgelegt. Unsere Küsse wurden intensiver, heißer. Das wilde Spiel unserer Zungen erreichte ungeahnte Höhen. Der Geruch nach Sandelholz mit einem Hauch Tabak stieg mir in die Nase. Mein letzter Gedanke war, wie gut dieser Mann küssen konnte.

Fast im gleichen Augenblick nahm Gabriel den Saum meines Tops in die Hände, zog es mir über den Kopf und warf es achtlos auf die Bretter unter uns. Er bewunderte meine Brüste, die ich hinter einem cremefarbenen Spitzen-BH versteckt hatte. In der Zwischenzeit hatte ich begonnen, die Knöpfe an seinem Hemd zu öffnen, und streifte es ihm nun von den Schultern. Ein Mann mit nacktem Oberkörper stand vor mir. Jeder einzelne Muskel befand sich am richtigen Fleck und kein Gramm Fett zu viel haftete an seinen Rippen. Kurz ließ Gabriel von meinem Mund ab, um meine Brüste zu kneten. Sein Blick war vor lauter Lust verhangen, und damit entfachte er meine umso mehr. Mit den Daumen hatte er sich schon den Weg zu meinen Nippeln gebahnt. Er strich sanft darüber und ich begann am ganzen Körper zu zittern. So verrückt machte mich dieser Mann. Oh mein Gott, ich war kurz vorm Explodieren. Im Nu hatte er mich von meinem BH befreit und nahm jetzt abwechselnd erst den einen dann den anderen Nippel in den Mund, saugte daran und biss vorsichtig hinein. Ich wusste nicht mehr, wie mir geschah, ließ alles einfach nur noch passieren und genoss jede Zärtlichkeit, mit der Gabriel mich bedachte.

Als ich mich wieder gefasst hatte, versuchte ich, seinen Gürtel zu öffnen, und Gabriel tat es mir gleich und bahnte sich einen Weg in mein Höschen. Ich öffnete den Knopf seiner Hose und den Reißverschluss und spürte seinen harten Penis in den Händen. Er stöhnte auf, als ich ihn ganz sachte durch die Shorts knetete.

Unsere Küsse kannten inzwischen kein Halten mehr. Wir liebkosten uns am Mund, am Hals, an allen freien Körperstellen, und unsere Zungen spielten herrlich miteinander. Als Gabriel wieder an einem Nippel saugte, stöhnte ich laut auf. Dann wanderte er mit seinem Mund tiefer und fuhr mit der Zungenspitze in meinen Bauchnabel. Er war vor mir in die Hocke gegangen, und nun öffnete er meine Jeans und ließ sie an den Beinen hinunterfallen. Meine Schuhe streifte ich im gleichen Moment von den Füßen, um ihm das Ausziehen der Hose zu erleichtern. Vor mir kniend schob er das störende Höschen mit einem Ruck zur Seite. Seine Zunge fand gleich darauf mein Lustzentrum. Ich konnte mich fast nicht mehr auf den Beinen halten und hielt mich an ihm fest. Ein lautes Stöhnen entfloh meinen Stimmbändern. Gabriel leckte mich und fuhr mit der Zunge die Schamlippen entlang. Zwei Finger tauchten ein in meine Feuchtigkeit. Er schaute kurz hoch zu mir und grinste verschmitzt. „Herrlich feucht für mich."

Er brachte mich fast um den Verstand. Mit einem Finger glitt er zu meinem Eingang und führte ihn ganz langsam ein. Seine Zunge leckte dabei unbeirrt weiter über die empfindliche Lustperle. Er dehnte sie nach oben, sodass ich jede einzelne seiner Berührungen noch intensiver spüren konnte. Ein zweiter Finger stieß in mich hinein. Mit einer leichten Beugung drückte er gegen den G-Punkt. Allein dieser Kontakt ließ mich schon in ungeahnte Höhen fliegen. So sehr ich diesen Moment auch hinauszögern wollte, es ging nicht. Ich fing an, am ganzen Körper zu zittern. Der Orgasmus überrollte mich von den Haarspitzen bis in die Zehen, sodass ich stöhnend und keuchend vor Gabriel stand. Mehrmals murmelte ich dabei seinen Namen. Er ließ den Höhepunkt mit vorsichtigen Küssen auf meine Klitoris abklingen und küsste sich langsam wieder hoch zum Mund. Als ob er mich schon sehr lange kennen und wissen würde, dass ich nach einem Orgasmus keine heftige Zunge vertragen konnte.

„Anne, du schmeckst wunderbar." Gleichzeitig schob er die zwei

Finger, die soeben noch in mir waren, in meinen Mund. Es war ein seltsames Gefühl sich selbst und die eigene Lust zu kosten. Kein Mann zuvor hatte dies bisher versucht.

Gabriel hob mich kurzerhand auf seine Arme und ich schmiegte mich an die muskulöse Brust. Er trug mich zurück zu der ausgebreiteten Picknickdecke und legte mich ganz vorsichtig darauf. Nun lag ich nackt vor ihm. Voller Stolz betrachtete Gabriel mich. In seinen Augen konnte ich das Feuer der Leidenschaft erkennen. Im nächsten Moment streifte er sich die Hose und Schuhe von den Beinen und zog auch gleich seine Boxershorts hinunter. Als ob sein Penis nur auf die Freiheit gewartet hätte, schnellte er empor. Mir blieb bei dem Anblick fast der Mund offen stehen. So ein Prachtstück an Männlichkeit hatte ich schon lange nicht mehr gesehen. Jede einzelne Ader war zu sehen. An der Eichel konnte ich einen Tropfen der Lust erkennen. Ich befeuchtete mit der Zunge meine Lippen, wollte ihn ablecken. Gabriel kniete sich zu mir. Mit einer Hand spreizte er meine Beine und platzierte sich dazwischen. Sein Mund fand abermals meinen, und es begann ein neues leidenschaftliches Zungenspiel. Mit einem Finger ertastete er meine Nässe und spielte mit ihr. Ich war bereit, diesen Mann ganz zu spüren. Er positionierte sich an meinem Eingang und verharrte für einen kurzen Augenblick. In der Zwischenzeit küsste er meine Brüste und saugte daran. „Gabriel, bitte", flehte ich ihn an.

Noch einmal sah er mir tief in die Augen, suchte die erhoffte Zustimmung. Ein unscheinbares Nicken reichte ihm und mit einem Stoß drang er plötzlich in mich ein. Es war ein unvergleichliches Gefühl, ihn erstmals in mir zu spüren. Einen kurzen Moment verharrte er, ließ mir Zeit, mich an seine Größe zu gewöhnen. Einen Wimpernschlag später schlang ich meine Beine um ihn, nahm ihn gefangen. Ich wollte ihn bis zum Anschlag in mir haben. Gabriel bewegte sich zuerst vorsichtig auf und ab. Zog sich kurz aus mir zurück, um gleich darauf wieder in mich zu stoßen. Ich vergaß alles um mich herum. Genoss den Moment und ließ mich komplett fallen. Gabriel fuhr mit einer Hand zwischen die

Beine und streichelte mal sanft, mal fester über meine Klit. Es dauerte nicht allzu lange, bis mich abermals das rasende Gefühl, der nächsten Welle erfasste. Meine Atmung wurde immer hektischer und abgehackter. Gabriel stöhnte über mir und bewegte sich zunehmend schneller. Die Arme hatte er neben mir abgestützt, um kräftiger zustoßen zu können. Ich spürte seine Muskeln zucken und ein paar Sekunden später überkam mich ein noch heftigerer Orgasmus als zuvor. Keuchend und zitternd genoss ich diese süße Erlösung. Gabriel bohrte sich noch zwei-, dreimal in mich, bevor er laut keuchend über mir zusammenbrach und sich in mir ergoss.

Ich nahm ihn in die Arme, küsste seine Halsbeuge, die Schulter und fühlte, wie er ganz leicht erzitterte. Wir hielten uns für mehrere Augenblicke fest, als ob wir einander dringend brauchen würden.

Gabriel richtete sich auf, sah mir in die Augen und sagte atemlos: „Oh my God, baby, absolutely incredible."

Sein Rückfall ins Englische schmeichelte mir und ich antwortete lachend: „Ja, wirklich unbeschreiblich!"

Er nahm mich noch einige Sekunden gefangen, bevor Gabriel die Verbindung löste und aus mir herausglitt. Die plötzlich entstandene Leere gefiel mir im ersten Moment gar nicht. Erstaunt darüber fiel mir ein, dass mir das beim Sex mit früheren Männern nie aufgefallen war.

Gabriel setzte sich auf und zog mich zwischen seine Beine. Mit dem Rücken lehnte ich an seiner Brust. Mit den Fingern strich er mir über die Schultern zu meinem Busen. Dort verweilte er kurz, bevor die Reise seiner Hand auf meinem Bauch zum Erliegen kam. Ich spürte, wie er begann, kleine Kreise, um den Bauchnabel zu zeichnen. Es war so ein schönes Gefühl. Erneut erfasste mich eine Gänsehaut und ich genoss den seligen Zustand der Zärtlichkeit nach dem Sex.

„Ist dir kalt?"

„Nein! Es ist so wunderschön hier mit dir." Diese Empfindung war mir nahezu unbekannt und ich glaubte, sie noch nie so stark gespürt zu haben.

„Es ist verdammt lange her, dass ich eine Frau im Arm gehalten

44

habe, und eigentlich habe ich bis vor kurzem noch gedacht, dass ich so was wie Verlangen nie mehr werde spüren können. Doch bei dir ist irgendwie alles anders, Anne."

„Geht mir genauso. Normalerweise bin ich nicht der Typ für Sex nach dem ersten Treffen, aber zwischen uns, da war von Anfang an so eine Spannung. Ich weiß auch nicht, wieso. So etwas hatte ich bis heute nie erlebt."

„Heißt das, dass du mir jetzt keinen Korb gibst, wenn ich frage, ob ich dich besser kennenlernen darf und ob du mal mit mir essen gehst?"

„Ich bitte darum." Dabei schaute ich an seiner breiten Schulter vorbei direkt in die Augen. Er lächelte, und im gleichen Moment kam er meinem Gesicht immer näher und unsere Münder trafen sich abermals zu einem leidenschaftlichen Kuss.

♥ Kapitel 5

Bei diesem Kuss sollte es schließlich nicht bleiben. Während Gabriels Streicheleinheiten und der Küsse wurde er wieder hart und wir liebten uns noch einmal. Diesmal langsamer und sanfter als zuvor. Doch empfand ich es noch intensiver, und ließ mich den Orgasmus auf eine mir bis jetzt unbekannte aber gewaltige Art und Weise erleben. Die Sonne war mittlerweile untergegangen und leuchtete nun in einem prachtvollen Abendrot über dem Wald, durch den wir hergekommen waren. Wir lagen noch immer nackt auf der Decke. Für Mitte Mai war es angenehm warm und diese wohlige Wärme spürte ich auch am ganzen Körper. Erhitzt und verschwitzt zugleich genossen wir die Nähe des anderen.

Irgendwann ergriff Gabriel das Wort und kniete sich hinter mir auf seine Beine: „Ich glaube, wir sollten langsam zurück zum Gut, bevor es zu dunkel wird und wir eine Nachtwanderung bestreiten."

Am liebsten hätte ich diesen Ort nicht mehr verlassen, doch nachdem der Tag dem Ende zuging, blieb mir nichts anderes übrig, als zu nicken. Gabriel reichte mir eine Hand und half mir beim Aufstehen. Unsere Klamotten lagen kreuz und quer auf dem Steg verteilt. Ich suchte meine Sachen zusammen, und Gabriel tat es mir gleich. Beide mussten wir dabei fast grinsen, da wir nicht alle Kleidungsstücke auf Anhieb fanden. In der Hitze des Gefechts hatten wir uns doch recht wild von ihnen getrennt. Schweigend zogen wir uns an. Gabriel faltete die Decke sorgsam zusammen und trug sie mit den beiden Gläsern zurück in die Hütte. Er sperrte ab und legte den Schlüssel wieder in sein Versteck. Ein letztes Mal drehte ich mich zum Abendrot um und nahm den wunderschönen Anblick tief in mich auf. Diesem Ort würde ich von nun an eine ganz besondere Bedeutung zuordnen.

Von hinten spürte ich Gabriels starke Arme um mich schlingen. Küssend bahnte er sich den Weg über meinen Hals zur Schulter und murmelte: „Komm, lass uns gehen."

Nickend drehte ich mich um, und Hand in Hand schlenderten wir den Weg zurück zum Haus. War das alles eigentlich real oder doch nur ein Traum? Erst jetzt wurde mir bewusst, wie sehr ich mich nach Zweisamkeit gesehnt hatte. Ich genoss den Moment und gleichzeitig hatte ich verdammte Angst, dass er zu schnell wieder vorbei sein könnte. Das lag wahrscheinlich daran, dass ich die bitteren Enttäuschungen in meinem Leben bisher nicht richtig verarbeitet hatte.

Der Rückweg kam mir vor wie eine halbe Ewigkeit, da jeder in seine Gedanken versunken war. Das Schweigen zwischen uns war keinesfalls unangenehm. Irgendetwas hinderte mich jetzt noch mehr daran, gleich in mein Auto einzusteigen und den Nachhauseweg anzutreten. Weg von Gabriel. Weg von einem Mann, den ich nicht kannte und trotzdem in den letzten Stunden auf eine gewisse Art und Weise sehr gut hatte kennenlernen dürfen. Er war voller Gefühl, Stärke und Männlichkeit, und dennoch trug er irgendein Geheimnis mit sich herum. Das spürte ich genau. Aus seinen Erzählungen wusste ich, dass ihm ein lieber Mensch genommen worden war. War das seine Freundin oder seine Frau gewesen? Ich traute mich nicht, ihn danach zu fragen, da ich ihn damit nicht überfallen wollte. Auch dass er nicht mehr geglaubt hätte, so etwas wie Verlangen zu spüren, hatte er erwähnt, und dass es mit mir ganz anders sei. Ich hoffte es, hoffte es so sehr, dass ich nicht einmal den kleinsten Gedanken an den nahenden Abschied verschwenden wollte.

Dieser Mann brachte mich schier zum Wahnsinn. Ich konnte mich doch nicht nach nur einem gemeinsamen Nachmittag in jemanden verlieben. Vor allem dachte ich schon wieder an Liebe und so weiter. Mein Herz war einmal mehr viel zu schnell für meinen Verstand.

Die plötzlichen Gedanken schwirrten unaufhaltsam durch meinen Kopf, brachten mich durcheinander. Eine Chance an die Oberfläche zu gelangen, konnte ich ihnen nicht geben. Gerade als ich mit einem unverfänglichen Gespräch beginnen wollte, kam Gabriel mir zuvor: „Du bist so still. Ist alles in Ordnung?" Er war stehen geblieben und zog mich mit einer Hand in seine Richtung, um mich anzusehen. Ich nickte sachte und sagte: „Ja, alles bestens", und versuchte zu lächeln. „Ich muss das Ganze nur verdauen."

„Klar, das verstehe ich. Glaub mir, ich hatte das alles auch nicht geplant." Ich wurde nervös und konnte ihm meine Gefühle von eben nicht offenbaren. Es wurde Zeit, das Thema zu wechseln: „Sagtest du bei deinem Anruf nicht, dass du heute ein Vorstellungsgespräch hattest?" Wir waren inzwischen wieder weitergegangen.

„Ja, ich hab den Job. Kommenden Montag geht es schon los."

„Wow, echt, Gabriel, das ist ja wunderbar." Ich freute mich sehr für ihn und konnte nicht anders, als ihm instinktiv um den Hals zu fallen.

Er erwiderte meine Umarmung und sagte: „Ich fange noch mal ganz von vorn an, aber ich freue mich drauf. Auf ein neues Leben hier in Österreich und hoffentlich auch auf ein gemeinsames Leben mit einer wunderschönen jungen Frau?"

Ich glaubte fast, mich verhört zu haben. Hatte er das jetzt gerade wirklich laut ausgesprochen? Er wollte tatsächlich mehr? Ich konnte es nicht fassen, doch noch meinem Traummann zu begegnen. Wie aus dem Nichts stand da plötzlich ein Mann vor mir, der mir den Verstand raubte und alles Vorherige aus meinem Gedächtnis fegte. Die Erkenntnis traf mich völlig unerwartet. Gabriel sah mir meinen Schock wohl an und ruderte zurück: „Du musst mir hier und jetzt keine Antwort darauf geben." Er konnte anscheinend wahrhaftig Gedanken lesen. Trotzdem wollte ich ihm kurz erläutern, warum mich seine Worte so schockiert hatten.

„Gabriel, ich habe mir schon so lange einen Mann an meiner Seite gewünscht. Irgendwie bin ich auch nicht gerne allein, aber ich habe bereits eine Scheidung hinter mir und will nicht, dass mir noch einmal jemand so weh tut. Und wir kennen uns erst verdammt kurz … und …"

„Schschsch …" Gabriel hielt mir einen Finger an die Lippen. Gott sei Dank unterbrach er mein peinliches Geschwafel. „Anne, mir ist klar, dass ich dich jetzt überrumpelt habe. Vor gut vierundzwanzig Stunden war ich auch noch der Meinung, dass ich keine

Beziehung möchte und dass ich keinesfalls bereit dazu wäre. Doch als ich dich heute wiedergesehen habe, hat mein Herz wie wild zu schlagen angefangen. Ich habe gespürt, dass es mit dir was ganz Besonderes ist. Aber ich bin völlig deiner Ansicht. Es geht viel zu schnell und deswegen fangen wir noch mal komplett von vorne an. Mit richtigem Kennenlernen, Essengehen und so weiter. Wenn die Sympathie dann noch immer vorhanden ist, können wir über die Zukunft nachdenken, oder?"

Ich nickte ganz selbstverständlich und war froh über seine Aussage. Wir sahen uns wieder in die Augen.

Mittlerweile waren wir im Hof bei meinem Auto angekommen. Gabriel zog mich ein letztes Mal in die Arme und küsste mich zärtlich. Seine Lippen waren warm und weich. Ich spürte so viel Gefühl in dieser so sachten Lippenbewegung. Dann hob er seine Hand wieder an mein Kinn und brachte mich dazu, ihn anzusehen. „Ich kann dich jetzt noch nicht gehen lassen. Hast du noch Zeit für ein Glas Wein als Ausklang? Inzwischen müsste er nämlich kalt sein", und grinste.

Irgendwie war ich hundemüde und erschöpft, wollte aber das Gleiche wie er und willigte ein. „Ja, ein Glas ist in Ordnung."

Seine Gesichtszüge deuteten ein Lächeln an, und so betraten wir gemeinsam das Haus. Gabriel ging in die Küche und holte eine Flasche Weißwein aus dem Kühlschrank und zwei Weingläser aus der antiken Vitrine. Die musste an die einhundertfünfzig Jahre alt sein, doch sie wirkte elegant und gepflegt.

Währenddessen nahm ich an dem großen Tisch im Esszimmer Platz, und Gabriel folgte mir wortlos.

Als er beide Gläser mit Wein gefüllt hatte, setzte er sich auf den Sessel neben mir, und ich fragte ihn voller Neugier: „Wo fängst du denn jetzt genau am Montag an?"

Gabriel antwortete sofort: „Na ja, derzeit habe ich das Glück wieder ein bisschen auf meiner Seite. Das Treffen heute war im Grunde kein richtiges Vorstellungsgespräch, sondern ein Gespräch unter Bekannten."

Ich sah ihn verwundert an, verstand nicht, wie er das meinte.

„Ich kannte die Kanzlei schon von einem gemeinsamen Fall in den Staaten. Berger und Partner. Joachim Berger, der Chef, hat mich heute eigentlich nur gefragt, wann ich anfangen kann. Er wollte weder einen Lebenslauf noch irgendwelche Zeugnisse von mir sehen, sondern vertraute auf sein Gefühl. Somit habe ich jetzt einen neuen Job, und alles andere wird sich hoffentlich auch noch zum Positiven wenden." Er sah mich unsicher und fragend an.

„Es ist bestimmt nicht so leicht, noch mal bei null anzufangen, aber auf mich kannst du voll und ganz zählen, und auf Tom und Isa ebenso", versuchte ich ihn aufzubauen.

„Danke, Anne, für alles, schon mal vorab. Ich kann dir nicht oft genug sagen, wie froh ich bin, dass ich dich kennenlernen durfte."

„Doch, das kannst du. Ich werde nicht genug davon bekommen." Ich zwinkerte ihm aufmunternd zu.

Der restliche Abend klang harmonisch aus und wir genossen in aller Gemütlichkeit unser Glas Wein. Während dem gemeinsamen Weg zu meinem Auto, wussten wir beide nicht so recht, wie wir vorgehen sollten. Aber dann ergriff Gabriel die Initiative. Er nahm mich in die Arme und drückte mir sachte ein, zwei kleine Küsse auf den Mund.

„Bye, Baby. Wir sehen uns morgen." Jetzt klang seine Stimme wieder tief und verführerisch, und mir drohte der Boden unter den Füßen zu entschwinden. Abermals brachte ich nur ein einfaches „Ja" über die Lippen und stieg so schnell wie möglich in meinen Wagen, damit Gabriel meine Nervosität nicht bemerkte.

Als ich zu Hause ankam, war es fast Mitternacht. Meine Gefühle tanzten noch immer im Dreivierteltakt und ich musste die ganze Zeit an Gabriel denken. Kaum eine halbe Stunde von ihm getrennt, und schon fehlte er mir. Die Erkenntnis dieser Tatsache fiel mir schwer. Hatte ich mich tatsächlich verliebt? Ich war durcheinander, aber eines wusste ich ganz genau: Ich wollte mehr von ihm erfahren und noch viel mehr mit ihm gemeinsam erleben. Der Sex mit ihm heute war grandios gewesen und meine Libido war nach langer Zeit wieder befriedigt worden. Isas Worte, dass jeder Topf mal seinen Deckel findet, kreisten in meinem Kopf herum, die Erfüllung dieser Aussage ebenso. Doch im Moment war es für all das noch zu früh. Über Gabriels Vergangenheit, darüber, was ihm in den USA Schlimmes widerfahren war, wusste ich leider nichts Genaues. Diese Tatsache lag mir quer im Magen, aber im Endeffekt ließ ich mich davon nicht unterkriegen und beschloss, mehr mein Herz als meinen Verstand walten zu lassen.

Snoozie, meine Katzendame, erwartete mich schon beim Eintreten in meine Wohnung und sah mich vorwurfsvoll an. Sonst kam ich selten so spät nach Hause, und wenn, dann hatte sie vorher ihr Fressen bekommen. Seit dem Morgen war ich außer Haus gewesen und erst jetzt zurückgekommen. „Sorry, Tiger, aber Frauchen hat heute etwas ganz Außerordentliches erlebt", entschuldigte ich mich bei ihr und streichelte ihr über den Kopf. Sie fing gleich an, sich um meine Beine zu schmiegen, ein Zeichen, dass sie mir vergeben hatte. Aus der Vorratskammer holte ich eine Schale von ihrem Lieblingsfutter heraus und gab es in die Futterschüssel. Wie ausgehungert stürzte sie sich darauf.

Jetzt konnte ich getrost ins Bad gehen, das sich wie mein Schlafzimmer im Kellergeschoss befand. Ich zog mich aus, warf die Kleidung in die Wäschekiste und stellte mich in die Duschkabine. Nach dem Tag heute war das genau das, was ich jetzt brauchte. Zum Duschen nahm ich mir stets lange Zeit. Vor allem duschte ich gerne sehr heiß, dass das ganze Bad meistens nur so dampfte. Das bedeutete für mich, pure Erholung und Regeneration. Ich ließ das Wasser über meine Schultern prasseln und genoss das herrliche Gefühl. Meiner Haut gönnte ich danach noch eine köstlich duftende Bodylotion. So leicht und beschwingt hatte ich mich schon lange nicht mehr gefühlt. Das schwarze Seidennachthemd schmiegte sich eng an meinen Körper, und als ich aus dem Bad kam, hatte es sich Snoozie bereits auf meinem Bett bequem gemacht. Ich nahm mein Handy aus der Handtasche und wollte Isa noch schnell eine Nachricht schicken.

Beim Blick auf das Display sah ich, dass ich selbst eine empfangen hatte. Ich öffnete sie, und mein Herz fing wild zu klopfen an. Gabriel hatte mir geschrieben.

„Schlaf gut, Baby, und träum was Schönes. Hoffentlich von mir :-) Ich vermisse dich jetzt schon. Bis bald, G."
Verrückter Kerl. Ich musste lächeln. Wie von allein tippten meine Finger eine Antwort. **„Das werde ich ganz bestimmt. ;-) Denke auch an dich – A."**
Ich kam mir vor wie ein Teenager, der zum ersten Mal verliebt war. Als mein Herzklopfen sich wieder beruhigt hatte, besann ich mich dessen, was ich vorher eigentlich noch hatte machen wollen, und schrieb Isa: **„Gabriel ist einfach wunderbar ;-))"**
Ich wusste, dass Isa um diese Uhrzeit nicht mehr wach sein würde, allerdings war ich mir ganz sicher, dass ich gleich morgen früh etwas zu meiner Nachricht von ihr hören würde. Mit Snoozie zu meinen Füßen legte ich mich ins Bett. Es dauerte keine fünf Minuten, bis ich eingeschlafen war.

♡ Kapitel 6

Noch bevor mein Handywecker auf dem Nachttisch loslegen konnte, wurde ich durch die Ankündigung einer Nachricht auf meinem Telefon geweckt. Völlig verschlafen sah ich mich um und nahm den Störenfried in die Hände. Ein Blick auf das Display zeigte mir, dass es knapp nach sechs Uhr morgens war. Normalerweise ging mein Wecker erst um halb sieben an. Genervt über das plötzliche Ende meines schönen Traumes aktivierte ich das Telefon und sah, dass eine SMS von Isa eingetrudelt war. Sie war immer schon sehr früh auf dem Weg zur Arbeit und musste meine gestrige Nachricht erst jetzt gelesen haben. Natürlich hatte ich recht, wie sich zeigte, als ich das Programm öffnete und las, was sie geschrieben hatte. **„Was, Gabriel ist wunderbar?????** Habt ihr euch schon getroffen?" Ein Smiley mit einem Küsschen war auch noch hinten angehängt.

Da ich sowieso schon wach war, schwang ich die Decke von meinem Körper und stand auf. Im Badezimmer angelangt füllte ich mir erst mal die Hände mit eiskaltem Wasser und wusch damit mein Gesicht. Jetzt war ich so halbwegs munter. Noch immer ein wenig erzürnt über das abrupte Erwachen und dass Isa mir meine letzte halbe Stunde Schlaf nicht mehr gegönnt hatte, hatte ich einen sehr boshaften Gedanken. Ich wollte ihr auch einen frühmorgendlichen Schock versetzen. Beim Tippen der Antwort an sie war ich mir bewusst, dass in spätestens fünf Minuten mein Handy klingeln würde.

„Wir haben uns nicht nur getroffen – wir haben sogar miteinander geschlafen ;-)"

Okay, das mit den fünf Minuten war ein bisschen übertrieben. Es dauerte keine sechzig Sekunden, bis mein Handy sich am Nachttisch vibrierend in Bewegung setzte. Innerlich musste ich grinsen.

Als ich das Gespräch annahm, kam ich nicht mal dazu, etwas zu sagen, als Isa schon ins Telefon trällerte: „WAAAASSSS, Anne, bist du verrückt? Du hast tatsächlich mit ihm geschlafen???" Sie war total von den Socken und so was von aufgezwirbelt über diese Neuigkeit. Isa redete in einem munteren Redeschwall drauflos, ohne dass ich auch nur annähernd Gelegenheit gehabt hätte, etwas zu sagen. Abwartend ließ ich sie einfach zu Ende reden. Sie stellte mir Fragen über Fragen. „Wie war es? Wie ist es dazu gekommen? Werdet ihr euch wiedersehen?"

Als ihr keine weiteren mehr einfielen, bekam ich meine Chance, etwas zu erwidern.

„Bist du jetzt fertig?", fragte ich zuerst, bevor ich anfing zu erzählen.

„Äh, ja, vorerst schon."

„Gut, dann will ich dich mal kurz in die Geschehnisse von gestern einweihen."

„Ich bitte darum, und wehe du lässt ein einziges Detail aus", entgegnete sie mit einem drohenden, aber doch auch amüsierten Unterton. Über die unbeschwerte Art meiner besten Freundin musste ich lächeln.

„Du hattest recht. Gabriel ist ein sehr interessanter Mann und ich war gestern bei ihm auf dem angeblichen Bauernhof, den er vererbt bekommen hat, um ihn mir genauer anzusehen. Isa, das ist kein Bauernhof, das ist ein stillgelegtes Gut mit Springbrunnen vor dem Haus, verwildertem Rosengarten und Park."

„Ist nicht wahr!"

„Doch, das ganze Anwesen ist ein absoluter Traum. Er hat mir alles gezeigt, und dann sind wir noch ein Stück spazieren gegangen. Ja, und da ist es irgendwie passiert."

„Wie – es ist irgendwie passiert? Anne, mach mich nicht verrückt. Du lässt dich doch sonst nicht so schnell auf einen Mann ein?"

„Ja, ich hab auch keine Ahnung, wie sich das ergeben hat. Als er mich zum ersten Mal geküsst hat – und das verdanke ich zufällig einer schwarzen Katze –, war es um mich geschehen und ich konnte es nicht mehr stoppen. Diese sexuelle Spannung zwischen uns war von Anfang an da und irgendwie haben wir es beide gewollt."

„Aha. Ich kann es noch immer nicht ganz glauben. Und wie geht es jetzt weiter?", fragte sie neugierig.

„Er kommt heute Nachmittag zu mir ins Büro. Da wollen wir dann schon mal ein bisschen was Geschäftliches zur Renovierung des Hauses klären. Anschließend gehen wir eventuell noch was essen, um uns besser kennenzulernen."

„Juhuuuuu, das ist so wunderbar. Ich freu mich so für dich."

„Freu dich nicht zu früh. Das kann alles noch in die Hose gehen. Wir haben uns zwar sehr stürmisch kennengelernt, aber ab jetzt wollen wir es gemächlich angehen." Damit wollte ich sie auf den Boden der Tatsachen zurückholen.

Davon ließ sich meine beste Freundin nicht beirren und erwiderte spöttisch: „Ja, ja, mach du mal ganz langsam. Du kannst diesem Mann ja doch nicht widerstehen. Wirst schon sehen."

„Ach Isa, ich hoffe es echt", seufzte ich. „Mit dem, was ich nach der kurzen Zeit für Gabriel empfinde, kann ich noch nicht richtig umgehen. Fakt ist, dass ich so ein intensives Gefühl nie zuvor bei einem Mann gehabt habe. Aber ich habe eine scheiß Angst, wieder enttäuscht zu werden."

„Süße, zerbrich dir darüber jetzt nicht den Kopf. Lass es einfach passieren und genieße es. Die Sicherheit, dass du nicht enttäuscht wirst, hast du sowieso nie."

„Vielleicht hast du recht. Ich mach mir einfach viel zu viele Gedanken."

„Bei allem was du in letzter Zeit erlebt hast, kann ich es dir nicht verübeln, aber das ist Vergangenheit, und Gabriel ist ein wirklich toller Mann. Ich glaube nicht, dass er dich nur für einen One-Night-Stand haben wollte. Du musst jetzt einfach alles, was war, vergessen und dich auf was Neues einlassen. Und das kannst du nur herausfinden, wenn du es auch zulässt und dich nicht andauernd mit negativen Gedanken malträtierst."

„Ja, das stimmt wohl. Wer nicht wagt, der nicht gewinnt."

„Ganz genau – so gefällst du mir schon besser. So, ich muss jetzt aber dringend los, sonst verpasse ich noch meinen Bus.

Mach's gut, meine Süße. Halt mich auf dem Laufenden und grüß Gabriel von mir, wenn du ihn heute siehst."

„Ja, mach ich. Danke dir vorerst fürs Zuhören – Küsschen und einen schönen Arbeitstag."

„Küsschen zurück – bye-bye. Und ach ja, Anne?"

„Ja?"

„Ich wünsch es dir aus tiefstem Herzen, dass es diesmal klappt."

„Ich weiß, Isa, danke. Vielleicht ist Gabriel ja tatsächlich der Deckel für meinen Topf", scherzte ich noch.

„Ganz bestimmt, das hab ich irgendwie im Gespür. So, jetzt aber wirklich bye."

„Ciao, bis bald." Ich drückte direkt auf das rote Beenden-Feld an meinem Smartphone, bevor sie noch mal anfing, etwas zu sagen, und womöglich ihren Bus verpasste.

Ich war froh, eine so tolle Freundin wie Isa zu haben. In manchen Dingen war sie viel euphorischer und aufgeweckter als ich, aber auf sie konnte ich mich voll und ganz verlassen. Sie schaffte es, mich aufzumuntern und mir gute Laune zu verschaffen. So wie gerade eben. Dafür war ich ihr undenklich dankbar. Ich legte mein Handy zurück auf den Nachttisch und begab mich ins Bad. Um fit für den Tag zu werden, benötigte ich noch eine schnelle Dusche.

Fertig angezogen, auf dem Weg in die Küche, kam mir meine hungrige Katze bereits entgegen. Zuerst musste ich mir aber meinen Koffeinschub zubereiten. Während der Kaffee in die Tasse lief, gönnte ich Snoozie ihr Frühstück. Sie schnurrte zufrieden, als sie meine Bewegungen bemerkte. Kurz streichelte ich ihr über den Rücken und ließ sie dann in Ruhe ihr Fressen zu sich nehmen. Ich schüttete mir gerade einen kleinen Schluck Milch in den Kaffee, als abermals mein Handy vibrierte. Wer konnte das jetzt sein? Neugierig öffnete ich das Nachrichtenprogramm und sah Gabriels Nummer. Innerlich tanzten meine Gefühle Samba.

„Guten Morgen, meine Schöne. Ich hoffe, du hast gut geschlafen und geträumt. ;-) G."

Mit einem Lächeln im Gesicht verfasste ich gleich eine Antwort:

„Guten Morgen, mein Schöner. Danke der Nachfrage – ich hab sehr gut geschlafen." Viel mehr wollte ich im Moment nicht preisgeben. „Und du? A."

Seine Reaktion darauf kam ebenfalls prompt: „Na ja, besser hätte ich geschlafen, hättest du neben mir gelegen, aber es war ganz okay. Ich kann es kaum erwarten, dich heute wiederzusehen. Ist fünfzehn Uhr in Ordnung für das Treffen im Büro? G."

Mein Herz machte ein paar Luftsprünge, auch wenn ich nicht genau wusste, wie mir gerade geschah. Wer war dieser Mann, der mir nach nur einem Treffen mitteilte, wie sehr er sich freute, mich wiederzusehen? Das konnte es doch fast nicht geben, oder?

Ich rief mir Isas Ratschlag wieder in den Sinn – „Lass es passieren".

Und gerade im Moment war es mir wirklich egal, was morgen oder übermorgen sein würde, denn ich freute mich ernsthaft über seine Nachricht und antwortete: „Ich freu mich auch auf dich und darauf, dich noch besser kennenzulernen ;-) – fünfzehn Uhr passt perfekt. A."

Es verging keine Minute, als ich eine neuerliche Nachricht von ihm erblickte: „Super – ich freu mich drauf. :-) Obwohl es noch viel zu lange dauert. ;-) G."

Spinner, dachte ich und grinste vor mich hin wie ein Honigkuchenpferd.

Der Vormittag im Büro verlief recht ruhig. Ich konnte meinen Plan für das Altstadthaus abschließen und die Unterlagen für die Einreichung bei der Behörde zusammenstellen. Die fertige Projektmappe lag bereits auf Andreas' Schreibtisch, damit er noch mal alles überprüfen konnte. Wenn auch er sein Okay dazu gab, konnte das Ganze Anfang nächster Woche zum Bauamt, für die Genehmigung.

Nach einer kurzen Kaffeepause ging ich gleich an die Arbeit für Gabriels Projekt. Aus reiner Neugier hatte ich mich im Vorfeld mit den Plänen vertraut gemacht und begonnen, seine Daten in unser Programm einzugeben. Meinen Ideen hatte ich freien Lauf gelassen und hatte meine Vorstellungen zu dieser Renovierung konkret zu Papier gebracht. Zahlreiche alte Häuser hatte ich bereits aus ihrem Dornröschenschlaf geholt. Ein noch größerer Vorteil war es, dass ich in den letzten Jahren sehr viele Kontakte zu Firmen herstellen konnte. Erfahrungsgemäß wusste ich, dass sie hervorragende Arbeit leisteten. Nachdem ich von Gabriel grünes Licht für die Finanzierung des Projektes erhalten hatte, fiel es mir tatsächlich nicht schwer, ein paar wirklich gute Handwerkerfirmen anzurufen, die den ganzen Umbau schnell und absolut verlässlich über die Bühne bringen konnten.

Ich telefonierte mit Bernd, einem Restaurator, mit dem ich schon oft zusammen gearbeitet hatte, und erklärte ihm, dass ich ihn für ein sehr wichtiges Projekt benötigte. Bernd sollte den alten Brunnen vor Gabriels Anwesen und all die schönen Verzierungen an den Decken und Wänden im Haus wieder ansehnlich machen. Er war zwar nicht erfreut über die Dringlichkeit des Auftrags, aber mir konnte er nichts abschlagen. So vereinbarten wir für Samstagvormittag einen Besichtigungstermin. Er war der Einzige, dem ich fix zusagte.

Dann rief ich noch ein paar Kontakte in meinem Verzeichnis auf, Dachdecker, Fliesenleger, Heizungstechniker, Elektriker und viele weitere, und weihte sie alle in das Vorhaben und dessen Dringlichkeit ein. Die Auftragszusage an sie verschob ich bewusst auf morgen, da Gabriel mir erst heute Nachmittag sein endgültiges Okay für die Renovierung geben würde. Ich war mir meiner Sache jedoch sicher, beziehungsweise dass er, aufgrund der gestrigen Geschehnisse, diesen Weg mit mir gehen würde.

Ich war so in die Arbeit vertieft, dass ich nicht bemerkt hatte, wie schnell die Zeit vergangen war. Es war fast vierzehn Uhr, als ich das Telefon zum ersten Mal für mehr als fünf Minuten zur Seite legte, und ich mit meinem Tatendrang zufrieden war. Wenn Gabriel in gut einer Stunde hier auftauchte, würde ich ihm schon einige Neuigkeiten zu seinem Projekt erzählen können. In meinem

Bauch grummelte es und ich beschloss, kurz nach unten zu gehen. Um meinem Magenknurren entgegenzuwirken, wollte ich mir eine Kleinigkeit holen und mir die Beine vertreten. Einen kleinen Happen brauchte ich jetzt, sonst hielt ich es bis zum Abendessen nicht aus. Immer wenn ich extremen Hunger und keine Aussicht auf ein Essen hatte, bekam ich schlechte Laune. Diesen Umstand wollte ich heute unbedingt vermeiden. Das Wiedersehen mit Gabriel rückte immer näher und ich freute mich schon so sehr darauf, ihm von meinen bisherigen Taten zu seinem Projekt berichten zu können.

Um Viertel vor drei kehrte ich, gut gestärkt, mit einem leckeren Thunfischsandwich im Magen, in mein Büro zurück. Gleich nahm ich mir die neu angelegte Projektmappe mit der Aufschrift Gut Rabenstein zur Hand und sah alles noch mal in Ruhe durch.

Punktgenau um fünfzehn Uhr klingelte mein Telefon, und Miriam kündigte mir Gabriels Anwesenheit an. Ein paar Augenblicke später klopfte es an der Tür, und als ich „Herein" rief, steckte dieser absolut schöne Mann vorsichtig den Kopf herein.

„Guten Tag, Anne, darf ich reinkommen?"

Warum war er auf einmal so förmlich? Etwas verwundert sah ich ihn an und erwiderte seine Begrüßung: „Hallo, Gabriel – ja, bitte komm rein und nimm Platz."

Er gab mir die Hand und ich merkte, dass er nicht so recht wusste, wie er mit mir umgehen sollte. Als wir uns dann doch ein paar Sekunden länger an den Händen hielten und einander in die Augen sahen, drückte er mir ganz vorsichtig einen sanften Kuss auf die Wange. Mein Herz fing zu rasen an. Bei seiner Berührung lief mir ein wohliger Schauer über den Nacken hinab. Als er sein Gesicht von meinem entfernte, zauberte er fast im gleichen Moment eine bildhübsche langstielige weiße Rose hervor. Ich hatte nicht bemerkt, dass er die Hand versteckt gehalten hatte, so abgelenkt war ich von seiner Präsenz gewesen.

Dankend nahm ich das bedeutungsvolle Gewächs entgegen und roch an der zauberhaften Blüte. Sie duftete herrlich.

„Eine schöne Blume für eine wunderschöne Frau und dafür, dass du dir so schnell für mich Zeit genommen hast."

Von seinen Komplimenten fühlte ich mich sehr geschmeichelt, denn es war lange her, dass ein Mann so etwas zu mir gesagt hatte. „Vielen Dank, die ist wirklich traumhaft. Ich werde sie gleich ins Wasser stellen."

Ich war froh, kurz das Büro verlassen zu können, damit sich mein Adrenalinspiegel beruhigen und mein Herzschlag sich normalisieren konnte. Wenn mir dieser Mann immer wieder aufs Neue so ein Herzrasen bescherte, würde ich demnächst noch einen Herzinfarkt erleiden.

In der Kaffeeküche holte ich eine lange, enge Vase aus dem Regal und atmete zweimal tief durch, um meine Fassung wiederzuerlangen. Was machte dieser Mann mit mir, verdammt? Diese Stimmung an mir, war mir gänzlich unbekannt. Ich konnte doch nicht komplett durchdrehen, nur weil mir ein männliches Wesen ein paar Komplimente machte und mir Blumen schenkte. Anne, du vergisst, dass du mit dem Mann bereits geschlafen hast, flüsterte mir eine innere Stimme zu. Ich versuchte, mein aus dem Häuschen geratenes Gemüt zu stabilisieren, und ging zweckerfüllt zurück in mein Büro. Gabriel stand am Fenster, drehte sich beim Eintreten um und schenkte mir ein zaghaftes Lächeln.

„Eine sehr schöne Aussicht hast du von hier aus." Er bewunderte die Aussicht. Diese bescherte uns einen unverwechselbaren Ausblick auf die Wiener Innenstadt und gleichzeitig floss die Donau in ihrer prachtvollen Art an uns vorbei.

„Ja, das stimmt, mein Arbeitsplatz hat eine tolle Lage."

Gabriels Rose bekam einen Ehrenplatz auf meinem Schreibtisch.

„Bitte nimm Platz" forderte ich ihn auf und zeigte auf den kleinen Besprechungstisch nahe am Fenster. Er kam der Aufforderung sofort nach. Mit der Projektmappe in der Hand gesellte ich mich zu ihm und nahm ebenfalls Platz. Voller Eifer versuchte ich nun, ihm meine Ideen und Pläne, zu seinem Projekt näherzubringen. Gabriel staunte über die bereits hergestellten Kontakte zu den

Handwerkern und war verblüfft, wie ich mir die detaillierte Verwirklichung des Umbaus vorstellte.

„Natürlich werde ich auch von weiteren Firmen Angebote einholen, aber die, die ich jetzt angerufen habe, sind meine absoluten Favoriten. Mit ihnen habe ich häufig zusammengearbeitet und daher bin ich mir hundertprozentig sicher, dass sie mir alle ein unschlagbares Angebot unterbreiten werden."

Gabriel nickte mehrfach nur stumm. Es war für ihn auch ziemlich viel auf einmal.

„Und das Wichtigste ist, dass wir die gesamte Renovierung so schnell wie möglich über die Bühne bringen, damit du bald wieder ins Haus einziehen kannst. Dafür würde ich persönlich Sorge tragen. Wärst du einverstanden?"

Ein Lächeln huschte über seine Lippen. Im selben Moment ergriff er meine rechte Hand, die neben der Projektmappe lag.

„Ich bin ein echter Glückspilz und du bist ein totales Genie, Anne. Hat dir das schon mal jemand gesagt?"

„Danke fürs Kompliment, aber das ist mein Job", erwiderte ich trocken, weil er mich mit seiner Aussage verlegen machte. So direkt hörte ich es nicht sehr oft. Bei Kunden spürte ich häufig nur, dass ich gute Arbeit geleistet hatte, wenn sie nach einem Umbauprojekt in ihr neues Heim einziehen konnten und mir durch ihre Fröhlichkeit vermittelten, dass ich alles richtig gemacht hatte. Das tat immer wieder gut.

„Ich kann es dir nicht oft genug sagen, dass ich sehr froh bin, dich kennengelernt zu haben."

„Dann heißt das, dass ich den Auftrag so nach meinen Vorstellungen starten kann?"

„Selbstverständlich! Ich lasse dir bei allem freie Hand. Du bist hier die Spezialistin von uns beiden, und in diesen Belangen vertraue ich dir voll und ganz." Er legte die andere Hand auf meine.

Im ersten Moment wusste ich nicht so recht, was ich erwidern sollte. Seine Berührung brachte mich total aus dem Gleichgewicht.

„Vielen Dank – ich werde dich ganz sicher nicht enttäuschen.

Das Gut ist mir gestern schon so ans Herz gewachsen, dass ich an nichts anderes mehr denken kann." Dass meine Gedanken sich nicht nur um das Anwesen drehten, sondern viel mehr um den Besitzer, sagte ich ihm nicht direkt.

Nach ein paar Augenblicken der Stille wurde Gabriel plötzlich wieder ernst. Auf einmal war seine Lockerheit von eben komplett verschwunden.

Ich rechnete mit dem Schlimmsten. Spürte, er würde mir jetzt sagen, dass das mit uns gestern ganz nett war und wir nun lediglich geschäftlich miteinander noch zu tun haben sollten.

„Anne, das mit uns gestern war wunderschön und ich möchte es auf keinen Fall missen, aber danach hab ich dich wohl komplett überrumpelt mit meinem Gerede über die Zukunft. Das wollte ich ganz und gar nicht. Es tut mir echt leid."

Ich hab's geahnt. Nun entschuldigte er sich wahrscheinlich auch noch dafür, dass er mit mir geschlafen hatte. Ein paar Sorgenfalten bildeten sich auf meiner Stirn. Zu meiner Überraschung spürte ich seine Hand wieder in meiner und er fuhr sanft darüber. Jetzt war ich noch verwirrter als vorher. So etwas gehörte doch nicht zum Schlussmachen. Schlussmachen – womit? Mit etwas, das niemals angefangen hatte?

„Gabriel, du musst nicht weitersprechen. Ich versteh es auch so. Du bereust unser Abenteuer von gestern und willst in Zukunft nur noch geschäftlich mit mir zu tun haben, oder?" Meine Stimme strotzte nur so vor Ironie und Sarkasmus.

„WAASSS, Anne, nein, so war das nicht gemeint. Lass mich doch bitte erstmal ausreden."

Mit geweiteten Augen blickte ich ihn an. Gespannt wartete ich nun auf seine Dementierung meiner Vermutung.

„Ich will dich besser kennenlernen und möchte noch so viele Male mit dir intim werden. Am liebsten würde ich dich nie mehr gehen lassen. Doch bevor das mit uns intensiver wird, muss ich dir etwas sagen." Seine Gesichtszüge wechselten von liebevoll zu ernst.

„Ursprünglich hatte ich vor, dir erst viel später davon zu erzählen, aber das kann ich nicht. Dazu bestimmt es zu sehr mein Leben."

Ich war zu perplex, um darauf etwas zu erwidern. Auch wenn ich alles über ihn wissen wollte. Plötzlich hatte ich furchtbare Angst vor der Wahrheit. Was bestimmte sein Leben? Ich bekam eine Gänsehaut am ganzen Körper. Doch eine andere Frau?

„Ich habe eine schlimme Vergangenheit hinter mir und eigentlich war ich bis gestern nicht bereit für etwas Neues. Du weckst Gefühle in mir, von denen ich nicht einmal wusste, dass es sie für mich noch gibt. Ich möchte dir alles erzählen, aber nicht hier. Lass uns hinunter zur Donau gehen, dann kann ich es dir in Ruhe erklären, ja?"

Zum Weiterarbeiten war ich sowieso nicht mehr in der Lage. Leicht nickend brachte ich nur ein leises „Okay" über meine Lippen.

Gabriel erhob sich von seinem Sessel, nahm meine Hand und zog mich ruckartig zu ihm hoch. Schlagartig landete ich in seinen Armen.

„Aber zuvor muss ich dich küssen."

Er kam meinem Gesicht näher und ich schloss die Augen. Als unsere Münder sich berührten, wollte ich am liebsten laut aufjauchzen und schreien vor Glück. Aber das verkniff ich mir. Unsere Lippen verschmolzen miteinander. Er schmeckte so verdammt gut und er küsste sensationell. Allein dieser Kuss brachte meine Erregung zum Glühen. Für einen Moment vergaß ich alles um mich und ignorierte, wo wir uns befanden. Wenn jetzt mein Chef zur Tür hereinplatzte, würde das wahrscheinlich kein allzu gutes Bild von uns abgeben. Meine Erkenntnis über den unglücklich gewählten Ort wieder bekommend, beendete ich unseren Kuss – vorerst.

„Komm, lass uns gehen. Ich mach Schluss für heute. Dann kannst du mir alles in Ruhe erzählen."

„Hmm, ja, das ist eine gute Idee", erwiderte er.

Ich fürchtete mich vor der Wahrheit, doch ich konnte Gabriel nicht mehr aus meinem Leben streichen. Dazu war bereits zu viel zwischen uns passiert.

Kurz wandte ich mich nochmals dem PC zu, beendete alle Programme und fuhr den Computer herunter. Schnappte mir die Schlüssel und warf sie in meine Tasche. Gabriel hielt mir die Tür auf.

Im Freien angekommen vernahm ich, dass die Sonne sich gerade hinter ein paar Wolken verabschiedet hatte. Diesen Umstand begrüßte ich sehr, denn unser Kuss hatte mein Blut ohnehin genug in Wallung gebracht.

Am Ufer des Flusses schlenderten wir die Promenade entlang. Gabriel nahm selbstverständlich meine Hand in seine. Diese Geste tat unheimlich gut. Endlich war da wieder jemand, der unsere Beziehung auch nach außen kundtat. So lange war dies ein unerfüllter Wunsch in meinem Leben gewesen. Ich konnte mein Glück kaum fassen, dass mein tristes Alleinesein so plötzlich der Vergangenheit angehören sollte. Mein Herz tanzte schon wieder Samba.

An einem Imbissstand unterbrachen wir unseren Spaziergang. Wir bestellten uns zwei Coffee to go. Die Sonne war wieder hinter den Wolken hervorgekommen und spendete uns eine angenehme Wärme. Direkt am Wasser setzten wir uns auf zwei große Steine und versuchten uns durch unbeschwerte Gespräche näher kennenzulernen. Wir hatten tatsächlich sehr viel gemeinsam und auch die Interessen waren ähnlich gelagert. Dieses Gefühl erleichterte mir die Verabredung mit Gabriel ungemein, da uns dadurch der Gesprächsstoff nicht auszugehen schien.

Irgendwann hielt ich es nicht mehr aus. Seine bereits angesprochene schwarze Vergangenheit lag mir quer im Magen. Ich wollte nun wirklich alles über ihn wissen. So schlimm wird es schon nicht sein. Gabriel schien meinen Sinneswandel zu bemerken. Schlagartig wechselte auch er seinen Blick. Mit versteinerte Miene sah er mich an.

Etwas verunsichert forderte ich nun dennoch die ganze Wahrheit von ihm ein. „Gabriel, bitte erzähl mir, was dich so beschäftigt. Vor allem, bitte sei ehrlich zu mir. Meine Vergangenheit ist auch alles andere als perfekt verlaufen. Wie du weißt, bin ich bereits geschieden ... und eigentlich hatte ich ......"

Gabriel hielt mir einen Finger auf die Lippen und unterbrach mein nervöses Geplapper.

„Ich verspreche dir, ich werde alles dafür tun, dich nicht noch mal zu enttäuschen. Du bist etwas ganz Besonderes, Anne. Das hab ich von Anfang an gespürt. Ich möchte dieses Gefühl des Verliebens nochmals erleben, und zwar mit dir. Aber wie gesagt, dazu muss ich dir vorher ein paar Dinge aus meiner Vergangenheit erzählen."

Es war offensichtlich, dass ihn das Thema nach wie vor sehr mitnehmen musste. Mit aller Gewalt versuchte Gabriel, sein Geständnis weiter hinauszuzögern. Gedankenverloren hob er immer wieder kleinere, flache Steine vom Boden auf und warf sie über die Wasseroberfläche. Mehrmals sprangen sie darüber hinweg, ehe sie in den Wellen der Donau versanken.

Plötzlich stand er auf und reichte mir eine Hand. „Lass uns zuerst in dem Bootsrestaurant da drüben etwas essen. Ich wollte dich schließlich zum Essen einladen. Meine Offenbarung tut nicht gut auf leeren Magen."

Diese Aussage machte mich noch neugieriger. Was zum Teufel musste so schlimm sein, dass er es mir nicht schlichtweg erzählen konnte. Fragend blickte ich ihn an, nickte jedoch nur schlicht. Der Weg leitete uns zu einem alten Touristenschiff, das für seinen ursprünglichen Zweck nicht mehr verwendet werden konnte. Es war zu einem netten kleinen Restaurant umgestaltet worden. Wir betraten den Holzsteg, der auf das Boot führte, und der Name *MS Kulinarika* ragte auf dem Schild über uns auf.

Der Kellner, ein älterer Herr mit graumelierten Haaren, kam auf uns zu und wies uns einen Tisch im hinteren Bereich des Schiffes zu. Vermutlich hatte er gemerkt, dass wir unsere Ruhe brauchten.

Wir bestellten jeder ein Glas Wein, ich einen trockenen Weißen und er einen süffigen Roten. Der große Krug Wasser wurde ungefragt dazu serviert.

Nachdem wir die Getränke bekommen hatten, erhob Gabriel sein Weinglas, prostete mir zu und sagte: „Auf uns!"

Obwohl mir das bevorstehende Gespräch eine elendige Angst einjagte, musste ich lächeln.

Die Speisekarte hatte einige Leckereien für uns parat. Gabriel wählte ein Filetsteak mit Ofenkartoffel. Ich bestellte mir die Tagliatelle mit Flusskrebsen. Aufgrund der noch sehr frühen Abendzeit, dauerte es nicht lange, bis das Essen serviert wurde. Es schmeckte vorzüglich und mein Magen war danach mehr als nur zufrieden. Keinen Bissen mehr würde ich hinunterbekommen. Trotz meines Widerspruchs ließ es sich Gabriel nicht entgehen, als Nachtisch ein Dessert für uns zu ordern. Mit einem Tiramisu mit zwei Löffeln sollte das herrliche Mahl vollendet werden. Die unbeschwerte Stimmung zwischen uns war zurückgekehrt. Für den Moment hatten wir beide vergessen, warum wir eigentlich hergekommen waren. Während Gabriel mich mittlerweile schon mit dem fünften Löffel der süßen Sünde fütterte, musste ich lächelnd feststellen: „Für wen war nochmal der zweite Löffel?"

Gabriel verdrehte die Augen und wir lachten schallend los. „Äh, für niemanden. Der Kellner muss ihn irrtümlich dazugetan haben."

Es kam mir vor, als sei es eine halbe Ewigkeit her, dass ich mit einem Mann einen so schönen Nachmittag verbracht hatte. Meine Gedanken kreisten nur noch schwach um dieses eine Thema, denn die Komfortzone händchenhaltend mit Gabriel hier in dem guten Restaurant war mir bedeutend lieber. Schon lange hatte ich mich nicht mehr so rundum glücklich gefühlt.

Als der Kellner den Teller mit unserem Dessert abräumte, hatte die Dämmerung bereits eingesetzt. Die Sonne ging gerade unter und schimmerte in einem herrlichen Rotorange auf die Donau hinab. Gabriel blickte verträumt und etwas in sich gekehrt auf das Wasser hinaus. Seit ich ihn kannte, hatte er das schon ein paar Mal gemacht. Auch gestern beim Gut hatte es so einen Moment gegeben, in dem er still wurde, sich zurückzog und alles um ihn herum hatte keine Rolle mehr gespielt.

Mit ein paar streichelnden Bewegungen über seine Hand, versuchte ich ihn zu mir ins Hier und Jetzt zurückzuholen. Auf einmal sah er mich erschrocken an und blickte mir ertappt in die Augen. „Entschuldige, Anne, ich war grad wieder abwesend."

„Das hab ich gemerkt."

Gabriel atmete mehrmals tief durch und sagte dann: „Okay, jetzt oder nie! Nur, Anne, bitte versprich mir, dass du mir nicht gleich wegrennst und dir alles genau anhörst."

Um Gottes willen – was hatte er mir bloß so Schlimmes zu beichten, dass ich vor ihm davonlaufen sollte?

Ich sah ihn verwundert an, nickte aber dennoch. Er griff Halt suchend nach meiner Hand. Ich entzog sie ihm nicht, denn ich genoss diese Geste sehr.

„Wenn das Gut wieder bewohnbar ist, werde ich dort nicht alleine wohnen. Es gibt zwei Menschen in meinem Leben, die ich mehr als alles andere auf der Welt liebe."

Jetzt verstand ich gar nichts mehr. Von wem sprach er? Zwei Personen? Seine Eltern?

Ich hätte ihn eigentlich nicht als Muttersöhnchen eingeschätzt.

„Aha", war der erste kurze Wortlaut meinerseits. Verwirrt, wie ich gerade war, brachte ich nichts anderes über die Lippen.

„Mann, ich weiß nicht, wie ich anfangen soll. Es ist noch immer sehr schwer für mich, darüber zu reden." Er streichelte dabei weiterhin meine Hand, aber seine Stimme zitterte und ich bemerkte, dass er von Sekunde zu Sekunde nervöser wurde. Dass er mit seinen fünfunddreißig Jahren schon einiges an Erfahrung hatte, das konnte ich mir ausmalen. Jeder in unserem Alter hatte eine gewisse Vorgeschichte. Mir graute vor dem, was er mir jetzt sagen würde. Das gute Essen in meinem Magen entwickelte sich zu einem Felsen, schwer wie Granit. Mir wurde speiübel. War er doch verheiratet?

Nochmals zögerte er kurz, dann fuhr er sich mit der freien Hand durch die Haare, bevor er fortfuhr. „Ich hatte dir erzählt, dass ich eine schwarze Vergangenheit hinter mir habe, die mich nach wir vor sehr oft in ihren Bann zieht. Das Schicksal hat es in einer gewissen Sache nicht gerade gut mit mir gemeint. Aber ich sage es jetzt einfach geradeheraus: Ich bin seit drei Jahren verwitwet, Anne."

♥ Kapitel 7

„Meine Frau Lisa ist vor fast drei Jahren bei einem Autounfall ums Leben gekommen. Sie war meine große Liebe und seit ihrem Tod habe ich nicht mehr als eine innerliche Leere gefühlt." Er zögerte einen Augenblick. „Bis ich dich vor ein paar Tagen getroffen habe."

Gabriel drückte meine Hand noch fester und streichelte mit dem Daumen zärtlich darüber. „Da gibt es noch etwas, was ich dir erzählen muss."

Irgendwie war ich erleichtert, dass es keine andere Frau gab. Das, was mit Lisa passiert war, musste schrecklich für ihn gewesen sein. Es war ihm anzusehen, dass er in den letzten Jahren durch die Hölle gegangen sein musste. Aber was gab es denn jetzt noch? Welche zwei Menschen hatte er zuvor gemeint? Noch immer sprachlos, nickte ich und spürte, dass mir, genauso wie ihm, die Farbe aus dem Gesicht gewichen war.

„Ich habe zwei Kinder mit Lisa – Zwillinge –, Laura und Sarah. Sie sind in diesem Frühjahr fünf Jahre alt geworden. Sie saßen damals gemeinsam mit ihr im Auto, aber ihre Zeit war noch nicht abgelaufen. Glücklicherweise blieben sie bei dem Unfall nahezu unverletzt."

Gabriel erwartete eine Reaktion auf sein Geständnis, doch ich brachte kein Wort über die Lippen. Im Schnelldurchlauf spulte ich in Gedanken alles, was er mir gerade offenbart hatte, vor und zurück. Einen richtigen Sinn ergab es dennoch nicht. Er war Witwer und er war Vater von Zwillingen noch dazu. Oh mein Gott.

Für ein paar Sekunden herrschte Totenstille zwischen uns. Keiner von uns wusste, was er sagen sollte. Geistig sah ich, wie unsere Liaison den Bach hinunterging. Das würde niemals funktionieren. Ich konnte doch seinen Mädchen nicht den Papa wegnehmen. Gabriel hielt noch immer meine Hand. So fest, wie er sie umklammerte, hatte es nicht den Anschein, dass er sie gleich loslassen würde. Diese Information war heftig für mich gewesen. Ich zitterte am ganzen Körper wie Espenlaub. Schwere Eisenketten schlangen sich um mein Herz. Gabriel schien es ähnlich zu gehen. Um meinen Gemütszustand wieder zu beruhigen, benötigte ich dringend einen Schluck Wasser. Gierig schenkte ich mir ein großes Glas ein und verschüttete dabei einen Großteil auf dem weißen Tischtuch. Dieses Malheur scherte mich jetzt dennoch nicht. Ich musste wieder zu einem klaren Verstand finden. Die Kühle des Getränks half mir dabei und beruhigte mich fürs Erste. Tausend Fragen schwirrten in meinem Kopf herum. Wo waren die Zwillinge jetzt? Er kannte doch niemanden in der Stadt außer Tom, Isa und mir. Die entstandene Stille zwischen uns war unangenehm. Plötzlich verspürte ich Angst, nicht die richtigen Worte zu finden. Letztendlich gab mir das gestern und heute gewonnene Vertrauen in Gabriel den notwendigen Mut. „Wie hast du es geschafft, das Ganze zu verarbeiten? Bist du darüber hinweg?" Im selben Moment biss ich mir auf die Lippe. Noch blöder konnte ich mich wohl nicht ausdrücken.

Gabriels Stimme glich einem Flüstern. Ich fühlte, wie sehr ihn die Vergangenheit gerade eingeholt hatte. Wie brutal ihn das Schicksal gebeutelt hatte und wie weh es ihm tun musste.

„Na ja, ganz drüber hinwegkommen werde ich wahrscheinlich nie. Aber ich möchte wieder glücklich sein. Sämtliche Erinnerungen an meine Frau trage ich im Herzen weiter." Er deutete mit einer Hand auf seine Brust. „Ich habe Lisa über alles geliebt, und die Trauer hat mich sehr mitgenommen. Die Frage 'Warum, warum gerade sie?', stellte ich mir unzählige Male. Eine Antwort darauf bekam ich leider nicht. Die Zeit nach ihrem Tod war der absolute Horror. Es hat Monate gebraucht, bis ich einsah, dass mir zwar die Ehefrau genommen wurde, sie aber in unseren zwei gemeinsamen Kindern weiterlebt. Das Verständnis, dass diese kleinen Wesen jetzt ganz besonders einen starken Halt brauchen, um nicht daran zu zerbrechen, habe ich erst sehr spät erlangt. Denn nicht nur ich habe einen geliebten Menschen verloren, die Mädchen hatten von jetzt auf gleich keine Mutter mehr. In den ersten Wochen bin ich nur wie ferngesteuert durch die Gegend gerannt. Konnte kaum den Alltag bewältigen. Meine Eltern haben die Kinder versorgt und mein Partner Marcus hat mich in der Kanzlei freigestellt."

Ich nickte instinktiv und sah ihm in die Augen. Mir fehlten die Worte, weil ich mit so einer Art Wahrheit nicht gerechnet hatte.

Gabriel erzählte weiter: „Als ich dann endlich kapiert hatte, dass ich nicht nur an mich und meine Trauer denken kann, sondern mehr für die zwei Kleinen da sein muss, waren meine Eltern auch da und eine sehr große Hilfe. Schließlich habe ich es doch geschafft, den beiden ein guter Vater und gleichzeitig Mutter zu werden. Laura und Sarah sind mein Ein und Alles, und ich vermisse sie schrecklich. Wir telefonieren und skypen jeden Tag miteinander. Nur durch sie ist es mir gelungen, den Alltag so halbwegs zu meistern. Doch gelebt habe ich in den letzten drei Jahren eigentlich nicht mehr. Ich hab nur funktioniert."

„Wie ist der Unfall passiert?"

„Das weiß man nicht so genau. Aus unbekannter Ursache ist sie von der Straße abgekommen und mit voller Wucht gegen einen Baum geprallt. Die Zwillinge waren auf der Rückbank in ihren Kindersitzen angeschnallt. Man vermutet, dass sie wahrscheinlich durch eine der beiden abgelenkt worden ist und so die Gewalt über den Wagen verloren hat."

Ich musste ein paar tiefere Atemzüge nehmen. „Oh mein Gott", murmelte ich und hielt mir die Hand vor den Mund. Im Vergleich zu Gabriels Vergangenheit kam mir die eigene plötzlich wie eine totale Lappalie vor. „Wo sind die Zwillinge jetzt?"

„Ich habe sie vorerst bei meinen Eltern in den USA gelassen. Glaub mir, ich komme mir selbst wie ein richtiger Rabenvater vor, der seine Kinder im Stich lässt. Aber ursprünglich wollte ich nur hierherkommen, um mit dem Treuhänder alles zu regeln, und einen passenden Käufer für das Gut zu finden. Daraus ist jedoch nichts geworden, wie du siehst. Als ich meinen Ursprung zum ersten Mal nach fast zwanzig Jahren wieder betreten hatte, spürte ich intensiv, dass ich hierher gehöre. Obwohl es mir nie so vorkam, hab ich meine Heimat schrecklich vermisst."

„Das glaube ich dir gern. Meinst du, dass ein kompletter Neuanfang dir hilft, alles hinter dir lassen zu können?"

„Ich weiß es nicht, aber ich hoffe es. Hier muss es mir einfach besser gelingen, als in den Staaten. Dort erinnert mich jede Kleinigkeit an Lisa. Hier bin ich nicht mehr tagtäglich mit all den Erinnerungen konfrontiert. "

Nach einer kurzen Verschnaufpause nahm Gabriel wieder meine Hand und streichelte mit dem Daumen darüber. Mir fehlten noch immer die richtigen Worte.

„Anne, ich weiß, das war jetzt viel auf einmal, aber ich musste es dir sagen. Ich wollte von Beginn an ehrlich zu dir sein. Ich möchte noch mal ganz von vorne anfangen, und das am liebsten mit meinen zwei Mädchen und dir. Könntest du dir vorstellen, einen verwitweten Mann mit zwei kleinen Kindern zu akzeptieren?"

Seine Vorstellung schmeichelte mir, dass er sich nach unserer kurzen Kennenlernphase bereits eine gemeinsame Zukunft vorstellen konnte. Die Zweifel darüber überwogen dennoch schwer. „Die Frage ist wohl eher, ob deine Töchter mich an der Seite ihres Vaters akzeptieren, oder?" Ich konnte mir nicht vorstellen, dass sie dies so einfach zulassen würden.

Gabriel hatte seine Fassung schnell wieder erlangt. „Das können wir nur herausfinden, indem wir es den beiden sanft beibringen und du ihr Vertrauen gewinnst. Ich helfe dir dabei."

Plötzlich war ich mir unsicher, ob ich dazu überhaupt in der Lage war. Schließlich hatte ich ja so gut wie gar keine Erfahrung mit Kindern.

Zögerlich brachte ich die unüberlegte Entscheidung über die Lippen: „Gabriel, ich danke dir für deine Ehrlichkeit, aber im Moment kann ich dir nicht die richtige Antwort auf deine Frage geben. Das Ganze muss ich erst verdauen."

Die Enttäuschung stand ihm ins Gesicht geschrieben. Dennoch blieb er hartnäckig. „Das kann ich verstehen. Doch bitte gib uns eine Chance! Seit Lisas Tod hat mich keine Frau mehr so berührt wie du. Du hast in so kurzer Zeit einen anderen Menschen aus mir gemacht. Endlich ist es mir wieder möglich zu fühlen und zu lieben. Das klingt jetzt vielleicht verrückt, aber es kommt mir so vor, als ob Lisa dich mir geschickt hat, damit ich den ganzen Schmerz endlich hinter mir lassen und vor allem wieder glücklich sein kann. Verstehst du, was ich meine?"

Dieser Mann überrumpelte mich. Eine Tatsache, die ich nicht zulassen wollte.

„Ja, irgendwie kann ich es nachvollziehen, aber bitte gib mir ein bisschen Zeit. Ich möchte in Ruhe über alles nachdenken. Okay?"

„Okay, nimm dir die Zeit, die du brauchst."

Seine Gesichtszüge verfinsterten sich. Plötzlich beendete er unser, über die gesamte Dauer des Gesprächs aufrecht erhaltenes Händchenhalten. Seine warme Hand fehlte mir schlagartig. Mir kam es vor, als würde ein Zentner Blei auf meiner Brust lagern. Trotzdem war es mir nicht möglich, hier und jetzt eine Entscheidung zu treffen. Insgeheim musste ich zugeben dass ich nach der kurzen Zeit, intensive Gefühle für diesen vom Schicksal gebeutelten Mann entwickelt hatte. Ich wollte ihn nicht gleich wieder verlieren.

„Mir war nur wichtig, dass du verstehst, warum ich das Gut so schnell wieder bewohnbar machen muss. Dass ich hier so schnell eine Frau kennenlerne, war keineswegs geplant." Sein Blick war noch immer hart.

„Ja, dadurch wird mir der Ernst der Lage noch viel mehr bewusst", erwiderte ich. Es imponierte mir, dass er ein fürsorglicher Vater zu sein schien, der seine Kinder über alles liebte. Genau das machte ihn für mich umso interessanter. Endlich ein Mann, der nicht nur für sich allein sorgen musste, sondern auch die Verantwortung für Zwillinge zu tragen hatte.

Eine Weile saßen wir einfach nur da und schwiegen. Irgendwann suchte Gabriel wieder Körperkontakt und fasste nach meiner Hand. Ihn auf diese minimale Weise zu spüren, tat unheimlich gut. In mir bebte alles. Gabriel schien es nicht anders zu gehen. Sein Geständnis nahm mich sehr mit und ich fühlte mit ihm. Mein Schicksal hatte es bisher recht gut mit mir gemeint. Gott sei Dank hatte ich noch keinen geliebten Menschen auf so tragische Art und Weise verloren. Das wurde mir jetzt so richtig bewusst. Nie zuvor hatte ich mir nähere Gedanken darüber machen müssen, wie schnell man durch so ein Unglück vor dem Trümmerhaufen der eigenen Existenz stehen konnte.

Nach ein paar Minuten absoluter Stille und Zeit zum Nachdenken drückte ich seine Hand fester und sagte dann: „Du lässt mich nicht kalt, Gabriel. Das zwischen uns, das war von Anfang an etwas ganz Besonderes. Wir haben es beide gespürt."

Gabriel nickte.

„Ich würde mir so sehr wünschen, dass es für uns eine Zukunft gibt. Doch diese Umstände bringen ganz andere Seiten zum Vorschein. Ich weiß nicht, ob die Situation so einfach zu bewältigen sein wird. Vor allem hab ich kaum Erfahrung mit Kindern."

„Das ist mir durchaus klar. Ich werde dich zu keiner Entscheidung drängen und aktuell ist es sowieso viel zu früh, um sich darüber Gedanken zu machen. Bis ich die Zwillinge nachholen kann, wird noch einiges an Zeit vergehen. Dann müsst ihr euch auch erstmal kennenlernen. Aber eines weiß ich jetzt schon: Ihr werdet euch bestens verstehen. Da bin ich mir sicher." Nun lächelte er wieder und ich spürte, dass sich sein Herz aufheiterte, wenn er an seine Kinder dachte.

„Erzähl mir ein bisschen was von ihnen."

Gabriel nickte und zog seine Brieftasche aus der Hosentasche. Er öffnete sie und hielt mir ein Foto von den Zwillingen hin. Es zeigte beide irgendwo am Strand in zwei gleichen Strandkleidern. Sie lagen sich im Arm und grinsten süß in die Kamera. Die Kinder waren wirklich hübsch anzusehen und beide hatten blonde lange Haare. Wie zwei kleine Engel.

„Das ist Laura, die Ältere der beiden, und das ist Sarah", er deutete auf das Mädchen rechts im Bild. Auf dem Foto waren sie fast nicht auseinanderzuhalten.

„Laura ist ein Energiebündel durch und durch, und manchmal kann sie auch ziemlich frech sein. Sarah ist eher in sich gekehrt und sehr sensibel. Doch sie kann, wenn ihr etwas nicht passt, auch laut werden. Ich liebe die beiden einfach über alles."

„Das kann ich gut verstehen." Ich lächelte ihn an. „Wo ist dieses Foto entstanden?"

„Das war kurz vor meiner Abreise nach Österreich. Davor bin ich mit ihnen übers Wochenende noch mal weggefahren. Der Bruder meines Vaters hat in Florida ein Ferienhaus, das er selten benutzt."

„Oh, schön, ich dachte mir schon, dass es irgendwo in warmen Gefilden sein muss."

„Ja, es war unser letzter gemeinsamer Ausflug. Diesen Ort werde ich dir irgendwann einmal zeigen", sagte er bestimmt. „Du wirst ebenso begeistert sein wie Laura und Sarah."

Das wäre echt schön, dachte ich für mich. Irgendwie ging mir das alles viel zu schnell, und zugleich konnte ich es selbst kaum erwarten, endlich wieder glücklich sein zu dürfen. Ich hatte absolut keine Ahnung, ob wir es zusammen schaffen konnten und ob die zwei Mädchen mich als neue Frau im Leben ihres Vaters akzeptieren würden. Aber wir konnten es sowieso nur probieren und dabei herausfinden, ob es eine gemeinsame Zukunft für uns alle geben würde. Innerlich hatte ich mich gerade für Gabriel entschieden, doch das wollte ich ihn nicht sofort wissen lassen. Ich unterbrach meine Gedanken und sagte: „Gabriel, bitte ein bisschen langsamer. Wir waren uns doch einig, nichts zu überstürzen. Lass uns einander erst mal richtig kennenlernen und die gemeinsame Zeit miteinander genießen."

„Ja stimmt, du hast recht. Ich war schon wieder zu schnell. Es ist nur so, dass ich an nichts anderes mehr denken kann, als mit dir zusammen zu sein."

„Es schmeichelt mir, dass du dir nach so kurzer Zeit eine Zukunft mit mir vorstellen kannst. Mir geht es genauso. Niemals hätte ich gedacht, dass man ein so tiefes Verlangen nach ein paar Tagen verspüren kann."

„Schauen wir gemeinsam, was passieren wird, und lassen es einfach auf uns zukommen."

„Einverstanden", erwiderte ich und wir prosteten uns abermals mit den Weingläsern zu. Auf einmal begannen seine Augen lüstern zu funkeln: „Am allerliebsten würde ich jetzt aber in dir sein."

Der soeben getrunkene Schluck Wein erreichte das falsche Ziel. Ich verschluckte mich beinahe an dem guten Tropfen. Er hatte mich schon wieder erwischt. Was machte dieser Mann bloß mit mir? Kurz zuvor war ich, aufgrund der Ereignisse in seiner Vergangenheit, nicht in der Lage, einen klaren Gedanken zu fassen. Und dann, fast noch im selben Moment, entschied ich mich doch für ihn und wurde schwach. Verdammt, Anne, was ist nur los mit dir? Dieser Mann war mein Untergang. Wir konnten es anscheinend nicht langsam angehen lassen. Ich musste mich auf Gabriel einlassen. Hier und Jetzt! Obwohl ich ihn erst so kurz kannte, vertraute ich ihm völlig und war neugierig auf das, was noch passieren würde. Vielleicht war unser Kennenlernen wirklich ein Wink des Schicksals. Egal ob er zwei Kinder hatte und Witwer war.

Ich wollte mir jetzt nicht den Kopf darüber zerbrechen. Die Sehnsucht nach seinen Berührungen und der damit verbundenen Zärtlichkeit gewann plötzlich die Oberhand. Alles andere war mir für heute egal. Deswegen reagierte ich mit ein paar einfachen Worten auf seinen Kommentar: „Dann lass uns zahlen und bring mich heim. Und ich erwarte, dass du mit mir nach oben kommst." Dabei funkelte ich ihn unverschämt an.

Das ließ sich Gabriel nicht zweimal sagen. Eilig winkte er den Kellner herbei. Die gesamte Rechnung wurde von ihm beglichen. Mein Vorschlag, die Hälfte zu übernehmen, wurde mit einem lautstarken Protest seinerseits abgelehnt. Er hatte mich eingeladen und deswegen bezahlte er auch.

Den Weg zum Wagen brachten wir fast laufend hinter uns. Wir hatten es beide sehr eilig, einander wieder an die Wäsche zu gehen. Die Vorfreude darauf hatte mich enorm erregt.

Am Auto angekommen sperrte Gabriel mittels Fernbedienung auf. Der Audi blinkte zweimal, und ich wollte die Tür öffnen und einsteigen. Da wurde ich zurückgezogen und gegen die Tür gedrückt. Gabriel nahm wie beim ersten Mal mein Gesicht in die Hände. Kurz darauf lagen seine Lippen auf den meinen. Der Kuss war wild und mit seiner Zunge ergriff er schnell Besitz von mir. Gabriels Hände wanderten tiefer und er knetete eine meiner Brüste. Die Brustwarzen wurden wie auf Bestellung hart. Mit den Fingerspitzen fuhr er über die Nippel, die unter dem dünnen Top hervorstanden.

Gabriel zwirbelte nochmal fest meine Brust, und dann merkte ich, wie der Kuss langsamer wurde und er ganz zärtlich an meiner Unterlippe saugte. „Du machst mich verrückt, Anne. Komm, steig ein, bevor ich hier und jetzt auf diesem Parkplatz über dich herfallen muss."

Die verheißungsvollen Worte schossen mir direkt in die Mitte und ich wurde augenblicklich feucht. Ich konnte es ebenfalls nicht mehr erwarten, dass er seine Ansage endlich wahr machte, und ließ mich in den Sitz gleiten. Er stieg auf der Fahrerseite ein und startete den Motor. Das Navi ging an und ermittelte den Standort. Da alle Audis die gleichen Systeme hatten, tippte ich sofort die Adresse, *Im Grabenfeld Nr. 10*, ein.

Als wir am Wohnhaus angekommen waren, wies ich Gabriel an, das Auto im Carport neben meinem zu parken. Da mir die Wohnung gehörte, waren diese zwei Parkplätze Bestandteil meines Eigentums.

Gabriel stellte den Motor ab und sah mich noch einmal verschmitzt von der Seite an. „Da wären wir also."

Ich nickte und sah ihn ebenfalls an. „Komm, lass uns hineingehen." Und stieg aus.

Er folgte mir umgehend. Über ein paar Stufen war meine Wohnung schnell zu erreichen. Schnell steckte ich den Schlüssel ins Schloss und sperrte auf. An der geöffneten Wohnungstür wies ich Gabriel an, einzutreten. Draußen war es mittlerweile stockdunkel und ich betätigte gleich den Lichtschalter. Meine Handtasche fand ihren Platz neben der Garderobe, und den Schlüssel legte ich auf das kleine Glasboard im Eingangsbereich.

Gabriel sah sich kurz um und sagte: „Schöne Wohnung, und so geschmackvoll eingerichtet. Da merkt man echt, dass du deinen Beruf liebst."

„Vielen Dank. Ja, in meinem Leben hat Wohnen oberste Priorität. Da, wo man schläft, soll man sich auch wohlfühlen." Durch die Fahrt hierher hatte sich unsere Absicht, miteinander Sex zu haben, wieder etwas verflüchtigt. Jetzt kam es mir so vor, als ob keiner so recht wüsste, wer den ersten Schritt machen sollte. Um die Situation aufzulockern, ging ich in die Küche und fragte ihn, ob er auch noch ein Glas Wein wollte.

Er bejahte, und ich nahm eine Flasche Blanchet, meinen Lieblingsweißwein, aus dem Kühlschrank und holte zwei Gläser aus dem Hängeschrank über mir. Gabriel hatte mittlerweile auf der Couch Platz genommen. Ich stellte die Gläser auf den kleinen Beistelltisch und schenkte uns beiden ein. Einen der Kelche gab ich Gabriel, mit meinem in der Hand setzte ich mich auf das Sofa. Seitlich drehte ich mich zu ihm. Wir stießen an und sahen uns dabei tief in die Augen. Beide tätigten wir den ersten Schluck. Der kühle Wein war eine Wohltat für meine trockene Kehle.

Gabriel nahm mir das Glas ab und stellte beide zurück auf den Tisch. Lässig lehnte er sich nach hinten und auf einmal war dieses herrlich intensive Gefühl wieder da. Mein ganzer Körper sehnte die Berührungen herbei. Ich konnte es kaum erwarten, seine Lippen zu spüren. Er sah mich an, streichelte mit einer Hand meine Wange. Er kam mir näher und unsere Münder fanden sich abermals zu einem himmlisch innigen Kuss.

Ich umschloss die Hände in seinen Nacken und Gabriel zog mich zu sich auf den Schoß. Jetzt gab es für uns beide kein Halten mehr. Der Kuss wurde heftiger und Gabriel stieß mit der Zunge in meinen Mund. Unsere Zungen vereinten sich wunderbar. Er streifte mit den Lippen an meinem Hals entlang. Mit zärtlichen Küssen fand er die empfindsame Stelle hinter dem Ohr. Ein wohliger Schauer lief mir über den Rücken hinab und schoss direkt in den Unterleib. Energisch fuhr ich ihm durch die Haare, und unsere Körper rieben sich aneinander. Gabriels Erektion spürte ich deutlich durch seine enge Jeans. Im selben Moment zog er mir mein Top über den Kopf, sodass ich nur noch im BH vor ihm saß. Diesen peilte er als Nächstes an. Noch während er den Verschluss mit Leichtigkeit öffnete, streifte er mir beinahe zeitgleich die Träger hinunter und warf das ganze Ding achtlos auf den Boden.

Wir sahen uns an und ich erblickte die pure Lust in seinen Augen. „So gefällst du mir schon viel besser." Er nahm meine Brüste in beide Hände, knetete sie ganz sacht und saugte einen der Nippel in den Mund. Die Gänsehaut war vorprogrammiert. Keinen einzigen, störenden Fetzen Stoff wollte ich mehr spüren. Während wir uns immerfort küssten und Gabriel meine Brüste massierte, griff ich nach den Knöpfen seines dunkelblauen Hemdes und öffnete einen nach dem anderen. Ich führte meine Finger zu seiner Gürtelschnalle, wo ich versuchte, den Gürtel und gleichzeitig die Jeans zu öffnen. Seine erigierte Härte drückte brutal gegen die Shorts und wartete nur darauf, endlich herauszukommen.

Es entlockte ihm ein lustvolles Stöhnen, als ich mit einer Hand seine Hoden berührte. Ich stand auf und zog die Boxer zur Seite, um seinen nackten Penis in die Hand zu nehmen. Mit einer Fingerkuppe strich ich über die pralle Spitze und schob die Vorhaut sanft zurück. Mein Verlangen, ihn endlich in mir zu spüren, war auf dem absoluten Höchstpunkt angelangt. Weiter die Initiative ergreifend, stellte ich mich vor die Couch und begann nun auch meine Jeans zu öffnen. Gabriel saß vor mir und sah mir mit einem lustverhangenen Blick zu. Nebenbei massierte er seine prall erregte Männlichkeit. Ich entledigte mich der Hose und streifte im gleichen Zug das Höschen mit ab. Jetzt stand ich völlig nackt vor ihm und mein Unterleib pochte enorm. Es war kaum noch auszuhalten. Gabriel musterte mich von oben bis unten und in seinen Augen loderte ein Feuer der Lust.

„Oh mein Gott, du machst mich dermaßen an, Anne."

„Das ist gut so", antwortete ich ihm voller Selbstsicherheit. Ich griff nach dem Bund seiner Hose, und Gabriel half mir, indem er seinen Hintern anhob. Endlich konnte ich ihm die gesamte Kleidung von den Beinen streifen. Nackt wie Gott ihn schuf, saß er vor mir. Sein brennender Blick ging mir mehr als nur unter die Haut. Er stand auf, fasste mich um die Hüften und streichelte an der Außenseite meines Oberkörpers mitsamt den Brüsten weiter nach unten. Euphorisch zog er mich ganz nah an sich heran, kniff mich in die Pobacken, sodass ich kurz aufschrie. Gleichzeitig musste ich darüber schmunzeln. Es tat immens gut, von ihm berührt zu werden.

Mit einer flinken Bewegung erbat er sich Einlass zwischen meine Beine und ich gewährte sie ihm. Meine Mitte pochte heftig, dass ich es fast nicht mehr aushielt. Abwechselnd fuhr er mit zwei Fingern die Schamlippen entlang und ich spürte, wie feucht ich wirklich war. Er streichelte die kleine Lustperle, was mir ein Stöhnen entlockte. Im nächsten Moment führte er beide Finger ein und verteilte meine Feuchtigkeit. Ich konnte nicht anders, als mich völlig fallen zu lassen. Mit der anderen Hand strich er mir über den ganzen Körper. Mit jeder Stelle, die Gabriel berührte, wurde das Verlangen größer und stieg beinahe ins Unermessliche.

Kurz küsste er mich auf die Nasenspitze, sah mir in die Augen und drehte mich auf der Couch von ihm weg. Mit den Armen stützte ich mich an der Lehne ab, ein Bein winkelte ich an und Gabriel stellte sich dicht dahinter. Er streichelte die Pobacken und jetzt spürte ich seinen harten Schwanz am Eingang. Mit der Spitze fuhr er ein paarmal auf und ab, verteilte so die Nässe, und führte ihn ganz langsam ein. Er füllte mich komplett aus und das Gefühl, von hinten genommen zu werden, war wunderbar. Vorerst bewegte er sich nicht, ließ mir ein bisschen Zeit, mich an ihn zu gewöhnen.

Er strich mir über den Rücken und meinen Hintern, fuhr mit den Fingern die Pofalte entlang, erst dann begann er sich zu bewegen. Vor und zurück. Ich nahm jeden seiner Stöße auf und bald verfielen wir beide in einen erregenden Rhythmus.

„Du bist so fantastisch eng. Ich kann mich wahrscheinlich nicht lange zurückhalten. Oh mein Gott, Anne, das ist purer Genuss."

Ich fühlte das Gleiche wie er, doch ich konnte meine Empfindungen gerade nicht in Worte fassen. Es war ein großartiges Gefühl, aber ich war nicht in der Lage, etwas zu erwidern. Jetzt stieß er fester zu und auch ich stöhnte meine Lust hinaus. Der Versuch, leise zu sein, war unmöglich, wenn er mich so intensiv liebte. Mit einer Hand bahnte er sich einen Weg nach vorne und suchte meinen Mittelpunkt, den er sanft massierte. Ich schrie auf und Gabriels Stöße wurden schneller, unkontrollierter. Nur ein paar Sekunden später überrollte mich ein heftiger Orgasmus, dass ich mit meinem Oberkörper tiefer auf die Couch sinken musste. Ich spürte, seine Finger an meinem Hintern. Wenige Stöße später drang ein kehliges Stöhnen und sein heißer Samen schoss in mich. Er zitterte ebenso wie ich. Mit der rechten Hand drückte ich seinen Hintern noch fester an meinen. Gabriel sank auf mich und verteilte mehrere kleine Küsse auf meinem Nacken und meinen Schultern.

Herrlich befriedigt genoss ich die Geste in vollen Zügen. Ich liebte es, wenn ein Mann nach dem Höhepunkt in mir verweilte. Vor allem fand ich Gefallen daran, nach wildem Sex ein bisschen Zärtlichkeit zu bekommen. Gabriel machte das ganz selbstverständlich und ich dankte ihm innerlich dafür. Ich sank noch weiter in die Couch, und er kam mir hinterher. Wir atmeten beide schwer. Als ich wieder etwas mehr zu Atem gekommen war, drehte ich mich, und Gabriel glitt aus mir heraus. Wir schlossen uns in die Arme und hielten uns für mehrere Sekunden eng umschlungen. Ich genoss die Art seiner Liebkosung, und das führte mir vor Augen, wie sehr ich eine solche Zweisamkeit vermisst hatte. Gabriel war ein Mann voller Gefühl und Liebe. Von ihm gehalten zu werden, mich in seine starken Arme zu kuscheln war überwältigend.

Eine Zeitlang lagen wir eng aneinander gekuschelt da. Gabriel streichelte mit einer Hand an meinem Rücken auf und ab. Ohne weitere Aufforderung hatte er eine dunkelbraune Kuscheldecke über uns beide geworfen. Die wohltuende Wärme von Gabriels Körper und die der Decke, ließen mich völlig entspannt wegschlummern. Die Aufregung des Tages hatte ihre Spuren hinterlassen. Es war sicherlich eine halbe Stunde vergangen, als ich meine verträumten Augen wieder öffnete. Gabriel lag noch immer hinter mir. Die Müdigkeit hatte auch bei ihm überhandgenommen. Leise döste er dicht an meinem Körper. Ich wollte jetzt nicht aufstehen, am Allerliebsten hätte ich mich nie wieder aus seiner Umarmung gelöst. Ich war mir unsicher, wie wir diesen Abend ausklingen lassen sollten. Er würde wahrscheinlich nicht hier übernachten wollen. Oder doch?

Kurz räusperte ich mich und hob den Kopf, um Gabriel zu fragen. Er hatte die Augen geschlossen. Als er meine Bewegung bemerkte, drehte er seinen Kopf zu mir und sah mich fragend an.

„Ich weiß nicht, ob diese Frage gerade die richtige ist, aber …", stotterte ich. „Bleibst du die Nacht über bei mir?" Mein Herz klopfte wild, als ich es endlich ausgesprochen hatte.

„Wenn ich darf, sehr gerne", antwortete er prompt.

Erleichtert über seine Antwort lächelte ich ihn dankbar an.

Wir hatten uns nun beide aufgerichtet und Gabriel legte von hinten seine Hand um meine Schulter. Ich kuschelte mich wieder an seine Seite.

„Anne, das zwischen uns ist etwas ganz Besonderes. Das habe ich vom ersten Moment an gespürt. Wir müssen jetzt all die Selbstzweifel über Bord werfen und uns einfach von den Gefühlen leiten lassen. Es ist mir klar, dass die Geschwindigkeit, die wir an den Tag legen, alles andere als langsam ist. Aber ich verspreche dir, alles Erdenkliche zu tun, um unsere Beziehung gelingen zu lassen."

Instinktiv nickend sagte ich: „Ich vertraue dir und vielleicht hast du recht. Ich will nicht an uns zweifeln. Ich brauche dich hier bei mir. Auch wenn alles noch so frisch ist und ich irgendwie nicht weiß, ob das alles richtig oder falsch ist. Vor allem weil alles schon ewig her ist. Du bist der Erste seit sehr langer Zeit, der hier bei mir übernachtet."

„Ich danke dir für dein Vertrauen und ich werde dich nicht enttäuschen." Sachte hob er mein Kinn und zwang mich, ihn anzusehen. Dieser intensive Blickkontakt war der Beginn eines weiteren überwältigenden Kusses.

Kapitel 8

Etwas später waren wir in mein Schlafzimmer umgezogen. Wir hatten intensive Gespräche geführt und auch noch mehrmals miteinander geschlafen. Es war sehr lange her, dass ich mich nach ausschweifendem Sex herrlich wund gefühlt hatte. Gabriel ging liebevoll auf mich ein, fragte, wie es mir ging. Er kümmerte sich um mich und ich spürte, dass ich ihm wichtig war. Dieser Mann konnte, trotz seiner schlimmen Vergangenheit, unglaublich viel Gefühl, Wärme und Geborgenheit geben.

Weit nach Mitternacht waren wir vor lauter Erschöpfung eingeschlafen. Er hatte sich von hinten angekuschelt und mich festgehalten. So beruhigt und befriedigt war ich schon lange nicht mehr in die Welt der Träume abgedriftet. Binnen weniger Tage hatte sich mein Leben komplett auf den Kopf gestellt. Vergleiche mit meinem Früheren waren unmöglich. Ich war zwar über dreißig, war aber die letzten drei Jahre durchweg allein gewesen, sodass ich nun nicht genau wusste, wie es sich anfühlte, eine Beziehung zu führen. Führten wir überhaupt eine Beziehung? Waren wir jetzt schon zusammen? Diese Fragen hatten sich kurz vor dem Aufwachen in einen Traum geschwindelt.

Beim Erwachen am Morgen stellte ich fest, dass es wenige Minuten nach sieben Uhr war. Die Sonne blitzte bereits durch die Kellerfenster herein. Meinen Wecker hatte ich gestern absichtlich abgestellt, da ich heute erst für zehn einen Auswärtstermin auf einer Baustelle außerhalb der Stadt vereinbart hatte. Nachdem ich alles um mich herum registriert hatte, bemerkte ich, dass Gabriel neben mir noch friedlich schlief und ein leichtes Lächeln im Gesicht hatte. Er war auch im Schlaf wunderschön anzusehen. Mit diesem Gedanken ließ ich die letzte Nacht gedanklich Revue passieren und das brachte mich ebenfalls zum Lächeln.

Ich war bereit, die ganzen Zweifel über Bord zu werfen und alles Weitere auf uns zukommen zu lassen. Sein Geständnis, dass er

Vater zweier Kinder war, machte mir Angst, weil ich nicht wusste, wie sich das weiterentwickeln würde. Viel mehr drängte sich mir die Frage auf, ob die zwei Mädels bereit waren, eine neue Frau an der Seite ihres Vaters zuzulassen. Bei aller Verwirrung über diese prekäre Situation war mir eines vollkommen bewusst: Ich wollte Gabriel nicht verlieren, und deshalb war ich gerüstet, jede noch so große Herausforderung für ihn in Kauf zu nehmen. Das Schicksal hatte mir endlich einen Mann geschickt, mit dem es möglich war, wieder glücklich zu werden und nicht mehr allein zu sein. Genau aus diesem Grund wollte ich mich darauf einlassen.

Mein Blick fiel auf Gabriel und ich sah ihm ein paar Augenblicke lang beim Schlafen zu bis mein tierischer Mitbewohner ein paarmal von außen mit den Pfoten an der Tür kratzte. Ich wusste, dass sie hungrig war, deswegen huschte ich aus dem Bett, zog mir schnell den Seidenkimono über und öffnete die Tür, wo mich Snoozie verbittert anblickte.

Flüsternd begrüßte ich sie: „Guten Morgen, Tiger – ich mach dir ja gleich dein Frühstück." Über die Wendeltreppe gelangte ich nach oben in die Küche und gab ihr eine neue Schale voll Futter. Als hätte sie tagelang nichts zu fressen bekommen, stürzte sie sich ausgehungert darauf. Mein Gemüt trotzte nun auch dringend nach einer Tasse Kaffee. Ein Morgen ohne meine gewohnte Koffein-zufuhr und Frühstück war für mich kein richtiger Morgen. Es war ein ungewohntes Gefühl, dass einen Stock tiefer jemand noch in meinem Bett schlief. Der Gedanke daran, nicht allein in der Woh-nung zu sein, war schön und ich bemühte mich leise zu sein.

Gerade als ich dabei war, mir eine Tasse aus dem Oberschrank zu nehmen, lagen zwei Hände auf meinen Hüften und spürte im selben Moment zarte kleine Küsse auf dem Hals. Sein intensiver männlicher Geruch stieg mir direkt in die Nase und ich schloss für einen Moment die Augen.

„Guten Morgen, meine Schöne", murmelte er, lehnte seinen Kopf auf die Schulter und hielt mich fest umschlungen. Seine Beine steckten zwar in schwarzen Boxershorts, doch sein Ober-körper war nackt.

„Guten Morgen, mein Schöner", antwortete ich, fuhr mit meiner freien Hand von seinem Ohr aus über die Bartstoppeln und hauchte ihm einen flüchtigen Kuss auf den Mund. „Hast du gut geschlafen?"

„Nachdem du mich gelassen hast – ja, wunderbar." Ich sah sein verschmitztes Grinsen.

Im ersten Moment meinte ich, mich verhört zu haben, konnte mir aber im gleichen Augenblick ein Lachen nicht verkneifen: „Als ich dich gelassen habe? Das war ja wohl eher umgekehrt der Fall, oder?"

„Oder so – auf jeden Fall war es wunderschön. Ich kann noch immer nicht genug von dir bekommen."

Diese Worte waren Balsam für meine geschundene Seele und gleichzeitig hinterließen sie ein Kribbeln in meiner Bauchgegend. Gabriel schien es nicht anders zu gehen. Obwohl unser letzter Sex gerade mal ein paar Stunden zurücklag, spürte ich, wie er hinter mir abermals hart wurde.

„Ich brauche zuerst mal einen Kaffee. Du auch?", wechselte ich das Thema, um die Situation abzukühlen.

„Ja, gerne – schwarz ohne alles bitte."

Perfekt. Wenigstens ersparte er mir diese Frage. „Okay – kommt gleich."

Gabriel hauchte mir einen Kuss auf die Wange und ging aus der Küche, hinein ins Wohnzimmer. Ich hörte von dort aus noch, wie er ein paar Worte murmelte – anscheinend unterhielt er sich mit Snoozie, die ihr Frühstück beendet hatte und jetzt vor der Balkontür in der Sonne lag. Eine Katze möchte ich auch manchmal sein. Fressen – Schlafen – Fressen.

Mit zwei Kaffeetassen in den Händen begab ich mich ebenfalls auf den Weg ins Wohnzimmer. Gabriel hockte vor meinem Stubentiger und verwöhnte sie mit ein paar Streicheleinheiten.

„Ich hab gestern gar nicht mitbekommen, dass du eine Katze hast." Dankend nahm er mir eine der Tassen ab.

„Ja klar, du warst ja auch mit einer zweibeinigen Katze beschäftigt" erwiderte ich neckisch.

„Da könnte was dran sein." Wir nahmen an meinem Esstisch Platz.

„Sie mag dich. Ansonsten macht sie einen weiten Bogen um Menschen, die sie noch nie zuvor gesehen hat."

„Echt? Im ersten Moment kam sie mir recht zutraulich vor. Wie heißt sie denn?"

„Snoozie."

Gabriel verschluckte sich fast an seinem Kaffee. „Was, wie?"

Diese Reaktion hatte ich erwartet. Jeder, dem ich den Namen meiner Katze verriet, meinte, sich bei dem außergewöhnlichen Namen verhört zu haben.

„Ja, das ist irgendwie eine komische Geschichte. Ich hab sie von Isabell geschenkt bekommen. Damals, als mein Exmann mich verlassen hatte, damit ich nicht so alleine bin. Sie hatte sie von einem Bauernhof geholt und die Bäuerin hatte sie schon Susi getauft. Mit einem Menschennamen für eine Katze konnte ich mich nicht anfreunden. Auf die Schnelle ist mir aber auch kein besserer eingefallen. Tja, und dann hat sich dieses kleine Wollknäuel die ersten Nächte gleich in mein Bett geschlichen. Hat furchtbar laut vor sich hin geschnarcht und mir damit den Schlaf geraubt. Da hab ich sie einfach umgetauft. Von Susi auf Snoozie. Macht keinen großen Unterschied."

Gabriel lächelte. „Aha – irgendwie originell."

„Ja, schon – hat nicht jeder." Plötzlich war es wieder still zwischen uns, und Gabriel sah mir in die Augen. Sein Ausdruck war auf einmal sehr ernst.

„Warum hat dich dein Mann verlassen?", fragte er mich unvermittelt.

Meinem nachdenklichen Blick konnte er entnehmen, dass ich im ersten Moment etwas perplex über die Frage war.

„Du musst es mir nicht erzählen, wenn du nicht willst."

„Doch, doch", fiel ich ihm ins Wort. "Du hast mir deine Vergangenheit auch offenbart. Da wäre es gerecht, wenn ich das auch tun würde."

Ich benötigte ein paar Sekunden zum Nachdenken, wo ich genau beginnen sollte. „Es ist lange her und ich bin schon Monate vielleicht auch Jahre über ihn hinweg. Ich weiß eigentlich selbst nicht, warum er gegangen ist."

Gabriel sah mich fragend an.

„Na ja – wie soll ich anfangen?" Stirnrunzelnd begann ich einfach zu erzählen.

„Vor acht Jahren heiratete ich Mario, einen Italiener. Er war meine erste große Liebe. Unsere Ehe hielt nicht mal fünf Jahre. Wir lernten uns im Urlaub kennen. Anfangs dachte ich wirklich nicht, dass aus diesem Sommerflirt mehr werden könnte. Nach ein paar Wochen stand er vor meiner Tür und sagte mir, dass er für immer mit mir zusammen sein wollte. Damals war ich noch zu jung und viel zu naiv, sodass ich dem Ganzen Glauben geschenkt hatte."

Gabriel nickte, fragte aber gleich darauf: „Wie, du hast ihn dann einfach mir nichts, dir nichts geheiratet?"

„Natürlich nicht", und schüttelte verneinend den Kopf. „Nachdem er Hals über Kopf seine Zelte in Italien abgebrochen hatte und zu mir gezogen war, heirateten wir nach fast zwei gemeinsamen Jahren. Wir führten eine tolle Beziehung, waren glücklich, und für mich war es eigentlich perfekt. Bis zu dem Tag, an dem er für einen kurzen Besuch zu seiner Familie fuhr und nie mehr zu mir zurückkam."

Gabriel sah mich erstaunt an. „Er hat dich einfach so sitzen gelassen?"

„Ja, aber warum genau weiß ich bis heute nicht. Vermutlich weil er sich von Anfang an eine ganze Kinderschar von mir gewünscht hatte. Gleich nach der Hochzeit wollte er mit der Kinderplanung beginnen. Doch für mich war es damals zu früh. Ich hatte gerade mein Studium beendet und wollte zuerst noch Berufserfahrung sammeln und mein eigenes Geld verdienen, bevor ich mich Kind und Kegel widme."

Gabriel nickte stumm und ich erzählte weiter.

„Nachdem er seinen Aufenthalt in Italien zweimal verlängert hatte, lag bald darauf ein Brief im Postkasten. In dem stand, dass er seine alte Jugendliebe wiedergetroffen hatte, und bat mich, ihn frei-zugeben.

„Scheiße" fluchte er leise. „Wie lang ist das jetzt her?"

Kurz vor meinem dreißigsten Geburtstag. Damals ist für mich eine Welt zusammen gebrochen, aber es war richtig, ihn ziehen zu lassen. Zum Teil war ich ja selbst daran schuld."

Wieder einmal ertappte ich mich dabei, dass ich mir die ganze Schuld am Scheitern der Beziehung gab. Von Isabell würde ich jetzt schon wieder eine auf den Deckel bekommen. Gabriel trat in Isas Fußstapfen und verneinte meine Vermutung. „Ach Quatsch, das glaube ich nicht. Er ist einfach ein Vollpfosten, der dich nicht verdient hatte. Das muss eine schwere Zeit für dich gewesen sein."

„Ja, das war sie gewiss. Nach der Scheidung von ihm war ich fast zwei Jahre Single und brauchte sehr lange, bis ich mich wieder in die Nähe eines Mannes traute.

Isabell und meine Eltern waren in dieser schlimmen Phase immer für mich da. Sie waren wie mein rettender Anker, der mir von Zeit zu Zeit die notwendige Kraft verlieh, um wieder ein halbwegs normales Leben führen zu können. Vor allem bei der Erledigung der ganzen Formalitäten. Wir regelten ja alles nur noch über meinen Anwalt hier und seinen Anwalt in Italien. Heute haben wir gelegent-lich noch Kontakt und verstehen uns recht gut. Er hat bald darauf seine alte Liebe Sonja geheiratet und mittlerweile haben sie drei Kinder miteinander. Immer wieder sagt er mir, wie dankbar er mir ist, dass ich ihm damals keine Steine in den Weg geräumt habe, und dass er sich für mich dasselbe Glück wünscht."

„In gewisser Weise bin ich froh, dass er dich verlassen hat, sonst hätte ich dich wahrscheinlich nicht kennenlernen dürfen."

Über diese Aussage musste ich schmunzeln und boxte ihm leicht in den Oberarm.

„Da hast du recht. Heute kann ich darüber lachen. Ich bin froh, dass es so kam, wie es kommen musste. Früher oder später hätte er mich wahrscheinlich so oder so verlassen."

„Vielleicht, vielleicht auch nicht. Jedoch war er definitiv nicht der richtige Mann für dich. Denn das bin einzig und allein ich."

Diese Worte hellten meine Stimmung erneut auf und ich erwiderte lachend: „Du bist ein Spinner, weißt du das?"

„Streite ich gar nicht ab" und hielt sich die Hand an die von mir getroffene Stelle am Arm.

„Wie ist deine Ambition zu Kindern eigentlich heute? Hat sich deine Einstellung mittlerweile geändert?", fragte er mich neugierig. Mir war klar, warum er mir diese Frage stellte.

„Ja, ich denke schon. Ich wollte ja immer eigene Kinder haben und mittlerweile wäre ich gerne Mutter. Doch damals war es einfach noch zu früh."

Gabriel nickte anerkennend, nahm meine Hand und meinte: „Das ist schön. Ich könnte mir nichts Besseres vorstellen, als dass du dich mit meinen zwei Mädels verstehst und sie dich als neue Partnerin akzeptieren."

„Ich habe Kinder sehr gerne. Ich habe einen fünfjährigen Neffen, mit dem ich mich prima verstehe und der seine Tante des Öfteren irrsinnig auf Trab hält. Mit David mache ich oft Ausflüge oder er übernachtet bei mir, wenn mein Bruder Max und seine Frau Nancy mal wieder für sich sein wollen. Das klappt immer wunderbar."

„Ehrlich, das ist schön zu hören. Den Kleinen würde ich auch gerne mal kennenlernen."

„Das wirst du ganz bestimmt. Aber so, wie wir es gestern besprochen haben. Wir wollten es immerhin langsamer angehen, oder?"

Gabriel sah mich etwas enttäuscht an und schwieg vorerst. Irgendwie bereute ich meine Worte und ärgerte mich über mich selbst, weil ich die ausgelassene Stimmung zwischen uns mutwillig zerstört hatte. Um ihn zu besänftigen, nahm ich auf seinem Schoß Platz, und er schlang gleich die Arme um meine Hüften. Ich bat ihn, mich anzusehen, und wollte soeben anfangen zu sprechen, als er mir zuvorkam: „Ich bin ganz deiner Meinung, und glaub mir, ich will es auch versuchen. Aber das ist nicht so leicht. Endlich darf ich wieder fühlen und lieben. Diese Gefühle, Anne, sind bei mir in den letzten Jahren komplett in Vergessenheit geraten. So, als ob ich sie damals mit meiner Frau begraben hätte. Ich war mir sicher, nie wieder richtig würde fühlen zu können. Verstehst du das?"

„Hmm, ja, in gewisser Weise schon." Bewusst wechselte ich das Thema: „Gabriel, ich möchte deine zwei Mädels auf alle Fälle kennenlernen und ihnen von Anfang an eine gute Freundin sein. Es bereitet mir zwar Angst, aber ich hoffe, dass sie mich akzeptieren werden."

Er schmiegte seinen Kopf an meine Brust und streichelte sanft über meinen Rücken.

„Danke", murmelte er. Diese Situation ließ uns beide nicht kalt. Seine Angst um das Gelingen unserer Beziehung war genauso groß wie meine.

Eng umschlungen blieben wir noch einen Moment sitzen und genossen die intensive Nähe zueinander. Ich wollte ihn wieder auf andere Gedanken bringen und sagte: „Wie wäre es mit Frühstück?"

Er nickte. „Ja bitte, eine Kleinigkeit wäre nicht schlecht."

Sanft küsste ich ihn auf den Mund, erhob mich von seinem Schoß und ging in die Küche.

„Soll ich dir helfen?", hörte ich Gabriel hinter mir noch fragen.

„Nein, das geht schon. Aber du könntest dir vielleicht ein Shirt oder so anziehen, sonst komme ich womöglich wieder auf andere Gedanken und vernasche dich zum Frühstück", sagte ich und zwinkerte ihm frech zu.

„Dagegen hätte ich nichts einzuwenden", lachte er, stand dann aber dennoch auf und ging hinunter ins Schlafzimmer.

In der Zwischenzeit schnitt ich mehrere Scheiben von einem Vollkornbrot und vergewisserte mich danach, was mein Kühlschrank noch so zu bieten hatte. Das Ergebnis war ein einfaches aber leckeres Frühstück.

Auf einem Tablett trug ich eine bunte Mischung aus Marmelade, Honig und Obst ins Esszimmer und stellte es auf dem Tisch ab.

Gabriel kam gerade wieder nach oben und hatte jetzt zumindest seinen Oberkörper bedeckt.

Lächelnd blickte ich ihn an. „Ich habe nicht unbedingt viel da, weil ich nicht auf Besuch vorbereitet war. Aber die Marmelade ist die selbstgemachte von meiner Mutter, und der Honig stammt von meinem Opa."

Gabriel betrachtete die ausgebreiteten Leckereien und sagte dann: „Nicht viel? Das ist das beste Frühstück seit langem."

Wir frühstückten gemeinsam und er konnte es nicht lassen, mich zwischendurch mit kleinen Obststücken zu füttern und nebenbei immer wieder zu küssen. Dieses Glück, das ich in meinem Inneren verspürte, konnte ich noch nicht richtig für wahr halten. Zur Krönung half er mir danach noch, das dreckige Geschirr in die Küche zu bringen und die Spülmaschine einzuräumen. Ein Traummann, wie er im Buche stand.

Irgendwann zwischen Blödeln und Küssen sah Gabriel auf meine Küchenuhr. Es war jetzt schon kurz nach halb neun. „Äh – musst du denn heute nicht arbeiten?", wollte er wissen.

„Doch, schon, aber ich hab um zehn einen Auswärtstermin auf einer Baustelle und den fahre ich direkt von hier aus an. Willst du vorher noch duschen?"

„Ja, gerne, aber nur mit dir gemeinsam." Ich spürte, wie er mit einer Hand unter den Kimono glitt und anfing, eine meiner Brüste zu streicheln.

„Mr Carter, Sie sind unersättlich", tadelte ich ihn, obwohl mir sein Tun mehr als nur gefiel.

„Gefräßig nach Ihnen, Miss Santori." Er begann mich zu küssen und ich ließ es geschehen.

♡ Kapitel 9

Nach unserer gemeinsamen Dusche hatten wir uns angezogen und Gabriel hatte sich von mir verabschiedet. Unser nächstes Treffen sollte morgen auf dem Gut stattfinden, da ich für den Vormittag bereits ein paar Besichtigungstermine mit Handwerkern vereinbart hatte.

Den Auswärtstermin hatte ich problemlos über die Bühne gebracht. Es war zwar eine sehr heikle Baustelle, aber dank meiner guten Laune heute war mir auch dieser Termin perfekt von der Hand gegangen.

Der Bauherr, Arthur Bettler, war ein ziemlicher Tyrann und mit Frauen in technischen Berufen, die eigentlich nur von Männern ausgeübt werden, konnte er nicht unbedingt etwas anfangen. Das hatte er mich zu Beginn mehr als deutlich spüren lassen. Er war nicht erfreut gewesen, als mein Chef mir das Projekt zugewiesen hatte, aber ich hatte ihm sehr bald verklickern können, die Beste für diesen Job zu sein. Bei dem Auftrag handelte es sich um ein altes Fabrikgebäude aus Vorkriegszeiten, das gerade komplett umgebaut wurde und zusätzlich noch ein Anbau gemacht werden sollte.

Der verbleibende Tag im Büro verlief ohne weitere Vorkommnisse. Trotzdem war es schon Viertel nach drei am Nachmittag, als ich das Wochenende einläutete. Diese Woche war doch einiges an Schreibkram liegen geblieben.

Heute war es Gott sei Dank nicht so heiß draußen. Die Sonne hatte am Morgen nur ein kurzes Gastspiel gegeben und sich dann bald hinter die Wolken verzogen. Über diese Tatsache war ich im Moment nicht beleidigt. Gerade machte ich mich auf den Weg zum Auto, als mein Smartphone in der Tasche vibrierte und mir eine Nachricht ankündigte. Mein erster Gedanke galt Isa, die sich wahrscheinlich mit mir zum Sport verabreden wollte. Prompt öffnete ich die SMS und meine Lippen formten sich nach oben, als ich denVersender erkannte.

„Es ist verrückt, aber ich vermisse dich jetzt schon." Und
drei Herzen hintendran.

Ich konnte es noch immer nicht fassen, was hier gerade passierte. Es war ein unbeschreibliches Gefühl, plötzlich wieder von
einem Menschen vermisst zu werden. Obwohl das Zusammensein
mit Gabriel erst kurz währte, hatte ich in dieser Zeit ein viel siche-
reres Gefühl als jemals zuvor in meinem Leben, bei den Anfängen
einer Beziehung.

Den ganzen Tag über gab es enorm viel zu tun, doch ich hatte
sehr oft an Gabriel und die bis jetzt gemeinsam verbrachten Stunden gedacht. Unser Wiedersehen morgen konnte ich fast nicht
mehr erwarten. Das wollte ich ihm gegenüber zwar nicht direkt
aussprechen, dennoch freute es mich irrsinnig, dass es ihm genauso ging wie mir.

„Es ist doch erst ein halber Tag vergangen ;-))"

Es dauerte keine Minute, bis eine weitere Nachricht von ihm
einging. **„Ich hätte dich gar nicht erst zur Arbeit gehen lassen
sollen!!! Dann müsste ich jetzt nicht ein Gefühl wie Sehnsucht nach dir verspüren. Was machst du gerade???"**

**„Ach, dann hättest du dich aber auch meinem Chef gegen-
über verantworten müssen, wenn ich nicht zur Arbeit gekommen wäre. Ich bin grad aus der Firma raus und auf dem
Weg in den Supermarkt, um meinen Kühlschrank aufzu-
füllen."**

**„Damit hätte ich gar kein Problem gehabt. Ich hätte ihm
einfach erzählt, dass Frau Santori mit mir heute Nacht so
viele andere Sachen im Sinn gehabt hat als schlafen ;-)"**

So ein Mistkerl. Ich schmunzelte, da ich ganz genau wusste, dass
er mich nur aufziehen wollte. Deswegen konterte ich: **„So, das
hättest du tatsächlich gemacht? Schade, dass du mir so in
den Rücken fällst. Denn ich wollte dich gerade zu einem gemeinsamen Abendessen einladen, aber ich hab es mir eben
anders überlegt!!!"**

Jetzt war ich gespannt, ob ihm darauf wieder so schnell eine

Antwort einfiel. Mittlerweile war ich am Parkplatz und bei meinem Auto angekommen und wollte gerade einsteigen, als mein Handy klingelte. Natürlich war er es. Ich setzte mich auf den Fahrersitz und steckte in aller Ruhe den Schlüssel ins Zündschloss. Kurz bevor die Mobilbox anging, nahm ich das Gespräch entgegen.

Ich meldete mich mit einem einfachen „Hey, du frecher Kerl. Hast du ein schlechtes Gewissen?".

„Hey zurück – bist du jetzt sauer?", fragte er vorsichtig.

„Nein, ich bin nicht sauer – nur, wenn du mich ärgerst, dann ärgere ich zurück."

Er atmete erleichtert aus. „Sorry, das war nicht so gemeint."

„Hör auf, dich zu entschuldigen – so schnell machst du mich nicht zornig, keine Angst. Auch wenn du es nicht glaubst, ich hab eine dicke Haut." Erneut wurde mir bewusst, dass es für uns beide neu war, da wir uns gerade erst kennengelernt hatten. Keiner von uns war in der Lage, jetzt schon zu wissen, wie der andere tickte.

„Okay, dann nehme ich die Einladung zum Abendessen sehr gerne an."

Für einen kurzen Moment war ich sprachlos, aber mir gefiel sein Humor. Es war schön, dass er ihn trotz des schweren Schicksalsschlages nicht verloren hatte. Mit Frohsinn war alles im Leben viel einfacher. „Du bist echt verdammt mutig. In Ordnung, ich freu mich auf dich – um sieben bei mir. Die Adresse kennst du ja."

„Danke – äh, Anne, kann ich irgendetwas mitbringen?"

„Och, gegen eine gute Flasche Weißwein hätte ich nichts einzuwenden. Gibt es irgendein Gericht, das du nicht magst? Damit ich nicht in ein Fettnäpfchen trete?"

„Nein, überhaupt nicht – ich bin ein absoluter Allesesser."

„Super, dann bin ich ja beruhigt. Bis später."

„Bis später, meine Süße."

Dass er diesen Kosenamen ausgesprochen hatte, zauberte mir abermals ein Lächeln ins Gesicht. Noch immer fiel es mir schwer, zu glauben, dass man sich so schnell in einen Menschen verlieben konnte.

Im Supermarkt kaufte ich alle Zutaten für eine selbstgemachte Lasagne und ein leckeres Dessert ein. Mittlerweile wusste ich ja, dass Gabriel dieselbe Naschkatze war, wie ich. Da wir gestern ein traditionelles Tiramisu gegessen hatten, wollte ich heute eines der anderen Art machen, nämlich ein weißes mit frischen Himbeeren.

Auf dem Weg zum Auto fiel mir der kleine Blumenladen an der Ecke auf und ich beschloss kurzfristig, meinen Esstisch noch mit Blumen zu dekorieren. Da passte der Strauß Callas, den ich hier sah, perfekt. Mit einem Lächeln im Gesicht und irrsinnig guter Laune verließ ich den Laden. Waren das wirklich Schmetterlinge im Bauch? Das Kribbeln am ganzen Körper, wenn man frisch verliebt war? Ein Gefühl dieser Art war bei mir schon so lange her, dass ich vollkommen vergessen hatte, wie es sich anfühlt.

Zu Hause angekommen machte ich mich zuerst an die Zubereitung des Tiramisus, das für zirka zwei Stunden in den Kühlschrank musste. Die Nachspeise ging mir locker von der Hand und bereitete keinerlei Komplikationen. Nachdem sie zur Kühlung verstaut war, stürzte ich mich gleich an die Hauptspeise. Die Stereoanlage im Wohnzimmer hatte ich laut aufgedreht. Bei jedem Lied, das sie heute auf Ö3 spielten, tanzte und sang ich mit. Um halb sieben war das Essen schon fast zwanzig Minuten im Rohr, der Tisch fertig gedeckt und der ganze restliche Abwasch erledigt. Stolz klopfte ich mir selbst ein paar Mal auf die Schulter, da ich beim Kochen sonst immer ein ziemlicher Chaot war.

Einen Stock tiefer, in meinem Badezimmer, hüpfte ich noch geschwind unter die Dusche. Duschen, Make-up, Frisur waren bei mir eigentlich immer in Windeseile erledigt. Nur für die Wahl der Klamotten frühmorgens brauchte ich länger. Mittlerweile stand ich bereits seit fast fünf Minuten vor dem Kleiderschrank, weil ich mich nicht entscheiden konnte, was ich anziehen sollte. Nach einigem Überlegen entschied ich mich für einen kurzen Jeansrock mit einer cremefarbenen Seidenbluse. Die passenden Sandaletten hatte ich auch vorrätig.

Pünktlich auf die Minute klingelte es an meiner Tür. Zuerst

drückte ich den Knopf für die Haustür unten und öffnete anschließend die Wohnungstür einen Spalt, damit Gabriel eintreten konnte.

Ich hörte, wie er die paar Stufen mit zwei Schritten nahm, und kurz darauf kam er zur Tür herein. In meinem kleinen Vorraum wartete ich auf ihn, und als er plötzlich wieder vor mir stand, blieb mir einmal mehr der Mund offen stehen. Wollte dieser wunderschöne Mann wirklich zu mir? Er trug heute eine rabenschwarze Jeans und ein weißes, tailliertes Hemd, das seine Bauchmuskeln zur Geltung brachte. Die Ärmel hatte er wieder aufgekrempelt. Gürtel und Schuhe waren passend in Schwarz gehalten. Geschmack hatte er, das musste man ihm lassen.

Er kam auch nicht mit leeren Händen. In der einen hielt er die versprochene Flasche Wein und in der anderen einen prachtvollen bunten Strauß mit herrlichen Frühlingsblumen.

„Hallo, meine Schöne", raunte er zur Begrüßung und ich schmolz schon fast wieder dahin. „Vielen Dank für die Einladung." Er reichte mir die Blumen und den Wein.

„Das wäre nicht nötig gewesen", log ich. Welche Frau freute sich nicht, über so schöne Blumen. „Schön, dass du da bist."

In hoffnungsvoller Erwartung wartete ich, ob er mich küssen würde. Meine Knie glichen einem Wackelpudding und das Gefühl in meiner Magengegend konnte ich nicht richtig zuordnen. Nervös, flau, völlig außer Rand und Band?

Doch er traf keine Anstalten und deswegen ging ich enttäuscht in die Küche. Der Wein musste in den Kühlschrank und die Blumen ins Wasser. Sie passten perfekt ins Wohnzimmer. Den Strauß mit den Callas hatte ich in einer großen Vase auf die breite Fensterbank gestellt. Dort kamen sie am besten zur Geltung.

Als ich nicht mehr damit gerechnet hatte, kam Gabriel auf mich zu, nahm mein Gesicht in die Hände und küsste mich zärtlich auf den Mund. Doch noch. Ich spürte mein Herz in der Brust auf und ab hüpfen.

„Ich freu mich auch, wieder hier zu sein, und hab dich schrecklich vermisst, Anne. Das ist kein Scherz." Dabei sah er mir tief in die Augen und nahm mich nochmals in seine starken Arme. Jetzt wusste ich wieder, warum sich zu verlieben so wahnsinnig schön war.

„Schön, das zu hören. Mir ging es ähnlich. Du bist dafür verantwortlich, dass ich heute den ganzen Tag über verdammt gute Laune hatte, und dafür danke ich dir noch zusätzlich."

„Das will ich doch schwer hoffen. Kann ich dir bei irgendetwas behilflich sein?"

„Ja, bitte, du könntest uns gleich zwei Gläser Wein einschenken."

„Aye-Aye, Sir – wird sofort erledigt." Gabriel stellte beide Füße zusammen und hob die rechte Hand an die Stirn. Ich musste lächeln, er schaffte es, meine Laune noch einmal zusätzlich zu verbessern. Trotz der aufflackernden sexuellen Spannung verspürte ich auch ein Gefühl von Leichtigkeit und Vertrautheit zwischen uns. Es war, als würden wir uns schon mehrere Jahre kennen.

Er folgte mir in die Küche, wo ich ihm eine der bereits kaltgestellten Flaschen und zwei Gläser aus dem Oberschrank reichte. Das Einschenken übernahm Gabriel und ich das Anrichten.

„Ich hoffe, du magst Lasagne?"

„Mmmh - ich liebe Lasagne. Hast du die komplett selbst gemacht?"

„Ja klar, was denkst du denn? Eine Tiefkühllasagne kommt bei mir nicht ins Haus."

„Ich sag ja, dich hat mir der Himmel geschickt." Gabriel lächelte, faltete seine Hände und zeigte damit nach oben. „Ich bin so froh, dass ich dich kennenlernen durfte, und kochen kannst du auch noch. Womit hab ich das nur verdient?"

Mein Dauerschmunzelzustand nahm gar kein Ende mehr. Während ich die Lasagne auf die Teller verteilte, sagte ich: „Das Kochen hat mir meine Mutter beigebracht. Sie ist der Meinung, dass eine Frau kochen können muss. Damals war ich nicht sehr erfreut darüber, aber heute bin ich froh, dass sie damit so hartnäckig gewesen ist."

„Eine wunderbare Frau, deine Mutter. Ich koche hin und wieder auch sehr gerne. Das nächste Mal bist du mein Gast."

„Ich nehme dich beim Wort." Mit den beiden Tellern ging ich voran ins Esszimmer, und Gabriel folgte mir mit den Getränken.

Das Essen absolvierten wir in Ruhe, und Gabriel lobte mein Gericht in den höchsten Tönen. Er hatte sogar noch eine zweite Portion genommen. Danach rieb er sich genüsslich über den Bauch, lehnte sich nach hinten und sah mich zutiefst entspannt an.

„Ich habe auch noch ein Dessert für uns zubereitet. Aber das wirst du wahrscheinlich nicht mehr mögen, oder?"

„Was, ein Dessert? So satt kann ich gar nicht sein, dass da nicht noch Platz für was Süßes wäre. Aber ein halbes Stündchen zum Verdauen musst du mir bitte geben, ja?"

„Ja klar. Das brauch ich auch." Es kam mir vor, als ob ich in ihm einen Seelenverwandten getroffen hätte. Wir hatten viele gemeinsame Interessen. Je besser wir uns kennenlernten, desto mehr kamen wir zu der Erkenntnis, dass wir bei der einen oder anderen Angewohnheit Gleichgesinnte waren.

„Hmm – da bin ich ganz deiner Meinung. Ich brauche auch nach jeder Hauptspeise etwas Süßes."

„Eigentlich bist du ja selbst süß genug." Er zwinkerte mir zu.

„So, so, findest du?"

„Was hast du denn Leckeres kreiert?"

„Hihi, lass dich überraschen."

Nachdem ich ihm mein weißes Tiramisu serviert hatte, kam er aus dem Schwärmen nicht mehr heraus. Damit hatte ich noch mal zusätzlich seinen Geschmack getroffen.

Heute war es nicht so warm wie in den letzten Tagen, aber es war trotzdem ein lauer Frühlingsabend geworden. Mit unseren Weingläsern machten wir es uns auf dem Balkon bequem. Um die romantische Stimmung noch zu intensivieren, hatte ich ein paar Kerzen angezündet. Auch unser gemeinsames, zweites Date war unbeschwert und schön geworden, sodass wir es beide in vollen Zügen genossen hatten. Bei früheren Bekanntschaften war die Aufrechterhaltung eines Gespräches sehr oft zur Passion geworden. Mit Gabriel war es genau umgekehrt. Mit ihm ging der Gesprächsstoff den ganzen Abend nicht aus. Ursprünglich hatte ich vorgehabt, ihm eine weitere gemeinsame Nacht bei mir anzubieten, ließ es dann aber doch sein, weil ich es als angebrachter empfand, den Abstand zwischen uns zu wahren. Schließlich war ich diejenige, die darauf bestanden hatte, dass wir uns zuerst besser kennenlernen und es langsam angehen. Was uns beiden vollkommen misslungen war. Dennoch war es uns wichtig, es mit den Treffen und den gemeinsamen Nächten nicht zu übertreiben. Morgen Vormittag auf dem Gut würden wir uns sowieso wiedersehen.

♡⃝ Kapitel 10

Für den Tag auf dem Gut hatte ich mir eine bequeme Jeans und ein einfaches Shirt angezogen. Die Sneakers band ich mir gerade zu, als es an der Tür klingelte. Es war 08:15 Uhr - die vereinbarte Uhrzeit. Mein Gott, war der Mann immer pünktlich.

Ich drückte auf den Türöffner und rief ihm im Hausflur entgegen, dass er für zwei Minuten hochkommen sollte, da ich noch nicht ganz fertig war.

Gabriel nahm gleich ein paar Stufen auf einmal und ich erwartete ihn an der Wohnungstür. Mein Herz machte Luftsprünge, als ich ihn sah. Trotzdem fiel mir auf, dass er heute irgendwie anders aussah. Sein Gesicht war blass und unter den Augen kamen dunkle Ringe zum Vorschein.

Er nahm mich in den Arm und drückte mich ganz fest. „Guten Morgen, meine Schöne", flüsterte er mir ins Ohr und stahl sich einen flüchtigen, aber herzlichen Kuss. „Es tut verdammt gut, dich wieder im Arm zu halten."

Ich stutzte und sah zu ihm auf.

„Was ist los? Du siehst erschöpft aus."

„Wohl wahr. Ich habe keine gute Nacht hinter mir."

„Wieso das denn?"

„Erzähle ich dir im Wagen. Bist du soweit?", fragte er.

Ich nickte, suchte mir mein Handy und die Schlüssel zusammen und warf beides in meine Handtasche. Eine Strickjacke angelte ich noch schnell von der Garderobe und sprintete Gabriel hinterher, der schon die paar Stufen hinuntergelaufen war.

Auf dem Weg zum Gut in Gabriels Wagen, drehte ich mich in seine Richtung und schaute ihn intensiv an. Er erwiderte meinen Blick von der Seite, begann aber gleich zu erzählen. „Ich habe gestern Abend, als ich wieder zurück ins Hotel kam, mit meiner Mutter telefoniert. Sarah geht es nicht sehr gut. Sie hat oft Bauchschmerzen und Fieber." Er blickte in den Rückspiegel und reihte sich links für den Spurwechsel ein. Die Ampel sprang gerade auf Rot, als wir an einer Kreuzung stehen bleiben mussten. Nervös klopfte er mit den Fingern gegen das Lenkrad.

„Scheiße, Anne – ich vermisse die beiden so. Und ich fühl mich hundeelend, dass ich jetzt nicht bei Sarah sein kann."

Ich musste ihn aufheitern und sagte bestimmt: „Gabriel, das ist keine einfache Situation für dich und die Zwillinge. Doch es wird sicher alles gut werden. Kinder haben oft Fieber und Bauchweh. Das ist vermutlich alles halb so schlimm. Ich kann deine Sehnsucht verstehen, aber es wird für dich nicht leichter, wenn du dir jetzt unnötige Vorwürfe machst."

Er nickte und lächelte mich zaghaft an. „Du hast wahrscheinlich recht."

Seine Sorgen würden sich dadurch nicht in Luft auflösen, doch für den Moment hatte ich es geschafft, sie in Gabriels Hinterkopf zu verbannen. Da wir noch immer an der Kreuzung standen, beugte ich mich zu ihm rüber und küsste ihn ganz zärtlich auf den Mund. Vorsichtig stupste ich mit der Zunge an seine Lippen und merkte, wie er plötzlich seine Körperhaltung änderte, und versuchte, den Kuss zu erwidern. Das war ein positives Zeichen. Auch ich vergaß für den Moment Raum und Zeit und wollte gerade mit meinen Händen in seinen Nacken fassen, als hinter uns ein Hupkonzert losging. Die Ampel war schon längst auf Grün gesprungen.

Gabriel löste sich von mir, setzte den Wagen in Bewegung und blickte mich lächelnd von der Seite an. Daraufhin fingen wir beide an zu kichern.

„Was war das, Miss Santori? Wollten Sie gerade über mich herfallen?"

„Ja, wäre ich gerne, aber leider falscher Zeitpunkt, falscher Ort." Ich grinste ihn verschmitzt an.

Er murrte. „Du bringst mich ganz durcheinander."

„Ich wollte dich nur ein wenig ablenken. Das Über-dich-Herfallen hebe ich mir für später auf."

„Ich nehme dich beim Wort." Endlich lächelte er wieder.

Die restliche Fahrt zum Gut verlief ohne Hindernisse und wir trafen noch vor den ersten Handwerkern dort ein. Es klappte alles, wie ich es mir vorgestellt hatte. Den gesamten Vormittag lief ich mit den Fachleuten durch das Gutshaus und zeigte ihnen, was verändert werden sollte. Jedem Einzelnen machte ich klar, unter welchem Zeitdruck wir standen. Das Haus musste so schnell wie möglich wieder bewohnbar sein, damit Gabriels Kinder bald nachkommen konnten. Ich ertrug es nämlich genauso wenig, wenn er unter der großen Entfernung zu ihnen litt.

Gabriel hielt sich bei allen Details bewusst im Hintergrund. Nur wenn ich ihn nach seiner Einwilligung fragte, mischte er sich mit ein. Die Vorschläge und Ideen von ihm setzte ich mir zur Aufgabe, dass diese tatsächlich verwirklicht wurden.

Die Stunden verflogen im Nu und wir merkten beide, dass wir auch hier ein sehr gutes Team abgaben. Bei vielen Dingen, die die Renovierung betrafen, lagen wir auf der gleichen Wellenlänge. Zwischendurch nahm er mich in den Arm und küsste mich flüchtig. Seine Zuneigungen genoss ich mehr denn je. Nicht nur mein Herz machte Luftsprünge, sondern mein gesamtes Ich hüpfte glücklich auf und ab.

Mit allen Handwerkern waren wir uns schnell einig geworden. Mit den meisten hatte ich schon des Öfteren zusammengearbeitet. Dadurch wussten sie, dass die Kooperation mit mir und der TG Bau GmbH völlig problemfrei ablief. Keiner von ihnen konnte und wollte mir den Wunsch abschlagen, dieses Projekt als absolut dringlich zu behandeln.

Als gegen fünfzehn Uhr der letzte Termin vonstattengegangen war, begleitete ich Bernd, meinen Restaurator für den Brunnen, nach draußen zum Wagen. Gabriel hatte sich in sein zukünftiges Büro zurückgezogen, um mit seiner Mutter zu telefonieren. In den USA war es jetzt früh am Morgen und er wollte unbedingt wissen, ob es Sarah wieder besser ging.

Bernd kannte mich mittlerweile sehr gut. Er war ein Mann Mitte fünfzig mit Vollbart, nicht sehr groß und mit einem kleinen Bäuchlein. Von Anfang an waren wir uns immer sympathisch und er besaß obendrein eine tolle Menschenkenntnis.

Lächelnd verabschiedete ich mich von ihm: „Danke, Bernd, für deine schnelle Einsatzbereitschaft. Ich werde mich in naher Zukunft wieder mal bei dir erkenntlich zeigen."

Er saß schon im Auto und hatte die Scheibe heruntergekurbelt. Den Ellenbogen lehnte er gemütlich auf den Rand des offenen Fensters und zwinkerte mir zu, bevor er sagte: „Ach, lass mal gut sein, Anne. Für dich mache ich das gerne. Außerdem habe ich beim ersten Blick gemerkt, dass dir der Auftrag sehr am Herzen liegt. Wenn dieser gutaussehende junge Mann da drin der Grund dafür ist, dass du strahlst wie ein Honigkuchenpferd, dann halt ihn gut fest und lass ihn nicht mehr los. Er tut dir gut und er ist der Richtige, das spüre ich." Dann zwinkerte er mir noch einmal zu und brauste mit seinem gelben Kastenwagen davon.

Ich hoffte sehr, dass er recht hatte. Es hatte keinen Sinn, zu leugnen, dass ich mich Hals über Kopf in Gabriel verliebt hatte. Allein die Vorstellung, jemals wieder ohne ihn zu sein, versetzte mein Herz in nervöse Unruhe.

Auf den Terrassenstufen sitzend und in Gedanken versunken, hörte ich bald darauf Gabriels Schritte hinter mir. Er tat es mir gleich und setzte sich auf die Treppe.

„Wie geht es Sarah?", fragte ich ihn neugierig, da mich seine Sorge um die Tochter ebenso belastete wie ihn. Obwohl ich die Zwillinge noch nicht kannte, hatte ich jetzt schon ein großes Bedürfnis, zu wissen, ob es ihnen gut ging. Sie waren Gabriels Fleisch und Blut und dadurch auch mir instinktiv wichtig.

„Das Fieber ist Gott sei Dank wieder runter, und es geht ihr schon etwas besser. Sie hat den ganzen gestrigen Tag und auch die Nacht durchgeschlafen, und heute Morgen hatte sie Appetit auf ihr Lieblingsfrühstück. Ich hab kurz mit ihr gesprochen. Heute wird sie sich noch ausruhen, aber morgen will sie mit Opa wieder auf den Spielplatz gehen."

Ich spürte, dass die ganze Sorge um Sarah von Gabriel abgefallen war. Meinen Kopf an seine Schulter lehnend, hielt ich eine Hand an mein Herz und atmete erleichtert aus.

„Gott sei Dank", seufzte ich.

„Ich frag mich echt, womit ich dich verdient habe. Du bist etwas ganz Besonderes. Danke, Anne, danke für alles. "

„Du hast mir den Auftrag gegeben, schon vergessen?" Ich stupste ihn gegen die Schulter.

Dass dieser Auftrag mich mitten ins Herz treffen würde, damit hätte ich niemals gerechnet. Ich hatte von Anfang an nicht leugnen können, dass ich bereits bei unserer ersten Begegnung absolut Gefallen an ihm gefunden hatte. Dass die weiteren Treffen mich derart überwältigen würden, das hätte ich mir in meinen kühnsten Träumen nicht vorzustellen gewagt.

„Nein, ich hab nichts vergessen, aber es ist nicht nur das, was du heute Vormittag hier geleistet hast, sondern auch dein Gefühl und die Besorgnis um Sarah, obwohl du sie noch nicht kennst. Du bist eine wundervolle Frau. Es ist mir fast unverständlich, dass mir nochmals ein so unvorstellbares Glück widerfährt."

Gabriel drehte sich zu mir, hob meinen Kopf mit einer Hand an, damit ich ihm in die Augen schauen konnte. In seinem Blick lag so viel Dankbarkeit und ein kleines Feuer, das mich dahinschmelzen ließ. Wäre ich ihm nicht schon verfallen, wäre ich es spätestens jetzt. Langsam kam er mir näher und legte seine Lippen zärtlich auf meine. Ohne den Kuss zu unterbrechen, zog er mich auf seinen Schoß und wir steigerten unser Lippenspiel enorm. Gabriel ließ eine Hand unter mein Shirt fahren und streichelte den Rücken hinauf. Plötzlich fing es an, in meinem Bauch zu grummeln. Erst jetzt bemerkte ich, wie groß der Hunger war. Das Verlangen nach gemeinsamer Zärtlichkeit mit Gabriel war mir weitaus wichtiger als alles andere und schließlich wollte ich mein Versprechen von heute Morgen in die Tat umsetzen.

Bei dem leichten Grummeln blieb es allerdings nicht lange, mein Magen gab ein furchtbar lautes Knurrgeräusch von sich. Ich spürte, wie mir die Röte ins Gesicht schoss. Gabriel beendete den

Kuss und grinste mich an. Vor lauter Peinlichkeit kniff ich die Augen zusammen, warf den Kopf an seine Schulter und wir mussten beide lachen.

„Scheiße, klar – du hast ja auch den ganzen Tag noch nichts gegessen. Soll ich uns was bestellen?"

„Das wäre super, ja." Ich war froh, dass Gabriel mir mein peinliches Magenknurren nicht übel nahm.

„Auf was hast du Lust?", fragte er, hob mich von seinem Schoß und küsste mich noch mal flüchtig auf den Mund.

„Pizza Tonno und ein italienischer Salat dazu wären perfekt."

„Kommt sofort", erwiderte er und stand auf, um sein Handy zu holen und zu telefonieren.

Zirka eine Stunde später saßen wir total satt auf der Terrasse. Die Pizza hatten wir direkt aus dem Karton gegessen, und es hatte herrlich geschmeckt, da wir beide ziemlich ausgehungert waren.

Gabriel räumte die Verpackungen weg, und als er wiederkam, legte er seine Arme von hinten um meine Schultern und küsste mich zärtlich auf den Hals. Mit seinen Händen strich er meine Schultern entlang, weiter zu meinem Busen und begann ihn zu massieren. Mit verführerischer Stimme flüsterte er mir ins Ohr: „Lust auf ein sinnliches Dessert, Miss Santori?"

Mit geschlossenen Augen lehnte ich mich zurück, genoss seine Berührungen in vollen Zügen und antwortete: „Unbedingt, wir müssen ja beenden, was wir vorhin unterbrochen haben."

Gabriels Liebkosungen ließen mich schnell feucht werden. Es war schön, dass das Gut in völliger Abgeschiedenheit lag, sodass wir mitten am helllichten Tag und unter freiem Himmel unseren Gefühlen und Bedürfnissen ihren Lauf lassen konnten.

Meine Worte heizten sein Tun an und prompt schob er den Ausschnitt meines Shirts zur Seite, um eine bessere Sicht auf den Busen zu bekommen. Immer noch hinter mir stehend, versuchte er, sich einen Weg in den BH zu bahnen, um die nackten Brüste zu massieren. Dieses Spiel brachte all meine Empfindungen in Erregung. Mit einem Ruck zog er mir das Shirt über den Kopf.

Wieder und wieder küsste er meinen Hals und setzte die Busenmassage fort. Mit den Fingern fuhr er in die BH-Schalen, zwirbelte die aufgerichteten Nippel und drehte sie zwischen seinen Fingerspitzen. Es machte mich unglaublich heiß, dass ich den Kopf in den Nacken warf und lustvoll aufstöhnen musste.

Kraftvoll nach hinten greifend, versuchte ich, Gabriel noch weiter an die Lehne der Bank zu ziehen. Dann fuhr ich mit meinen Händen unter sein Shirt. Streichelte über die straffen Bauchmuskeln, an seiner Seite und seinem Rücken entlang. Ich spürte seine wachsende Erektion durch die Jeans, fasste mit einer Hand unter seine Gürtellinie und begann sie durch den Stoff hindurch zu massieren. Das machte ihn endgültig hart und war für mich gleichzeitig das Zeichen, mich von der Bank zu erheben und langsam vor ihm auf die Knie zu gehen. Von unten sah ich in seine wunderschönen Augen. Sah die Lust darin und öffnete, ohne den Blick von ihm abzuwenden, seine Jeansknöpfe. Ich strich mit den Fingern auf und ab. Jetzt trennte uns nur noch der Stoff seiner Boxershorts. Zielsicher bahnte ich mir den Weg in die Shorts, spürte die nackten Hoden zwischen meinen Fingern und setzte die Massage fort. Sein bestes Stück war bereit für mich und wollte endlich aus seinem Gefängnis befreit werden. Aus diesem Grund konnte ich Gabriel nicht länger quälen und zog die Jeans gemeinsam mit der Boxershorts über seinen straffen Hintern. In Sekundenschnelle sprang mir seine erigierte Lust förmlich entgegen. Ich leckte mir über die Lippen, und gleich darauf schloss ich sie um seinen Phallus und versuchte ihn tief in den Mund zu nehmen.

Doch Gabriel hatte etwas anderes mit mir vor. Er zog mich zu sich hoch in die Arme und küsste mich nochmals intensiv. „Du bist einfach unglaublich. Eine attraktive und intelligente Frau und ein megageiles Luder noch dazu."

„Damit du mich nie mehr vergisst."

„Das hab ich auch nicht vor! Deswegen werde ich mich jetzt zuerst Ihrer Lust widmen, Miss Santori, damit du mich auch nie mehr vergisst", entgegnete er mit einem teuflischen Funkeln in den Augen.

106

Ich wusste bereits, dass Gabriel ein Mann war, bei dem meine sexuelle Befriedigung oberste Priorität hatte. Diese Tatsache erfreute mich enorm. Erst jetzt zog er sich die letzten Kleider vom Leib, sodass er vollkommen nackt vor mir stand, und machte damit weiter, sich meiner Hüllen zu entledigen. Die BH-Schnalle öffnete er mit Leichtigkeit. Gabriel betrachtete meinen nackten Oberkörper intensiv, umfasste beide Brüsten und knetete sie fest. Danach begab er sich auf die Knie, nahm meine Nippel, erst den rechten und dann den linken, abwechselnd in den Mund und biss ganz leicht hinein. Meine Erregung hatte bereits den ersten Berggipfel erklommen. Gabriel streichelte mir über den Bauch, öffnete die Knöpfe meiner Jeans und half mir, mich von dem letzten Fetzen Stoff zu befreien.

Nur noch im schwarzen Spitzen-Stringtanga vor ihm stehend, drängte er mich zurück, bis ich mit dem Hintern an dem rustikalen Holztisch stieß. Mit Leichtigkeit hob er mich kurz an, sodass ich darauf zu sitzen kam. Er ging vor mir in die Knie und drückte meine Beine weit auseinander. Ich stützte mich auf die Arme, während Gabriel den störenden Stoff zur Seite schob und begann mit der Zunge an meiner Perle zu spielen. Zärtlich daran saugend brachte er nun die Finger ins Spiel. Beim Streicheln der äußeren Schamlippen ertastete er meine Feuchtigkeit. Gabriel sah mir kurz in die Augen und lächelte, als er bemerkte, wie bereit ich für ihn war. Mit einem Finger stieß er an den G-Punkt, was mich laut aufstöhnen ließ. Gleichzeitig setzte er das wunderbare Zungenspiel fort. Ich war so erregt und spürte, dass der Orgasmus nicht lange auf sich warten lassen würde.

Gabriel ließ sich nicht aufhalten, führte einen zweiten Finger ein und fingerte mich. Mit der anderen Hand strich er Feuchtigkeit aus meiner Spalte weiter hinab zu meinem Anus. Ich hob den Kopf und wollte ihn daran hindern, da ich vor Analverkehr und auch vor dem Spiel gewaltigen Respekt hatte. Dieses Liebesspiel bereitete mir große Lust, aber es musste ganz vorsichtig und sanft passieren, sonst waren unangenehme Schmerzen vorausprogrammiert.

Gabriel machte weiter und sah mir in die ängstlichen Augen. Er verstand sofort, was ich ihm mitzuteilen versuchte.

„Ich bin sehr behutsam, versprochen." Fragend blickte er mich an und erwartete eine Antwort von mir. Mir lief eine Gänsehaut über den ganzen Körper, als Gabriel zart über meine Rosette streichelte. Da ich ihm absolut vertraute, nickte ich ihm zu, warf den Kopf wieder zurück und schloss die Augen.

Er behielt zwei Finger in meiner Vagina und bewegte sie darin hin und her. Mit der anderen Hand strich er an der Pofalte entlang. Verteilte noch mehr Feuchtigkeit darauf und drang dann ganz sacht mit einem Finger in die zweite viel empfindlichere Öffnung ein. Ich stöhnte auf und wimmerte vor mich hin, weil ich dieses intensive Gefühl einfach nur genießen konnte. Beide Hände in mir bewegend setzte er seine Zunge wieder an und intensivierte das Spiel mit meiner Lustperle. Ich spürte, wie der bereits erwartete Höhepunkt auf mich zuraste und mich plötzlich mit einer Wucht überrollte. Vor purer Lust fing ich an zu zittern und eine Gänsehaut breitete sich abermals über meinen Körper aus. Das war für ihn aber kein Grund, aufzuhören, er streichelte mich durch den Höhepunkt und verlängerte ihn dadurch ungemein.

Als der Orgasmus abebbte, stand Gabriel auf, beugte sich über mich und stellte sich zwischen meine gespreizten Beine. Ich lag jetzt flach mit dem Rücken auf dem Tisch. Er küsste mich nochmals intensiv und unsere Zungen spielten wieder herrlich miteinander. Die Haut war feucht und wir rieben unsere Körper aneinander.

„Siehst du, Baby, du bist abgegangen wie eine Rakete und das wollte ich damit bezwecken."

„Das ist dir mehr als gelungen – danke dafür."

„Für die Zukunft möchte ich über alle deine sexuellen Vorlieben Bescheid wissen, damit ich mich daran halten kann. Bitte sag mir, wenn dir irgendetwas nicht gefällt oder ich aufhören soll. Ich muss das immer wissen, Süße, ist das klar?"

Kommentarlos nickte ich und war sehr froh, dass er mir das sagte. Es gab mir ein beruhigendes Gefühl, mit dem Partner über meine Interessen sprechen zu können. Der „Dirty Talk" heizte mich dabei noch viel mehr an. Anscheinend waren Gabriel und ich auch hier auf einer Wellenlänge. Er bemühte sich um mich und fragte, was mir gefiel. Das war ich von den meisten Männern, mit denen ich bis jetzt zusammen gewesen war, nicht gewohnt.

Gabriel küsste mich wieder, seine Zunge tänzelte in meinem Mund umher und ich brachte meine nun ganz vorsichtig in unser neuerliches Zungenspiel mit ein. Seine Hände streichelten an meinen Seiten entlang und ich fühlte nun wieder ganz intensiv seine Erektion zwischen meinen Beinen. Ich wünschte mir nichts mehr, als ihn gleich in mir zu spüren. Seine Finger fuhren wieder in meine Spalte und ertasteten abermals meine Feuchtigkeit. Er streckte mir eine Hand entgegen, um mir aus der liegenden Position aufzuhelfen, und sah mir in die Augen. Der Andeutung folgend, setzte er sich an das Ende der Holzbank und massierte mit einer Hand sein Glied. Ich stand vor ihm und sah auf die erigierte Lust hinab. Das törnte mich noch mehr an, und so nahm ich spontan auf dem Schoß Platz und führte seinen Penis in mich hinein. Mit dem Gefühl, ihn ganz tief in mir zu spüren, stöhnte ich laut auf und unsere Körper rieben sich heftig aneinander. Gabriel knetete abwechselnd die linke und rechte Brust, während ich mein Becken auf ihm hob und senkte und zwischendurch durch leichte kreisende Bewegungen ersetzte. Meine Hände hatte ich um seinen Hals geschlungen und strich mit den Nägeln daran entlang.

„Fuck, Baby – du machst mich verrückt und so verdammt gut."

Mir ging es nicht anders, aber ich konnte meine Gefühle jetzt nicht in Worte fassen. Er trieb mich mit seinen festen Stößen in den Wahnsinn und ich ritt ihn mit unglaublicher Lust. Es dauerte nicht lange, bis sich erneut ein Orgasmus in mir aufbaute. Auch das war etwas ganz Ungewöhnliches bei mir. Zwei Höhepunkte nacheinander in so kurzer Zeit waren in der Vergangenheit nie möglich gewesen. Aber wie schon bei so vielem mit Gabriel lernte ich, dass er ganz neue Seiten in mir weckte.

Etwas nach hinten gelehnt bewegte ich meinen Hintern auf ihm.

Mit einer Hand musste ich mich am Tisch festhalten, um nicht das Gleichgewicht zu verlieren. Gabriel stützte mich mit einer Hand am Rücken. Dadurch, dass ich den Rücken durchstreckte, hatte er freie Sicht auf meine Klit. Er befeuchtete einen Finger in meinem Mund und streichelte damit meine Perle. Diese Technik brachte mich an die Grenzen und ich musste den Kopf in den Nacken legen. Allein wimmernde und stöhnende Geräusche verließen meine Lippen. Der Höhepunkt überrollte mich mit Wucht und ich schrie die aufgestauten Emotionen hinaus. Das törnte auch Gabriel an. Er stieß noch zwei-, dreimal zu und zog mich dann ganz dicht an seinen Körper. Während er sich in mir ergoss, hielten wir uns eng umschlungen und auch er erlebte diesen Orgasmus intensiver denn je. Das spürte ich an den Zuckungen und dem Zittern seines ganzen Körpers.

Wir sahen wir uns tief in die Augen. Ein Lächeln umgab meinen Mund. Ich küsste seinen Hals und schmiegte meinen Kopf in die Halsbeuge. Gemeinsam atmeten wir noch immer abgehackt. In enger Umarmung warteten wir darauf, dass wir uns wieder ein bisschen beruhigten.

Bei Einbruch der Dämmerung hatten wir auf dem Gut alles zusammengepackt und fuhren zu Gabriel ins Hotel. Vorab hatten wir uns online schon mal ein paar Möbel angeschaut, damit ich ungefähr wusste, in welchem Stil er sich einrichten wollte. Doch es war echt verrückt: Beim Durchklicken der einzelnen Seiten hatten wir festgestellt, dass unsere Geschmäcker auch hier großteils identisch waren. Irgendwann erteilte er mir völlig freie Hand beim Einrichten. Es war unfassbar, dass wir uns so ähnelten. Während der Suche im Netz hatten wir uns immer wieder geneckt, gekitzelt und geküsst. Dieses unbeschwerte Miteinander war einfach nur schön und ich genoss seine Anwesenheit in meinem Leben.

Irgendwann gegen neun Uhr am Abend wollte ich mich auf den Nachhauseweg machen und sagte: „Ich werde mir dann mal ein Taxi rufen."

„Das wirst du schön bleiben lassen." Er zog mich wieder in

seine Arme. „Du glaubst doch wohl nicht im Ernst, dass du mich heute Nacht alleine lassen kannst?"

„Oh, Mr Carter – ich glaub, Sie sind erwachsen genug, um alleine zu schlafen."

„Erwachsen genug schon, aber viel zu verliebt, als dass ich noch ohne dich einschlafen könnte."

Verliebt? Er war in mich verliebt? Oh mein Gott. War jetzt der Zeitpunkt gekommen, an dem ich endlich wieder glücklich werden durfte? Ich wollte seiner Aufforderung schon folgen, doch da fiel mir plötzlich ein, dass ich morgen bei meinen Eltern zum Grillen eingeladen war. Ich hatte meiner Mutter versprochen zu kommen, die sich bereits darüber beschwert hatte, dass ich mich viel zu selten blicken ließ.

„Gabriel, ich bin morgen bei meinen Eltern zum Mittagessen eingeladen und am Vormittag möchte ich noch schnell einen Kuchen als Mitbringsel backen. Das ist bei uns Tradition, dass ich für die Nachspeise zuständig bin. Mein Bruder und seine Familie werden auch da sein. Wenn ich heute hier übernachte, schaff ich das alles nicht, weil ich sicher weiß, dass wir die Hände nicht voneinander werden lassen können."

„Okay, das ist ein Argument. Dann fahre ich dich jetzt zu dir, lass dich ausschlafen und morgen Mittag hole ich dich ab und dann fahren wir gemeinsam zu deinen Eltern."

WAAAS? Hatte ich mich gerade verhört? Ich zog meine Augenbrauen verwundert in die Höhe. „Du willst morgen meine ganze Familie kennenlernen? Das ist jetzt nicht dein Ernst, oder? Das ist doch viel zu früh!"

Meine Eltern hatten bis jetzt erst einen Mann kennengelernt, und das war Mario gewesen. Bei allen anderen war es vorher bereits vorbei gewesen, bevor das Thema „Eltern vorstellen" zur Sprache gekommen war.

„Nein, warum? Ich habe gesagt, dass ich dich nie wieder gehen lasse. Warum willst du mir meine zukünftige neue Familie also vorenthalten?" Er hielt mich noch immer im Arm und küsste mich ganz vorsichtig auf den Mund.

„Äh, okay. Warum eigentlich nicht? Nur irgendwie hab ich damit nicht gerechnet. Ich warne dich, meine Mutter wird dich sicher mit Fragen löchern wie einen Schweizer Käse."

„Das nehme ich gerne in Kauf. Wenn deine Mom auch nur ein Viertel deiner Liebenswürdigkeit besitzt, würde mir das schon reichen."

Ich musste lächeln und wusste nicht recht, was ich dazu sagen sollte. Verständnislos schüttelte ich den Kopf.

„Was gibt es da denn zum Kopfschütteln, Miss Santori?"

„Nichts, es ist …" Ich stotterte vor mich hin. Gabriel sah mich fragend an. „Es kommt mir nur alles vor wie im Märchen. Und irgendwie habe ich Angst, dass ich jeden Moment aufwachen könnte."

„Auch wenn es sich anfühlt wie in einem Traum, es ist definitiv die Realität und ich werde, alles dafür tun, dass es dir auch weiterhin vorkommt wie in einem Märchen. Du bist mein Dornröschen und ich hab dich vor ein paar Tagen wachgeküsst. Schon vergessen?"

„Nein, wie könnte ich? Ich bin nur von den bisherigen Erfahrungen teilweise voreingenommen, sodass ich nicht mehr allzu viel erwarte. Du weckst Emotionen in mir, von denen ich nicht wusste, dass sie noch existieren."

„Wart's nur ab, ich werde noch viel mehr Gefühle in dir zum Leben erwecken." In seinen Augen sah ich wieder dieses Funkeln, das ich auch an dem Tag unseres Kennenlernens bemerkt hatte und von dem ich von Anfang an hin und weg war. Dieses Glitzern fuhr mir durch Mark und Bein, und ich spürte, wie meine Knie deswegen weich wurden. Was machte dieser Mann nur mit mir? Er war ein liebenswürdiger Mensch, von dem man glaubte, er könnte keiner Fliege etwas zuleide tun. Auf der anderen Seite spürte ich, dass er auch eine dominante und respekteinflößende Person sein konnte, mit dem im Ernstfall nicht gut Kirschen essen war.

Ich wusste, ich war eine selbstbewusste und emanzipierte Frau, die bis jetzt ihr Leben perfekt allein im Griff gehabt hatte. Jedoch sehnte ich mich in letzter Zeit unbewusst immer mehr nach einer starken Schulter, an die ich mich anlehnen konnte. Die mir Schutz bot, deren Besitzer mir gelegentlich auch mal Kontra gab. Vor allem aber wünschte ich mir, dass ich meine ganze Kraft hin und wieder in andere starke Hände geben könnte, von denen ich wusste, dass sie mich halten und auffangen würden.

♥ Kapitel 11

Pünktlich auf die Minute klingelte es an meiner Haustür. Am Vorabend hatte Gabriel mich nach Hause gebracht.

Meinem Dad hatte ich gestern Abend noch eine SMS geschrieben, dass ich heute männlichen Besuch mitbrächte und er für eine Person mehr Fleisch auflegen sollte. Seine Antwort hatte ich nicht erwartet: **„NA ENDLICH"** war der Rückkommentar gewesen, den er verfasst hatte. Meine Mutter besaß zwar auch ein Handy, aber Nachrichten zu schreiben war für sie ein Ding der Unmöglichkeit. Sie war froh, wenn sie es schaffte, mit dem Teil zu telefonieren.

Gabriel wartete beim Wagen auf mich. Ich schnappte mir den Kuchen und meine Tasche und machte mich gleich auf dem Weg zu ihm.

Den ganzen Vormittag über war ich nervös in meiner Wohnung hin und her gelaufen, ohne viel Nützliches zu tun. Eigentlich hatte ich vorgehabt, eine ausgefallene Nachspeise zu kreieren, doch meine Nerven lagen blank. Schließlich hatte es nur für einen einfachen Nusskuchen mit Schokoglasur gereicht. Zu mehr war ich nicht in der Lage gewesen. Ich wusste nicht, was mit mir los war. Mir war heiß, dann wieder kalt, und ich hatte mich schon zweimal deswegen umziehen müssen. Es war lange her, dass ich jemanden meinen Eltern vorgestellt hatte – obwohl ich mir bei Gabriel sicher war, dass meine Mutter und auch mein Vater ihn mögen würden. War ich deshalb komplett durch den Wind und fühlte mich wie ein zitternder Laubfrosch?

Als ich aus dem Haus trat, lehnte Gabriel lässig an seinem Wagen, und sobald er mich sah, lächelte er und kam auf mich zu. Er nahm mir den Kuchenbehälter ab und stellte ihn auf die Rückbank.

Währenddessen begrüßte er mich mit einem „Hallo, meine Schöne!", und fragte keck: „Hast du gut geschlafen ohne mich?".

„Nein, das Gegenteil war der Fall. Du hast mir auch ohne deine

114

Anwesenheit den Schlaf geraubt." Ich grinste frech zurück. Es war tatsächlich die Wahrheit. Den Großteil der Nacht hatte ich mich sinnlos im Bett hin -und hergewälzt, da mir Gabriel unentwegt im Kopf herumspukte. Die Vorstellung bei meinen Eltern ging mir viel zu schnell, sodass ich einen weiteren Grund hatte, nicht schlafen zu können.

„Ach, das tut mir aber leid", sagte er, und sobald er seine Hände frei hatte, nahm er mich in seinen Armen gefangen und gab mir einen leidenschaftlichen Kuss.

„Kannst du mir noch mal verzeihen?", fragte er und hielt mich eng an sich gedrückt fest.

„Wenn du mich am Morgen danach zur Entschuldigung immer so küsst, lasse ich es mir durch den Kopf gehen."

„Aber natürlich, meine Schöne. Dich zu küssen bedeutet mir mehr, als du dir vorstellen kannst. Meine Nacht ohne dich war übrigens auch nicht gerade berauschend."

„Ach wirklich? Dann sollten wir uns vielleicht überlegen, keine Nacht mehr getrennt voneinander zu verbringen." Mann, was redete ich denn da für einen Schwachsinn? Langsam war die Devise! Kaum hatten die Worte meinen Mund verlassen, schoss mir die Röte ins Gesicht und ich versuchte, stotternd einen Ausweg zu finden.

„Entschuldige … ich wollte …"

Aber Gabriel hielt mir einen Zeigefinger an die Lippen. „Du musst dich für nichts entschuldigen. Deine Worte treffen mein Verlangen auf den Punkt. Ich würde am liebsten nie mehr ohne dich sein."

Oh, mein Gott, was redete er da? Mein Herz begann einen Quickstepp zu tanzen und ich wusste im ersten Moment nicht, was ich darauf erwidern sollte. Innerlich musste ich mir eingestehen, dass es mir besser ging, wenn er bei mir war, und dass seine Feststellung nicht abwegig war.

Gabriel drückte mich fest und sagte dann: „Komm, lass uns fahren. Nicht, dass wir noch zu spät sind. Das macht beim ersten

Treffen mit den Schwiegereltern keinen allzu guten Eindruck."

Ich nickte und beide begaben wir uns zum Wagen. Gabriel hielt mir charmant die Tür auf und wartete, bis ich eingestiegen war. Als er mich noch im Arm gehalten hatte, war meine Nervosität zurückgegangen, aber jetzt auf dem Weg und nach der Äußerung des Wortes „Schwiegereltern" begannen meine Nerven sich erneut in Richtung ihrer Grenzen zu spannen.

Die Fahrt zu meinen Eltern dauerte ungefähr eine halbe Stunde. Sie wohnten außerhalb der Stadt, und während ich in Gedanken schwelgte und versuchte, meinen zitternden Körper wieder zu beruhigen, legte Gabriel mir eine Hand auf den Oberschenkel. Ich genoss die Berührung und verhakte meine Finger mit seinen.

„Du wirkst nervös."

„Das ist leicht untertrieben."

„Keine Angst, meine Schöne, ich werde mich zusammenreißen und dich nicht blamieren."

„Darüber mache ich mir auch keine Sorgen. Ich bin mir ziemlich sicher, dass dich meine Eltern mögen werden ..."

„... aber?", etwas skeptisch sah er mich von der Seite an.

„Kein Aber. Es geht nur alles so verflucht schnell, dass ich mit dem Empfinden meiner Emotionen nicht nachkomme. Mein Unterbewusstsein möchte es anscheinend nicht mehr anders haben, sonst wären mir die Worte eben nicht herausgerutscht, oder?"

„Du hast es richtig erfasst. Du versuchst, dich innerlich noch gegen dieses Tempo zu wehren, dabei haben wir beide schon verloren. Wir können es nicht länger aufhalten." Er drückte meine Hand auf dem Oberschenkel fester.

Zögerlich versuchte ich, seinen Worten Glauben zu schenken. Dennoch war ich glücklich darüber, dass er ebenso fühlte wie ich. „Du hast dich in mein Leben und in mein Herz geschlichen. Und das von der ersten Sekunde an, in der wir uns gesehen haben, du Gauner!"

Er lächelte mich nur an und sagte nichts mehr. Sein Blick gab mir zu verstehen, dass es ihm genauso ging wie mir, und so war für den Moment alles gesagt.

Am Haus meiner Eltern angekommen, das in einer sehr ruhigen Wohngegend außerhalb Wiens lag, klopfte mein Herz trotz unserer Aussprache wieder wild. Beim Aussteigen atmete ich ein paarmal tief durch, so, dass Gabriel es nicht bemerkte. Wenige Sekunden später kam er mit einem wunderschönen bunten Blumenstrauß und einer guten Flasche Rotwein in der Hand um den Wagen herum zu mir. Liebevoll schmunzelte ich über die Geste. Sein Gesichtsausdruck strahlte absolute Ruhe aus. Es gefiel mir, dass er mitgedacht hatte.

Gabriel sah sich auf dem Grundstück meiner Eltern um. Das Auto meines Bruders Max stand ebenfalls schon da.

„Wow, ein tolles Haus. Ich nehme mal an, für den neuen Wintergarten da hinten bist du verantwortlich?"

Ich musste lächeln. „Na klar, was denkst du denn?"

„Elegant und mit Stil – so wie du eben!"

Mit diesen Worten traf er den Nagel auf den Kopf, und wenn ich es nicht besser gewusst hätte, hätte ich geglaubt, dass wir uns schon Jahre kennen würden.

„Den Bungalow haben sie gebaut, als mein Bruder und ich noch kleine Kinder waren. Ich ein Wonneproppen im Alter von zwei Jahren und mein Bruder bereits in der beginnenden Pubertät. Während des Studiums bin ich meinen Eltern dann ständig mit Renovierungen und Erneuerungen auf die Nerven gegangen. Das Haus war, zum Leidwesen meines Dads, immer mein Versuchskaninchen. Aber jetzt ist er happy damit, da es einem Neubau in nichts nachsteht."

„Das kann ich mir denken. Dein Vater kann sich glücklich schätzen, eine technisch talentierte Tochter zu haben."

„Glaub mir, das ist er." Während Gabriel und ich uns noch über das Haus meiner Eltern unterhielten, hörte ich hinter uns die Haustür ins Schloss fallen. Mein kleiner Neffe David lief mir mit offenen Armen entgegen und kreischte: „Tante Anne!" Er war ein süßer kleiner Racker, und als seine Patentante hatte ich schon sehr viele gemeinsame Stunden mit ihm verbracht. Ich hob ihn hoch und er drückte mich ganz fest. Dann sah er Gabriel hinter mir stehen, fragte in seiner kindlichen Unverblümtheit: „Wer bist denn du?", und sah ihn entgeistert an.

Ich musste grinsen. Kinder waren doch verdammt ehrlich.

Lächelnd antwortete er: „Ich bin Gabriel, Annes neuer Freund. Und wer bist du?"

„Ich bin David. Kannst du Fußball spielen?"

„Ja klar, wollen wir gleich eine Partie spielen?"

„Ohhhh jaaaa!", kreischte David, wand sich aus meinen Armen und zog uns in Richtung Eingang.

„Langsam, langsam, David. Gabriel spielt gleich mit dir, aber ich werde ihn zuerst noch Oma und Opa und deiner Mama und deinem Papa vorstellen. Ist das okay?"

„Ja, meinetwegen, wenn es sein muss", gab David mit hängenden Schultern zurück.

Wir betraten das Haus. Im Flur kam uns meine Mutter entgegen. Sie hatte eine Schürze umgebunden und war anscheinend noch mit dem Salatwaschen beschäftigt gewesen. Als sie Gabriel sah, blieb ihr, ähnlich wie mir beim ersten Mal, fast der Mund offen stehen.

„Mama, darf ich dir Gabriel Carter vorstellen?" Schnell wischte sie sich ihre nassen Hände an der Schürze ab und die beiden schüttelten sich freundlich die Hand.

„Es freut mich, Sie kennenzulernen, Frau Ritter."

„Ganz meinerseits, Gabriel, aber bitte sag doch Linda zu mir."

„Sehr gerne." Er gab ihr den bunten Blumenstrauß, den er für sie mitgebracht hatte. „Eine kleine Aufmerksamkeit, und vielen Dank, dass ich kurzfristig mitkommen durfte."

„Aber das ist doch wohl selbstverständlich. Wir sind ja froh, dass Anne uns endlich mal wieder einen Mann vorstellt. Ich hab schon gedacht, sie wird ewig alleine bleiben." Sie schmunzelte mich an.

„MAMA, also wirklich", ermahnte ich sie.

„Schon gut, mein Schatz. Du weißt, wie ich es gemeint habe." Sie zwinkerte mir zu.

„Keine Sorge, Linda. Anne lass ich nie wieder los. Du kannst dich ab sofort an mich als Schwiegersohn gewöhnen."

Na super. Meine Mutter und Gabriel verstanden sich also schon mal blendend. Eine Sorge weniger.

„Das freut mich. Geht doch schon mal raus in den Garten. Dein Vater und Max stehen bereits eifrig am Grill. Ich komme mit dem Salat gleich nach."

„Okay, das machen wir." Ich nahm Gabriel wieder an der Hand und führte ihn durch das Wohnzimmer hinaus auf die Terrasse in den Garten. Wir waren noch nicht mit beiden Beinen im Freien, als sich plötzlich sechs Augenpaare gleichzeitig auf uns richteten. Mein Herz verabschiedete sich schon wieder in die Hose.

David half Nancy beim Tischdecken, und als er uns sah, sagte er wie aus der Pistole geschossen: „Seid ihr mit eurer Vorstellung endlich fertig? Können wir Fußball spielen?"

„Ja, gleich, mein Schatz. Ein paar Minuten noch." Ich stellte Gabriel Nancy vor. Sie schüttelten sich ebenfalls freundlich die Hand und ich begrüßte Nancy mit einer herzlichen Umarmung. Zu ihr hatte ich ein inniges Verhältnis und wir verstanden uns wirklich sehr gut.

Mein Dad und Max standen am Grill. Jetzt würde es nochmals heiß werden. Tief durchatmend gingen wir in die Richtung der Männer.

„Dad, Max, das ist Gabriel Carter, mein Freund." Was er konnte, konnte ich auch. Mein Vater reichte Gabriel die Hand und klopfte ihm freundschaftlich auf die Schulter. Ich küsste ihn und meinen Bruder auf die Wange.

Max tat es ihm gleich und sagte: „Herzlich willkommen in der Familie. Es wurde auch Zeit, dass Anne endlich einen Kerl abbekommt", und grinste mich verschmitzt an.

Ich boxte ihm in die Schulter, während mein Vater den Namen „Carter" zweimal hintereinander vor sich hinsagte. Fragend sah ich ihn an und wunderte mich, was das zu bedeuten hatte.

„Ich kannte mal einen Peter Carter. Aber der war Amerikaner."

Sein Blick war verwundert und er runzelte seine Stirn. „Du siehst ihm irgendwie ähnlich."

Gabriel ging gleich auf die Frage meines Vaters ein. „Doch, Peter Carter ist mein Vater und ich bin väterlicherseits zur Hälfte Amerikaner und mütterlicherseits zur Hälfte Österreicher. Kennst du meinen Vater?"

„Das gibt's doch nicht." Mein Vater schüttelte wieder den Kopf. „Peter und ich waren Arbeitskollegen vor vielen, vielen Jahren. Du bist hier aufgewachsen und dann seid ihr zurück in die USA, weil Peter ein lukratives Jobangebot erhalten hatte, stimmt's?"

„Ja, völlig korrekt. Ich bin erst seit kurzem wieder aus den Staaten zurück."

„Wahnsinn, die Welt ist klein. Dass ich das noch erleben darf. Du musst mir später beim Essen unbedingt mehr darüber erzählen."

„Ja, sehr gerne sogar." Gabriel sah mich an und wir alle waren perplex über die Konstellation, dass unsere Eltern sich schon kannten, bevor wir uns hier in Österreich gefunden hatten.

Mein Vater hatte auf dem amerikanischen Stützpunkt gearbeitet, wo Gabriels Vater lange Jahre tätig gewesen war. Aber auf die Idee, dass sich die beiden kennen könnten, wäre ich niemals gekommen.

Während Dad alles auf den Grill schmiss, erzählte Gabriel ihm und Max die Geschichte seiner Rückkehr. Die Männer waren schnell in ein Gespräch vertieft und verstanden sich blendend.

Mir fiel ein riesiger Stein vom Herzen. Ich hatte zwar geahnt, dass wir alle gut miteinander auskommen würden, aber dass es so einfach werden würde, hatte ich im Traum nicht zu wünschen gewagt.

Zurück beim Tisch half ich Nancy beim Aufdecken. Jetzt, wo ich mir sicher war, dass Gabriel perfekt in meine Familie hineingefunden hatte, brauchte ich nicht mehr danebenzustehen. Der erste Bann war schon mal gebrochen.

„Hey, Nancy, wie geht es dir?" Gerade wollte ich ein Gespräch mit ihr anfangen, da zerrte David an meinem Shirt und fragte, schon genervt: „Darf ich jetzt endlich Fußball spielen?"

„Ja klar, lauf rüber zu Gabriel und deinem Papa." Wie ein Wirbelwind sauste er, mit dem Ball unterm Arm, hinüber zu den Männern. Als ich mich das nächste Mal umdrehte, spielten David, Gabriel und Max mit der Lederkugel und hatten sichtlich Spaß dabei.

„Äh, okay, noch mal von vorn – wie geht's dir, meine Süße?" Sie wirkte ein wenig blass um die Nase „Ist alles in Ordnung?"

„Ja, den Umständen entsprechend. Bis auf die Übelkeit am Morgen, Mittag und Abend, aber sonst geht's mir hervorragend." Sie sah mich lächelnd an.

Es dauerte ein paar Sekunden, bis ihre Worte wirkten und mein Gehirn die Zusammenhänge richtig verarbeitet hatte.

„Oh mein Gott, das ist ja wunderbar. Ich freu mich so für euch, jubelte ich und wir umarmten uns herzlich.

David war in diesem Winter fünf Jahre alt geworden und sie hatten eigentlich schon länger an weiterem Nachwuchs gebastelt. Jetzt war es endlich so weit. Nancy war das Beste, was meinem Bruder hatte passieren können. Sie war eine sehr herzliche, junge Frau und hatte zweifelsohne das richtige Händchen für meinen Bruder gehabt. Inzwischen waren sie fast zehn Jahre miteinander verheiratet. Obwohl es für die beiden auch nicht immer rote Rosen geregnet hatte, hatten sie schon viel zusammen geschafft.

Nancy war lange Zeit am Schwechater Flughafen im Controlling beschäftigt gewesen. Als sie dann mit David schwanger geworden war, wollte sie nicht wieder zurück in ihren Beruf. Es hätte nicht mehr funktioniert. Es war die beste Entscheidung ihres Lebens gewesen, dass sie sich kurzerhand selbstständig gemacht und ihr eigenes Geschäft eröffnet hatte. In ihrem kleinen Dekoladen bot sie alles an, was mit modernem Wohnen zu tun hatte. Auf Wunsch machte sie auch Hausbesuche, wenn Leute ihr Haus oder ihre Wohnung neu dekoriert haben wollten, dafür aber nicht das richtige Gespür hatten. In Absprache mit den Auftraggebern stimmte sie die Farben und die Dekoration aufeinander ab. Wohlfühlen, in einem von ihr gestalteten Raum war vorprogrammiert.

Als wir uns wieder aus unserer Umarmung lösten, fragte ich sie neugierig: „Wann ist es denn so weit?"

„Nächstes Jahr, Mitte Januar, wenn alles gut geht."

„Ach, da bin ich mir sicher." Nebenbei half ich ihr, den Tisch fertig zu decken. Im Zuge dessen stieß auch meine Mutter mit den Salaten zu uns und rief meinem Vater am Grill laut zu: „Also, Opa, ich wäre so weit. Wie sieht es bei dir aus?" Seit David auf die Welt gekommen war, nannten sie sich gegenseitig Oma und Opa, und über die Verteilung dieser Kosenamen musste ich immer schmunzeln.

Mein Dad wendete die Steaks noch mal und erwiderte: „Ja, ich bin auch gleich fertig. Setzt euch doch schon mal."

Das hatten die fußballspielenden Männer ebenfalls mitbekommen und unterbrachen das Gekicke. Gabriel steuerte mich direkt an, nahm mein Gesicht in die Hände und küsste mich zärtlich auf den Mund.

„Ach, muss Liebe schön sein", hörte ich, verbunden mit einem Seufzer, jemanden hinter mir sagen und wusste, dass diese Aussage nur von meiner Mutter kommen konnte. Unsere Lippen waren noch nicht voneinander getrennt, als wir beide über das soeben Gehörte schmunzeln mussten. Gabriel drehte mich aus seinen Armen und wir setzen uns alle gemeinsam an den Tisch. Mein Vater kam jetzt mit den herrlich duftenden Steaks auf uns zu. Für David hatte er extra ein paar kleine Miniwürstchen gebraten. Als Beilage gab es Folienkartoffeln mit Sauerrahmdip.

Der ganze Tag lief harmonisch und lustig ab. Den Nachmittag über saßen wir zusammen und schwelgten in Erinnerungen und netten Gesprächen. Gabriel erzählte noch einiges von seiner Familie. Er und meine Eltern vereinbarten, dass sie die Carters, wenn diese nach Österreich kommen sollten, unbedingt wiedertreffen wollten.

Auch die Tatsache, dass Gabriel zweifacher Vater und Witwer war, hatten meine Eltern erstaunlich gut aufgenommen. Sie wollten die Zwillinge auf jeden Fall kennenlernen und waren sofort der Meinung, dass sich die beiden mit David eventuell auch ganz gut verstehen würden.

Gabriel hielt meine Hand. Seine ständigen Berührungen und Küsse taten mir gut. Schon lange hatte ich kein Essen bei meinen

Eltern mehr so genossen wie das heutige. Jetzt kannte ich Gabriel erst seit einer sehr kurzen Zeit, und auf einmal konnte ich mir ein Leben ohne ihn nicht mehr vorstellen. Ich war unendlich glücklich über diese plötzliche Veränderung in meinem Leben, auch wenn ich mir mit der Umstellung in manchen Belangen noch etwas schwertat. Tief in mir drinnen spürte ich, dass es Schicksal war. Vielleicht war es auch eine höhere Macht, die uns zusammenführte.

Gabriel war der richtige Mann für mich, und er würde mich nicht mehr so verletzen, wie die Kerle in meiner Vergangenheit.

Vor zirka einer Stunde hatte mich Gabriel bei meiner Wohnung abgesetzt. Die Bitte an ihn, heute Nacht bei mir zu bleiben, war mir schwer über die Lippen gekommen, da sich meine Zweifel den Männern gegenüber gerne noch an die Oberfläche drängten. Mir kam es vor wie ein Widerspruch in sich, dass es möglich war, in so kurzer Zeit solche intensiven Gefühle für jemanden zu entwickeln.

Die Frage, ob es gut gehen konnte, wenn wir unserem langen Singledasein so schnell den Rücken kehrten, huschte des Öfteren in meinem Gehirn umher. Für die Bejahung meiner Frage hatte Gabriel nicht einen Augenblick gezögert. Er hegte weder Zweifel noch Unsicherheit.

Deswegen beschloss ich, ab sofort meine Ängste auch in eine der untersten Schubladen zu packen und so schnell nicht wieder hervorzukramen. Mit Gabriel war irgendwie alles anders. Er bedrängte mich nicht, setzte alles daran, mit mir zusammen zu sein, und es war schön mit ihm. Wir konnten gemeinsam lachen, uns unterhalten, und dass er heute bereits meine Eltern hatte kennenlernen wollen, hatte mir gezeigt, dass es ihm ernst war. Nach unserem Abschied im Auto war Gabriel ins Hotel gefahren, um sich umzuziehen und ein paar frische Sachen zu holen. In der Zwischenzeit genehmigte ich mir eine erholsame Dusche und cremte meinen ganzen Körper mit einer gut duftenden Feuchtigkeitslotion ein. Dadurch, dass es heute wieder angenehm warm gewesen war, wählte ich schwarze, bequeme Shorts und ein weißes Trägertop. Auf dem Weg hoch in die Küche, klingelte es bereits an der Tür. Ich konnte es kaum erwarten, Gabriel wieder bei mir zu haben. Wir waren erst knapp eine Stunde getrennt gewesen, doch ich vermisste ihn schon. Es war wirklich verrückt.

Um sicher zu gehen, dass es tatsächlich er war, meldete ich mich kurz an der Gegensprechanlage. Gabriel gab sich mit einem „Hey, Süße" zu erkennen. Wieder einmal fing mein Herz plötzlich frenetisch zu rasen an. Ich bekam zittrige Hände, und die Schmetterlinge im Bauch tanzten eine wilde Samba. Mannomann, ich hatte komplett vergessen, wie schön es war, verliebt zu sein. In Sekundenschnelle, stand der Mann, auf den ich in meinem Leben so lange gewartet hatte, in meiner Tür. Natürlich kam er nicht mit leeren Händen. Eine gekühlte Flasche Weißwein hatte er als Mitbringsel gewählt. Mit schnellen Schritten kam er auf mich zu, nahm mich in die Arme und küsste mich verführerisch auf den Mund. Seinen athletischen Körper hatte er in rabenschwarze Cargo-Bermudas, Sneakers und ein nachtfarbenes enges Leinenhemd gesteckt. Die Farbe Schwarz trug er am liebsten und sie stand ihm auch am besten.

Der Kuss war so intensiv, dass ich nicht dazu gekommen war, ihn zu begrüßen. Vor allem hatte mir mein pochendes Herz einen absoluten Strich durch die Rechnung gemacht. Die Sprachlosigkeit verbunden mit Nervosität setzte wieder ein. Hoffentlich würde sich das irgendwann bald mal normalisieren.

„Du siehst fantastisch aus." Er nahm eine Hand, drehte mich in einer Pirouette einmal im Kreis und musterte mich von oben bis unten. Die Tanzbewegung kam unerwartet und ich musste herzhaft darüber lachen. Schon lange hatte das kein Mann mehr mit mir gemacht. Die Leichtigkeit unseres Zusammenseins erfüllte mein ganzes Dasein mit unbeschreiblicher Freude.

Meine Shorts waren ziemlich kurz, das Top lag sehr eng an meinem Körper an und ich hatte in Erwartung eines gemütlichen Abends zu Hause auf den BH verzichtet. Bereits bei Gabriels Eintreten hatte ich eine regelrechte Gänsehaut bekommen. Auch meine Nippel hatten sich vor lauter Vorfreude aufgerichtet und kamen jetzt offensichtlich durch mein Top hindurch zur Geltung. Auf keinen Fall wollte ich Gabriel meine Lust auf ihn so offen darbieten. Die Röte schoss mir ins Gesicht und meine Wangen begannen ungewollt zu glühen. Ich versuchte, diese peinliche Tatsache zu vertuschen, indem ich den Blick von ihm abwandte. Doch er hatte die Situation schnell durchschaut und sagte ungeniert: „Kein Grund, nervös zu werden, meine Schöne. Du siehst verdammt sexy aus und am liebsten würde ich jetzt an deinen steifen Nippeln saugen."

Seine Worte brachten mich beinahe um den Verstand und ich spürte, wie sich allein dadurch die Feuchtigkeit zwischen meinen Beinen sammelte. Die Vorstellung bald wieder seine Zärtlichkeiten zu erleben, machte mich schier verrückt. Die Durststrecke, die ich hinter mir hatte, war lange genug gewesen. Ich wollte keine Zeit mehr vergeuden. Die Sehnsucht nach seinen Berührungen war zu groß. Mit voller Zuversicht entgegnete ich ihm: „Dann tu es doch einfach", und lächelte ihn dabei verschmitzt an.

Gabriels braune Augen begannen zu funkeln, während er antwortete: „Das lass ich mir nicht zweimal sagen." Ehe ich wusste, wie mir geschah, hatte er mich ganz eng an sich gezogen. Ich konnte seine Erektion bereits durch unsere Kleidung hindurch spüren. In dem leidenschaftlichen Kuss lag alles Verlangen, für das es keiner Worte bedarf. Seine Hand fuhr meinem Rücken hinauf und im gleichen Zug streifte er mir das Shirt über den Kopf. Nun stand ich mit nacktem Oberkörper vor ihm. Zuerst sah er mich an, dann senkte er den Blick auf meine Brüste und sagte: „Einfach wunderschön – ich liebe deinen Busen." Energisch nahm er beide in seine Hände und knetete sie. Seine Lippen wanderten meinen Hals hinab, er küsste mein Dekolleté und arbeitete sich mit sanften Küssen und Berührungen bis zu meinen Nippeln vor. Mir entwischte ein lautes Stöhnen. Zärtlich biss er in einen hinein und zwickte den anderen fester zusammen. Oh mein Gott, mir war, als könnte ich auf der Stelle einen Höhepunkt erleben.

Vorsichtig führte ich meine Hände an seine Gürtelschnalle und versuchte, sie zu öffnen. Es gelang mir schnell und so mussten auch die Knöpfe seiner Hose gleich daran glauben. Eine Hand ließ ich in seine Boxershorts gleiten und befreite seinen harten Penis daraus. Ich massierte ihn und Gabriel schien mein Spiel zu gefallen, indem er etwas lauter zu atmen anfing. Er genoss es sichtlich, dass ich seine erhärtete Lust fest mit den Fingern umschloss. Die andere Hand führte ich von außen an seine Hoden und begann, diese ebenfalls zärtlich zu berühren. Er nahm mich gefangen und wir rieben unsere heißen Körper aneinander. Die Emotionen beflügelten meinen Puls, schneller zu schlagen. Als er in meine Pobacken griff und mich an sich presste, hätte kein Blatt mehr zwischen uns gepasst. Es war ein herrliches und unbeschreibliches Gefühl, ihm so nah zu sein. Das Pochen in meiner feuchten Mitte wurde fast unerträglich. Wir sahen uns tief in die Augen, in denen sich Lust auf den anderen widerspiegelte.

Ich öffnete sein Hemd und streifte es ihm über die Schultern. Mit meinen Fingernägeln kratzte ich vorsichtig über seine Brustwarzen und ging dann ganz langsam vor ihm auf die Knie, denn plötzlich überkam mich das Bedürfnis, seine erregte Männlichkeit in den Mund zu nehmen. Bei früheren Partnern hatte ich das immer mal wieder gemacht, allerdings eher selten. Ich zog seine Bermudas und die Boxershorts gleichzeitig hinunter und nun stand er nackt, wie Gott ihn schuf, vor mir. Sein intensiver Blick auf mich herab, ließ mich noch ungehaltener werden. Ich setzte die Massage in seinem Intimbereich fort. Die Vorhaut seines Glieds involvierte ich ebenso in unser Vorspiel, indem ich sie sachte vor und zurückschob. Zu guter Letzt nahm ich sein bestes Stück ganz in meinen Mund auf.

Er schmeckte einfach wunderbar. Ganz nach Gabriel und purer Männlichkeit. Ich brachte meine Zunge ins Spiel, leckte über seine Penisspitze und setzte vorsichtig meine Zähne mit ein. Er hatte seine Hände auf meinen Schultern abgelegt und den Kopf in den Nacken fallen lassen. Es war unverkennbar, dass er sich nach meinen Verwöhnungen verzehrte. Ich küsste die feuchtschimmernde Spitze, mit meiner Zunge teilte ich sanft seine Eichel. Es gelang mir nur schwer, die geballte Männlichkeit, aufgrund der Größe, ganz in mich aufzunehmen. Doch es beflügelte mich und auch Gabriel törnte mein Tun an. Er begann, seine Hüften langsam zu bewegen um mich dann kräftiger in den Mund zu stoßen. Gott, war das geil. Mit einer Hand massierte ich seine Hoden weiter, führte meinen Zeigefinger zu seinem Anus und drückte leicht dagegen. Da entfuhr Gabriel ein lautes Stöhnen. Er hob mit einer Hand mein Kinn hoch und sah mich kurz fragend an.

„Anne, wenn du nicht willst, dass ich in deinen Mund komme, dann musst du jetzt damit aufhören."

Um ihm antworten zu können, entließ ich seinen Penis aus den Fängen meiner Lippen. „Ich will aber nicht aufhören." Er verstand sofort und lehnte den Kopf an die Wand. Sekunden später nahm ich sein Glied wieder mit meinem Mund auf. Meine Finger massierten seine Hoden und mein Zeigefinger glitt zurück in seine Pofalte. Gabriels Hüften setzten ihren ursprünglichen Rhythmus fort. Bisher hatte ich das Sperma eines Mannes nie geschluckt. Doch bei ihm war alles anders, und das grundlegend. Es war mir mehr als nur ein Bedürfnis, ihn oral zum Höhepunkt zu bringen, und ich wollte auch seinen Liebessaft trinken. Es dauerte nicht lange, bis er am ganzen Körper zu zittern anfing und ich merkte, wie er in meinem Mund zum Orgasmus kam. Sein Sperma schmeckte etwas salzig, dennoch unverkennbar nach ihm. Als die letzten Tropfen meine Kehle hinab geglitten waren, sah ich zu ihm auf. Lächelnd küsste ich vorsichtig seine Penisspitze. Er zuckte nochmals leicht, dann öffnete er langsam die Augen und blickte mich erleichtert an.

Er half mir wieder auf die Beine und sagte: „Gott, das war ein verdammt geiler Blowjob. Das kannst du von mir aus gerne öfter machen."

Wenn er mir tatsächlich erhalten bleiben würde, dann ganz bestimmt, dachte ich mir. Leider war es mir noch immer nicht gelungen, alle negativen Gedanken aus meinem Gehirn zu verbannen. Immer mal wieder kamen mir ein paar in den Sinn. Die

Unsicherheit auf diesem Gebiet hatte sich tief in meine Seele gebrannt. Es fiel mir schwer, unsere schönen Momente voll und ganz zu genießen. Bevor ich ernsthaft anfing zu sinnieren, riss Gabriel mich jedoch aus meinen Gedankenwirrwarr: „Aber jetzt bist du dran, meine Dame", und öffnete den Knopf meiner Shorts und streifte sie ab. Nun war auch ich völlig nackt. Gabriel drückte mich rückwärts zur Couch und forderte mich auf, mich hinzulegen. Er nahm meine Beine in seine Hände und spreizte sie weit auseinander, sodass ich vollkommen geöffnet vor ihm lag. Er kniete sich auf den Boden, massierte mit den Fingern meine Brüste und küsste mich auf den Bauch, dann glitt er mit dem Mund abwärts in meine erogene Zone.

Gabriel schaffte es mit Leichtigkeit, mich in neue Sphären zu befördern. Und er machte es verdammt gut. Ich legte den Kopf auf der Couchlehne nach hinten und schloss die Augen. Mein Atem wurde schneller und ich konnte einfach nicht anders, als ganz leise zu stöhnen. Ich war nicht diejenige, die beim Sex laut wurde, aber wenn es umwerfend war, konnte ich nicht verhindern, dass meine Stimme alle Gefühle preisgab. Mit dem Zeigefinger streichelte er sich den Weg zu meinen Schamlippen. Dann tauchte er in meine Spalte ein, um die Feuchtigkeit zu testen. Hauchzart küsste Gabriel die Perle und ich war kurz davor, an die Decke zu gehen. Er involvierte einen zweiten Finger in sein Spiel und leckte und saugte an meiner Klit. Mein Stöhnen konnte ich plötzlich nicht mehr zurückhalten. In meinem Inneren sammelte sich eine Armee von Ameisen. Das Kribbeln wurde stärker. Es war beinahe, als würden sie überall sein. Gabriel hörte nicht auf. Er spürte, dass er sein Ziel fast erreicht hatte. Dann ertastete er mit einem Finger meinen G-Punkt und ich konnte mich nicht mehr länger halten. Diese Berührung ließ mich abheben und fliegen. Nie zuvor hatte ich einen solchen Höhenflug erlebt. Gabriels Finger und Lippen waren die ganze Zeit in und auf mir, streichelten mich durch den Orgasmus meines Lebens.

Als mein Höhepunkt langsam abgeebbt war, lag ich noch immer, wie in einem Trancezustand, mit weit gespreizten Beinen vor Gabriel. Vorsichtig hob ich meinen Kopf an, um ihm in die Augen schauen zu können. Unsere Blicke trafen sich. Seine Iris war fast schwarz. Er sah mir so intensiv in die Augen, dass ich nicht in der Lage war, meinen Blick von ihm abzuwenden. So stark zu einem Menschen hingezogen, hatte ich mich mein ganzes Leben noch nicht gefühlt. Gleichzeitig fürchtete ich mich vor ihm. War es tatsächlich Furcht vor ihm oder war es die Angst, wieder verarscht zu werden? Was mein Beziehungsglück betraf, war ich äußerst unsicher geworden.

Gabriel hielt den Augenkontakt zwischen uns aufrecht. In diesem Moment strahlte er eine immense Dominanz aus und trotzdem lag auch etwas Zärtliches darin, das mich dahinschmelzen ließ.

„Geht's dir gut, Baby?", fragend sah er mich an. Fast im selben Augenblick stand Gabriel auf und legte sich zwischen meine noch immer weit geöffneten Beine, stützte sich mit seinen Händen an der Couchlehne ab und küsste mich liebevoll auf den Mund. Als ob er spüren würde, dass mich hin und wieder meine Zweifel an uns einholten.

Im ersten Moment versagte mir die Stimme und ich musste mich kurz räuspern. „Es geht mir mehr als gut, so gut wie schon lange nicht mehr."Und das war nicht einmal gelogen.

Er küsste ganz sanft meine Nasenspitze und lächelte mich an. „Sehr gut, dann bist du bereit für Runde zwei?"

„Wir können beide nicht genug voneinander bekommen", erwiderte ich schmunzelnd.

„So ist es!"

Mit einer flüssigen Bewegung nahm Gabriel meine Beine und drehte mich so, dass ich nun mit dem ganzen Körper auf dem Sofa lag. Mit einem Satz hatte er sich rittlings auf mich gesetzt und massierte meine Brüste. Mein Blick fiel auf seinen Penis, der wieder steil aufragte und bereit für die nächste Runde war. Seinen Oberkörper beugte er nach vorn und küsste abwechselnd erst die linke und dann die rechte Brust. Die Lippen bahnten sich einen Weg über mein Dekolleté zum Hals hinauf. Immer wieder spürte ich federleichte Zungenschläge auf der Haut. Bei meinem Mund angelangt, fuhr er mit der Zunge sanft über meine Unterlippe und biss vorsichtig hinein. Allein diese Berührung entfachte das Feuer der Lust in mir. Er küsste mich und bat um Einlass. Den gewährte ich ihm gern, da ich seine Küsse liebte. Es war ein unglaubliches Gefühl, als ich mich selbst schmecken konnte. Noch immer war ich völlig berauscht von dem Orgasmus, den Gabriel mir nur wenige Minuten vorher bereitet hatte. Die Küsse waren zärtlich und voller Leidenschaft, sodass ich stundenlang so von ihm hätte verwöhnt werden können.

Mitten in unserem Zungentanz hob er seinen Körper leicht an, drückte meine Beine wieder auseinander und forderte mich stumm auf, sie um seine Hüften zu schlingen. Ich tat ihm den Gefallen und spürte seinen Penis an meinen Eingang. Mit der Penisspitze verteilte Gabriel die Feuchtigkeit und drang dann tief in mich ein. Als er anfing, sich ganz langsam in mir zu bewegen, wollte ich laut schreien vor so viel Intensität. Diesem wunderbaren Gefühl hingebend, drückte ich meinen Kopf tiefer in die Polster unter mir. Mit geschlossenen Augen genoss ich das starke Empfinden zwischen uns beiden. Gabriel begann sich nun schneller in mir zu bewegen, forderte mich mit zwei Fingern an meinem Kinn auf, ihn anzusehen.

„Sieh mich an, Baby, ich möchte mit dir gemeinsam kommen und dir dabei ganz tief in deine Augen schauen."

Nie zuvor hatte ich einem Mann beim Orgasmus zugesehen. Es faszinierte mich einerseits, andererseits hatte ich auch Angst, was ich in seinen Augen lesen könnte. Insgeheim nickte ich und versuchte, den Blick nicht von Gabriel abzuwenden, während er in mich stieß. Sein Ausdruck nahm mich gefangen, es war mir nicht möglich, woanders hinzusehen. In dem Moment war er mein Fixpunkt. Dann fuhr er mit einer Hand zwischen unsere aneinanderreibenden Körper, weiter hinab zu der kleinen Perle und begann sie zu massieren. Das Gefühl wurde immer intensiver und ich spürte, dass mein Höhepunkt nicht mehr allzu lange auf sich warten lassen würde. Gabriel pumpte stetig fester in mich und drückte mit Daumen und Zeigefinger meine Klitoris zusammen. Ließ sie kurz los und begann sein Spiel von vorn. Mittlerweile rannen kleine Schweißperlen über unsere Körper.

Im Inbegriff meine Augen schließen zu wollen, um mich dem Gefühl noch mehr hinzugeben, vernahm ich Gabriels ermahnende aber dennoch sanft gesprochenen Worte: „Ansehen, Baby."

Ich tat wie mir geheißen und es dauerte nur Sekundenbruchteile, bis mich die Anfänge meines Orgasmus überrollten. Mit meinen Beinen zog ich Gabriel noch näher heran. Wollte ihn tiefer in mir spüren.

Unsere Blicke waren miteinander verschmolzen, und in diesem Augenblick kamen wir beide gleichzeitig zum Höhepunkt und erzitterten am ganzen Körper. Gabriel hatte sich mit seinem halben Gewicht auf mich herabfallen lassen. Plötzlich traf mich die Gewissheit wie der Blitz. Obwohl ich es noch immer nicht wahrhaben wollte, konnte ich es nicht länger leugnen: Ich hatte mich in diesen Mann verliebt und war nicht mehr in der Lage, es zu ändern.

♡ Kapitel 12

Die nächsten Wochen vergingen wie im Flug. Mittlerweile hatte der Sommer begonnen und ich verbrachte die meiste Zeit auf dem Gut, das inzwischen von einer Großbaustelle zu einem wieder halbwegs bewohnbaren Zuhause mutiert war. Gabriel und ich waren fast jede freie Minute zusammen dort. Entgegen jeglicher Vernunft konnte ich mir ein Leben ohne ihn nicht mehr vorstellen. Manchmal kam es mir so vor, als ob ich vor der Beziehung mit diesem wunderbaren Mann kein anderes Leben gehabt hätte. Ich hatte mich unsterblich in ihn verliebt, und zum ersten Mal verspürte ich das Gefühl, dass es dem männlichen Part an meiner Seite genauso ging wie mir. Harmonisch und liebevoll verlebten wir unser tägliches Zusammensein, sodass ich öfters glaubte, auf Wolke sieben sesshaft geworden zu sein, denn Gabriel trug mich förmlich auf Händen.

Seit jener Nacht, damals nach dem Besuch bei meinen Eltern, waren wir fest zusammen. Von Tag zu Tag wuchs meine Liebe zu diesem Mann ein klein wenig mehr.

Binnen kürzester Zeit hatten wir uns aneinander gewöhnt und konnten uns den anderen nicht mehr aus unserem Leben wegdenken. Er hatte es geschafft, mein bisheriges Dasein auf eine positive Weise auf den Kopf zu stellen, wie es noch kein anderer Mann vorher getan hatte. Vor einem Monat war Gabriel für eine Woche in die USA geflogen, um seine Kinder zu besuchen, da er die Trennung von ihnen nicht mehr ausgehalten hatte. In dieser Zeit hatte ich ihn schrecklich vermisst und er mich ebenso, sodass es ihm von da an gar nicht mehr schnell genug gehen konnte, seine Töchter und mich endlich an einem Ort miteinander zu vereinen. Während Gabriels Urlaub in Amerika hatte ich sein Hotelzimmer ausgeräumt und die Sachen in meine Wohnung gebracht. Das Zimmer war in den Wochen zuvor ohnehin nur ein Ort zum Duschen und Umziehen gewesen, denn jede weitere freie Minute verbrachten wir zusammen. Entweder nachmittags nach der Arbeit auf dem Gut oder nachts in meinem Appartement im Bett.

Anfangs hatte ich enorm mit meinem Gewissen gehadert, da mein Verstand sich merklich dagegen zu wehren versuchte. Aber die Kraft in meinem Herzen war stärker gewesen. Mittlerweile war ich mir vollkommen sicher, dass es die richtige Entscheidung gewesen war.

Die letzten Wochen waren wirklich sehr anstrengend gewesen. Wir hatten unter Hochdruck gearbeitet und ich hatte alle Arbeiter vorangetrieben, damit das Haus so schnell wie möglich bezugsfertig wurde. Wenn ich mir etwas in den Kopf gesetzt hatte, dann zog ich das auch durch, und das mit vollem Eifer und Aufopferung. Die Renovierung von Gabriels neuem Zuhause lag mir ebenso am Herzen, wie dessen Besitzer. In der Woche, in der fast alle Handwerker gleichzeitig angerückt waren, hatte ich mir freigenommen. So konnte ich rund um die Uhr auf der Baustelle sein, um alles zu beobachten und mit anzupacken, damit auch ja nichts schiefgehen konnte. Herr Gerhardt, mein Chef, hatte mir dafür zwei Tage Sonderurlaub genehmigt, da er wusste, dass ich die Zeit nicht zum Ausspannen benötigte, sondern um einen Auftrag für die Firma zu erledigen. So einen Boss wie ihn bekam man auch nur einmal im Leben. Dass dieses Projekt ein Auftrag fürs Herz werden könnte, hätte ich mir anfangs in meinen kühnsten Träumen nicht vorzustellen gewagt.

Mittlerweile hatten wir es geschafft, Gabriels neues Heim wieder so herzurichten, dass es nur noch ein paar Tage dauern würde, bis er erneut in die Staaten fliegen und seine beiden Engel nach Österreich holen konnte. Alle beteiligten Handwerker hatten in dieser kurzen Zeit beinahe Undenkbares vollbracht und hervorragende Arbeit geleistet. Fast so toll, wie man es sonst nur aus diversen Fernsehsendungen wie „Zuhause im Glück" oder „Einsatz in 4 Wänden" kannte.

Die Bäder, Toiletten und die Heizung waren grunderneuert, das Dach neu eingedeckt und mit Sonnenkollektoren ausgestattet worden. Die Fliesen, Armaturen, neue Böden und auch die Möbel hatte alle ich ausgesucht. Gabriel hatte mir vollkommen freie Hand gelassen. Er war sich meines wunderbaren Händchens für Einrichtungsangelegenheiten absolut sicher und vertraute mir da zu einhundert Prozent. Alles von der Pike auf neu einzurichten hatte mir zusätzlich Spaß gemacht. Obwohl Innenarchitektur ja nicht unbedingt zu meinen Spezialgebieten gehörte. Doch ich hatte fleißige Helfer, wie Isa oder Nancy, und da meine Schwägerin sich das Dekorieren und Abstimmen der ganzen Möbel zum Beruf gemacht hatte, war sie mir dabei eine besondere Hilfe.

An den Abenden, wenn die Handwerker weg waren, kamen Isa und Tom oder auch Nancy, Max oder meine Eltern vorbei, um mit anzupacken. Alle zusammen gaben wir ein wundervolles Team ab. Meine Eltern hatten Gabriel von der ersten Minute an in ihr Herz geschlossen, sodass sie unbedingt ihren Beitrag zum Neuanfang leisten wollten. Meine Mutter hatte mir bald danach gestanden, dass sie bei Gabriel ein sehr gutes Gefühl hatte. Ihr Gespür, dass er der absolut Richtige für mich und ebenso der perfekte Schwiegersohn für sie wäre, stimmte mich noch glücklicher.

Gabriels Schlafzimmer und auch die Kinderzimmer waren fast fertig. Für die Mädels hatten wir die Zimmer gewählt, die nur durch ein gemeinsam zu benutzendes Badezimmer voneinander getrennt waren. Diese beiden Räume waren wirklich sehr schön geworden. Gabriel hatte sie schon vorher benutzt, wobei eines zum Schlafen und eines als kleines Wohnzimmer gedient hatte. Sein Bruder Lucas, der um sieben Jahre jünger war als er, hatte damals nur das angrenzende Zimmer in der Nähe des Elternschlafzimmers bewohnt. Als sie dann mit ihren Eltern in die Staaten gezogen waren, hatten ihre Großeltern diese Räume weitgehend unverändert belassen und auch nicht mehr weiter genutzt. Das Obergeschoss blieb unbewohnt, da die untere Etage genug Platz für die beiden älteren Herrschaften geboten hatte.

Gabriel hatte mir ein Foto von seinen Großeltern gezeigt. Sie waren sehr interessante Leute gewesen – die Großmutter klein und zierlich gebaut und der Opa großgewachsen und ein stattlicher Mann mit silbergrauen Haaren. Schade, dass ich sie nicht mehr hatte kennenlernen dürfen.

Das Gut selbst hatte zur damaligen Zeit sehr viele Angestellte gehabt, die sich um die Bewirtschaftung gekümmert und die zugehörigen Nebengebäude nahe dem Haupthaus bewohnt hatten. Heute standen diese leider alle leer.

In der gesamten oberen Etage waren die alten Parkettböden abgeschliffen worden und erstrahlten in neuem Glanz. Isa und ich hatten uns auch als Maler und Anstreicher bewiesen, denn das hatten wir selbst übernommen. Wir hatten die Farbe Weiß als Hauptfarbe in allen Räumen gewählt und farbige Akzente, Bordüren oder Tapeten passend aufeinander abgestimmt. Die Kinderzimmer hatten wir im Sinne von Gabriels Töchtern gestaltet.

Sarah war tatsächlich die Lieblichere von den beiden. Sie wollte so viel Pink, Glitzer, Feen und Prinzessinnen wie möglich in ihrem Zimmer haben. Diesen Wunsch konnte ich ihr mit Leichtigkeit erfüllen. Ein Wand-Tattoo mit dem Schriftzug „Prinzessinnenreich" thronte nun im Eingangsbereich des Raums. An der größten freien Wand hatten wir alle Prinzessinnen aus der *Disney Princess Collection* verewigt.

Laura hingegen wollte auch etwas Glitzer haben, aber kein Rosa, sondern einen blauen Farbton. Ihr ausdrücklicher Wunsch war es, die Helden aus ihrem Lieblingsfilm von Disney, die Buddies, in ihrem Zimmer um sich zu haben. Die Erfüllung ihrer Bitte hatte mir zwar etwas Kopfzerbrechen bereitet, aber nach zwei schlaflosen Nächten war mir die glorreiche Idee gekommen. Mit einer Fototapete, auf die ich die weiteren Farben im Zimmer nur noch abstimmen musste, war die Lösung des Problems geschafft. Die Buddies waren süße Golden-Retriever-Welpen, die so manches tolle Abenteuer erlebten und meisterten. Die Filme hatte ich vorher nicht gekannt, aber dann hatte ich mit Gabriel gemeinsam mal einen davon angesehen. Seitdem zählte ich mich als Fan der tierischen Abenteurer. So wie diese Welpen schätzte ich auch Laura ein.

Unternehmungslustig, keine Angst oder Scheu vor irgendwas und immer auf der Suche, etwas Neues zu entdecken.

Ich hoffte, dass den beiden unser Werk gefallen würde, wenn sie es erst in natura sehen würden. Ein paar Fotos von ihren neuen Zimmern hatte Gabriel ihnen schon gemailt. Beide waren hin und weg von ihren neuen Reichen gewesen. Mittlerweile hatte ich ein paarmal mit den Mädchen geskypt, zwar immer in Gabriels Beisein, aber wir hatten uns prima miteinander verstanden. Seinen Eltern hatte er bald mitgeteilt, dass er mit mir seine Zukunft plante. Sie waren angetan und froh, dass ihr Sohn es geschafft hatte, die ganze Trauer der letzten Jahre zu vergessen und wieder glücklich zu werden. Laura und Sarah hatten es entspannt aufgenommen, dass es im Leben ihres Vaters eine neue Frau gab. Sie waren zwar sehr erstaunt gewesen, aber sie freuten sich, genauso wie ich, dass wir uns endlich persönlich kennenlernen würden. Ein wenig Bauchweh war bei dem Gedanken daran trotzdem noch vorhanden. Die Angst, ob sie mich als neue Partnerin an der Seite ihres Vaters akzeptieren würden, war nicht wegzudenken. Die einzige Möglichkeit, das herauszufinden war, indem wir es auf uns zukommen ließen.

Sarah hatte mich gestern erst gefragt, ob ich denn nun auch ihre neue Mama werden würde. Im ersten Moment hatte ich nicht gewusst, was ich darauf antworten sollte, da ich mit der Frage nicht gerechnet hatte.

Vorsichtig hatte ich versucht, ihr das zu vermitteln, was auch Gabriel am Anfang unserer Beziehung gesagt hatte.

„Nein, deine Mama wird immer deine Mama bleiben. Die ist ja jetzt ein Engel oben im Himmel und schaut auf euch herab und beschützt euch. Ich werde hier bei euch sein und versuchen, euch auch zu beschützen. In allererster Linie werde ich euch aber eine tolle Freundin sein."

Diese Worte hatte ich richtig gewählt, denn über ihr Gesichtchen war ein süßes Lächeln gehuscht und in ihrem Ausdruck hatte sich Zufriedenheit abgezeichnet. Bei diesem Anblick war mir ein Stein vom Herzen gefallen.

Gabriel sah man seine Erleichterung über unser Vorzeigeprojekt regelrecht an, und er – oder eigentlich wir alle – waren stolz und begeistert, dieses alte Bauwerk aus seinem Dornröschenschlaf geholt zu haben. Jetzt, da das Haus wieder bewohnbar war, konnte es Gabriel nicht mehr schnell genug damit gehen, endlich seine Kinder zu sich zu holen. Ich wusste, wie viel sie ihm bedeuteten und dass es für ihn nun allerhöchste Eisenbahn war, wieder mit ihnen vereint zu sein. Die Zwillinge vermissten ihren Papa sehr und deswegen hatte Gabriel auch bereits für Donnerstag nächster Woche einen Flug in die Staaten gebucht, um hinzufliegen und mit Sarah und Laura zurückzukehren.

Die Telefonate mit seinen Töchtern hatten ihm genügend Kraft gegeben, dass in der Lage war, die letzte kurze Zeitspanne bis zum Wiedersehen noch durchzustehen. Das Einzige was ihn jetzt noch bedrückte, waren Sarahs Bauchschmerzen. Die hatten sich bis dato nicht gebessert und bereiteten ihm fürchterliche Sorgen. Sie kamen und vergingen wieder, und Sarah hatte oftmals auch Fieber. Gabriels Mutter hatte bereits einen Arzt mit ihr aufgesucht, der aber keine adäquate Diagnose hatte stellen können. Seine jüngere Tochter war die Sensiblere von den Zwillingen. So nahmen wir an, dass sie die Trennung von ihrem Vater psychisch mittlerweile sehr belastete und ihr dieser Umstand auf den Magen schlug. Bei den Telefonaten ließ sie sich nichts anmerken und mimte das fröhlichste Kind. Doch Gabriel kannte seine Tochter und spürte instinktiv, dass er keine zusätzliche Zeit mehr vergeuden durfte, um so schnell wie möglich ein gemeinsames Leben als Familie hier in Österreich zu beginnen.

Beim Endspurt hatten wir mit allen Arbeiten nochmals einen Extrazahn zugelegt und es tatsächlich geschafft. Heute war es endlich so weit und Gabriel würde die erste Nacht auf dem Gut verbringen. Ein paar Kleinigkeiten, die auf unserer Prioritätenliste weiter hinten aufgereiht waren, konnten auch in den kommenden Wochen und Monaten noch erledigt werden. Wichtig war jetzt nur, dass Gabriel und seine Kinder wieder in das Haus einziehen und es mit Leben füllen.

Heute war Samstag, und alle unsere Freunde hatten wieder einmal kräftig mit angepackt. Tom und Max hatten Möbel fürs Schlafzimmer vom Möbelhaus abgeholt, Isa und Nancy die ganze Küche eingeräumt, und Gabriel und ich hatten im neu dekorierten Wohnzimmer alles fertig gemacht. Eine neue Couch und eine tolle Anrichte zierten jetzt diese große Wohlfühlzone. Im Esszimmer konnten wir vieles beim Alten belassen, da der rustikale Tisch und die Stühle Massivmöbel waren und dennoch perfekt zum neuen, modernen Einrichtungsstil des Hauses passten. Das gleiche Spiel konnten wir in der Küche durchexerzieren, da diese eine Qualität aus Meisterhand hatte. Das weiße Holz erstrahlte dank einer Politur in neuem Glanz, die veralteten Geräte waren durch energiesparende ersetzt und die Fliesen gegen moderne Glasplatten ausgetauscht worden. Eigentlich erstrahlte das gesamte Haus in einer perfekten Kombination aus alt und neu. Diese Tatsache erfreute Gabriel am meisten, weil dadurch einige Erinnerungen aus seiner Kindheit erhalten geblieben waren.

Das Verhältnis zwischen Gabriel und mir war innig wie am ersten Tag. Er nahm mich bei jeder Gelegenheit in die Arme oder küsste mich flüchtig auf den Mund. Der Sex mit ihm war von Anfang an heiß gewesen und ich genoss ihn jedes Mal aufs Neue. Unser magischer kleiner See war nach wie vor ein Ort, an dem wir uns regelmäßig liebten. Ich bereute es keine einzige Sekunde lang, ihm von Beginn an mein Vertrauen geschenkt und mich trotz all meiner Selbstzweifel sehr schnell auf ihn eingelassen zu haben. Mittlerweile war es Liebe, und dieses Gefühl wuchs von Tag zu Tag an.

Mit Isa hatte ich einige Male darüber gesprochen und sie empfand das Gleiche wie meine gesamte Familie. Gabriel war schlichtweg der Deckel für meinen Topf.

Am Abend, so gegen sechs, waren wir alle ziemlich ausgepowert, und wir beschlossen, das erste Mal den neuen Grill auf der Terrasse anzuwerfen. Es war wieder ein heißer Sommertag gewesen und tagsüber hatten wir uns eher auf die kühlen Getränke spezialisiert. Wir wussten, dass wir heute endgültig fertig werden würden, und deswegen hatte ich gestern vorsichtshalber alles für eine kleine Grill- und Einweihungsparty eingekauft.

Geduscht und in frischen Klamotten saßen wir gemeinsam auf der neu gestalteten Terrasse, die mit den Terrakottafliesen und ein paar Grünpflanzen heimeliger und gemütlicher wirkte als zuvor. Die Markise spendete uns erholsamen Schatten, obwohl die Abendsonne noch hoch am Himmel stand und uns mit enormer Hitze versorgte. Ich hatte gerade einen Krug mit herrlich kaltem Wasser auf den Tisch gestellt, und Max und Tom standen am Grill und legten eben das erste Fleisch auf. Die Kartoffeln waren bereits fertig und der Salat in Arbeit. Den alten Gemüsegarten hatte ich gleich nach Beginn der Umbauten wieder angepflanzt, sodass wir jetzt daraus ernten konnten.

Die Jungs stießen alle mit Bier an, und auch Isa und ich hatten uns entschlossen, ein kühles Bierchen zu genießen. Für Nancy hatte ich extra ein alkoholfreies Weißbier besorgt, da ich wusste, dass sie ab und an gerne mal eines trank. Die darin enthaltene Folsäure tat dem Würmchen in ihr ebenfalls gut. Mittlerweile wusste ich, dass ich Anfang nächsten Jahres stolze Tante eines kleinen Mädchens werden würde, und auf dieses Ereignis freute ich mich schon sehr.

Gut gelaunt rosteten wir uns zu und waren glücklich, endlich die Gläser auf unser vollbrachtes Werk erheben zu können. Gabriel nahm mich in den Arm, hielt mich für ein paar Sekunden fest, und dann drehte er mich und platzierte sich hinter mir, ohne mich wieder loszulassen. Diese Geste fühlte sich nach Zusammengehörigkeit an und ich schloss kurz die Augen, um den Moment noch mehr zu genießen.

Dann ergriff Gabriel das Wort. „Mann, Leute, ihr könnt euch nicht vorstellen, wie dankbar ich euch bin. Ohne euch und vor allem ohne Anne hätte ich es niemals geschafft, dieses alte Gemäuer wieder auf Vordermann zu bringen. Ich stehe auf immer und ewig in eurer Schuld."

Tom antwortete ihm: „Hey, Mann, dafür sind Freunde doch da", und auch er erhob seine Flasche und rief: „Ein Hoch auf Gut Rabenstein und seinen neuen Besitzer!" Wir stimmten alle mit einem freudigen Gejubel ein und stießen mit unseren Bierflaschen an.

Das Essen schmeckte köstlich und wir genossen die kleine, aber feine Einweihungsfete in vollen Zügen. Der laue Sommerabend und der Blick auf den alten Rosengarten mit den wunderschönen hochgewachsenen Bäumen im Hintergrund, hatten mich bereits beim ersten Betreten von Gabriels Erbe in ihren Bann gezogen. Heute beflügelte der Anblick des Gartens meine gute Laune.

Einige Bier später verabschiedeten sich die vier freiwilligen Helfer recht bald von uns. Der Tag hatte uns alle sehr geschafft und die erste Müdigkeit machte sich bemerkbar. Nancy hatte sich als Autofahrerin gemeldet, da sie derzeit sowieso auf Alkohol verzichtete. Ihr Angebot alle heil nach Hause zu bringen, wurde dankend angenommen. David durfte heute den ganzen Tag bei meinen Eltern verbringen, und so wie ich ihn kannte, würde er Oma und Opa jetzt noch voll auf Trab halten.

Zusammen räumten wir die letzten Gläser in die Spülmaschine und setzte sie daraufhin gleich in Gang. Beim Griff zu einem Tuch, um die Arbeitsplatte sauber zu machen, wirbelte Gabriel mich herum und nahm mich auf seine Arme. Vor lauter Überraschung quiekte ich auf und konnte mir ein herzliches Lachen nicht verkneifen. Er küsste mich sanft auf die Lippen und trug mich hoch ins Schlafzimmer.

Der Mond schien recht hell ins Zimmer und es wehte ein leichter Wind durch die Vorhänge. Gabriel setzte mich behutsam auf dem Bett ab, beugte sich über mich und sagte: „Zeit, das neue Bett einzuweihen." Um seine Lippen lag das herrliche Schmunzeln, das ich mittlerweile an ihm liebte.

Ich antwortete frech: „Ah, okay, Mr Carter kann trotz totaler Anstrengung nicht genug von Sex bekommen", und lächelte ihn an.

„Am allermeisten kann ich von dir nicht genug bekommen." Mühelos hatte er mich in die Mitte des Bettes geschoben und lag nun über mir. Unsere Lippen trafen sich zu einem himmlisch intensiven Kuss. Während wir uns immerfort küssten, schälte Gabriel mich aus meinen Klamotten. Verlangend knöpfte ich in der Zwischenzeit sein Hemd auf und stürzte mich danach gleich auf den Knopf seiner Sommerhose. Seine Erektion drückte von innen gegen die Hose, als ich darüber fuhr. Mit nacktem Oberkörper lag ich vor ihm.

Auf einmal erhob er sich vom Bett, blickte mir tief in die Augen und ging in Richtung Kommode. Er öffnete die unterste Lade, und im dumpfen Licht des Mondes konnte ich erkennen, dass er zwei Dinge daraus hervorholte. In mir brodelten die Lust und die Neugier, was er damit vorhatte. Mit schnellen Schritten näherte er sich wieder dem Bett, entfernte im gleichen Augenblick sein Hemd und warf es achtlos auf den Boden. Dann setzte er sich auf meine Oberschenkel. Er nahm zuerst etwas Rotes in die Hand. Meine Vermutung tendierte, dass es sich um ein Seidentuch handeln musste. Beinahe im selben Moment beugte er sich über mich, verband die beiden Enden hinter meinem Kopf und nahm mir die Sicht.

„Was hast du vor?" Diese schnelle Frage rutschte mir plötzlich heraus.

„Schsch ... entspann dich!", flüsterte er in ebenso erregtem Ton und hielt seinen Zeigefinger an meine Lippen. Jetzt war es vollkommen um mich geschehen. Ein Lächeln der Vorfreude huschte über meinen Mund, voller sexueller Erwartung biss ich mir in die Unterlippe und versenkte dann meinen Kopf im Kissen. Mit verbundenen Augen erahnte ich, dass er jetzt das andere Teil in die Hand nahm, und hörte, wie eine Schatulle geöffnet wurde. Unversehens spürte ich etwas Kaltes an meiner Kehle und meinte, dass es eine Kette sein musste, die er mir nun um den Hals legte.

„Danke für all das hier", sagte er, verschloss das Schmuckstück hinter meinem Kopf und küsste mich zärtlich auf den Mund. Eingenommen von den Empfindungen, die gerade in Bruchteilen auf mich niederprasselten, führte ich eine Hand an mein Dekolleté und erfühlte einen Perlenanhänger auf meinem Oberkörper. Gabriel verschaffte sich nun mit seiner Zunge Zugang zu meinem Mund,

und ich involvierte meine in einen reizvollen Zungentanz. Dann tänzelte Gabriel mit seinen Lippen meinen Hals hinab bis zu meinen Brüsten. Er nahm eine emporragende Brustwarze in den Mund, saugte an ihr und biss vorsichtig hinein. Leicht wimmernd begrüßte ich diese Berührung, denn sie beförderte mich in den siebenten Himmel der Lust. Meine Ungeduld wuchs in Sekundenschnelle und ich konnte es kaum mehr erwarten, ihn endlich tief in mir zu spüren. Nackt auf mir liegend verteilte Gabriel sanfte Küsse auf meinem gesamten Körper. Ich spürte ihn überall. Eine Gänsehaut breitete sich aus, da diese Zärtlichkeit mich all meiner Sinne beraubte. Nach gefühlt tausenden Berührungen seiner Lippen drückte er meine Beine auseinander und positionierte seinen Penis an meinem bereits vor Nässe triefenden Eingang.

„Sorry, Süße – ich halte es nicht mehr aus. Ich wollte dich eigentlich vorher noch schmecken, aber ich muss jetzt in dir sein."

„Halt bitte die Klappe und mach endlich – ich kann es nämlich auch nicht mehr erwarten."

Das ließ er sich nicht zweimal sagen und mit einem Ruck war er in mir. Seiner Größe wegen stieß er an meinen Muttermund an. Mein ganzer Körper zitterte und im ersten Moment glaubte ich zu explodieren. Es war ein herrliches Gefühl, mit ihm vereint zu sein. Gabriel führte meine Hände über meinem Kopf zusammen und stieß noch zweimal hart zu. Kurz ließ er wieder locker und massierte meine Innenwände mit seinem Glied sanfter als zuvor. In der Missionarsstellung aufeinanderliegend, fühlten wir beide, dass das jetzt nichts mehr mit Ficken zu tun hatte. Das war definitiv leidenschaftlicher Sex, verbunden mit Liebe. Gabriel streichelte mir über die Wange und ich spürte, dass er mich eindringlich ansah. Ich fühlte, dass wir beide das Gleiche empfanden.

Er küsste mich und gleichzeitig bewegte er sich in mir weiter. Mein Orgasmus näherte sich, und es dauerte nicht mehr lange, bis er mich mit voller Wucht überrollte. Viel länger als erwartet blieb er aufrecht und ebbte nur ganz langsam ab. Wir genossen dieses unglaubliche Gefühl, und während mein Tanz auf dem Vulkan allmählich endete, kam auch Gabriel zum Höhepunkt und ergoss seine ganze Lust in mich. Eine Zeitlang blieben wir noch aufeinander und miteinander verbunden liegen. Wir waren beide außer Atem und ich spürte Gabriels Herzschlag gegen meine Brust hämmern. Wir versuchten, unsere Körper wieder zu beruhigen, indem wir uns nicht voneinander lösten.

Es vergingen ein paar Minuten, bis Gabriel sich aufrichtete und mir das Tuch von den Augen nahm. Sanft hob er mein Kinn an und sein Blick traf den meinen. Der Mond schien immer noch hell durchs Fenster, sodass ich seinen Gesichtsausdruck klar erkennen konnte.

„Ich liebe dich, Anne! Niemals mehr kann und will ich ohne dich sein. Hast du das verstanden?"

Meine Augen füllten sich mit Tränen und er bemerkte, wie eine davon über meine Wange hinab kullerte. Ich fühlte mich leicht und unbeschwert in seinen Armen. Auch wenn ich mich lange gegen die Sucht nach diesem Mann und die Gefühle für ihn zu wehren versucht hatte, wusste ich es spätestens jetzt definitiv: Ich liebte ihn ebenso aus ganzem Herzen und würde elendig zu Grunde gehen, sollte er mich jemals wieder verlassen. Doch konnte ich diese drei Worte gegenwärtig aussprechen? War ich dafür schon bereit?

Gabriel hatte die einsame Träne weggeküsst und ich wusste, dass er eine Antwort erwartete. Er sah mir noch immer in die Augen und ich nahm all meinen Mut zusammen, schlang meine Arme um seinen Hals und sagte: „Ich liebe dich auch, Gabriel. Mehr, als du dir vorstellen kannst. Bitte lass mich nie wieder allein!"

Sichtlich erleichtert entgegnete er: „Das werde ich nicht, keine Angst, Baby." Er legte die Arme um mich und küsste mich abermals.

„Nächste Woche werden wir noch mal für ein paar Tage getrennt sein, da ich Laura und Sarah endlich zu uns holen kann, und danach werden wir nie mehr ohne einander sein."

Das Wort uns gab mir noch mal zusätzlich einen Stich ins Herz. Ich glaubte ihm und vertraute ihm, dass jede einzelne Silbe wahr war und wir bald in eine gemeinsame Zukunft blicken konnten.

Gabriel glitt aus mir heraus und drehte mich auf die Seite. Er legte sich hinter mich, kuschelte sich an meinen Rücken und zog die Decke über unsere Körper. Noch nie in meinem Leben war ich so entspannt und glücklich eingeschlafen wie in diesem Moment.

♥ Kapitel 13

Am Montag darauf verließ ich das Büro schon gegen 15 Uhr. Später wollte ich noch auf das Gut fahren, um unseren letzten gemeinsamen Abend in vollen Zügen genießen zu können. Die restlichen Wochentage über hatte Gabriel einige wichtige Termine in der Firma und ich musste am Mittwoch zu einer Weiterbildung nach Salzburg fahren. Diese beruflichen Aktivitäten waren der Grund dafür, dass wir uns bis zur Abreise in die USA wahrscheinlich nicht mehr oft sehen würden. Gabriel hatte für Donnerstag den Flug gebucht und ihn damit bereits um eine Woche vorverlegt. Die Sehnsucht nach seinen Töchtern hatte ihn in der letzten Zeit sehr mitgenommen. Seit gestern wirkte er zusätzlich in sich gekehrt und verändert. Mir war klar, dass die kurze Zeitspanne bis zum Wiedersehen mit seinen Kindern, an seinen Nerven zehrte. Doch zum allerersten Mal, seit dem Beginn unserer Beziehung, ließ er mich an seinen Gedanken nicht teilhaben. Diese Tatsache hatte unser gestriges Zusammensein auf gewisse Weise getrübt. Dennoch war ich zuversichtlich, dass die Tristesse bald der Vergangenheit angehören würde. Unser gemeinsames Glück war zum Greifen nah.

Zu Hause in meiner Wohnung angekommen, wollte ich gerade ins Kellergeschoss gehen, um meinen eleganten Hosenanzug gegen bequemere Kleidung zu tauschen. Das Herumdrehen eines Schlüssels und das prompte Öffnen der Wohnungstür hinderten mich daran. Im ersten Moment blickte ich reaktionslos und erschrocken in den Eingangsbereich meines Heims. Meine Mundwinkel erheiterten sich schnell, als mich Gabriel ebenso überrascht anblickte.

„Hi, ich wusste nicht, dass du schon zu Hause bist." Er war blass und sein Blick auf mich wirkte müde und angespannt. „Ich habe gestern ein paar Unterlagen bei dir vergessen, die ich heute noch für einen Termin bei Gericht brauche."

Dennoch kam er auf mich zu und küsste mich zur Begrüßung sanft auf den Mund. Es tat gut, seine weichen Lippen auf meinen zu spüren.

„Äh, okay", murmelte ich und sah erst jetzt die wichtigen Dokumente auf dem Tisch liegen. „Ich habe heute früher Schluss gemacht, um später auf dem Gut etwas Leckeres für uns zu kochen. Du bist hoffentlich damit einverstanden, wenn wir unseren letzten gemeinsamen Abend kulinarisch ausklingen lassen?"

Er zögerte, gab dann aber doch eine Antwort auf meinen Vorschlag. „Du bist perfekt, Süße. Ich freue mich und natürlich auch darauf, dich heute Nacht ausgiebig zu lieben. Ich brauche dich!" Kraftvoll zog er mich in seine Arme und küsste mich dominant und fordernd auf den Mund. Seine Worte entfachten ein Bauchkribbeln und eine intensive Vorfreude auf den kommenden Abend in mir. Dennoch ließ mich mein Bauchgefühl nichts Gutes erahnen, dass er große Sorgen mit sich herumtrug. Später auf dem Gut würde ich ihn direkt fragen. Vorerst besann ich mich darauf, ihn in seiner Eile nicht vor den Kopf zu stoßen.

„Jetzt muss ich aber los, ansonsten komme ich zu spät zum Gerichtstermin." Er hinterließ noch einen weiteren zärtlichen Kuss auf meinen Lippen, setzte sich in Bewegung, um meine Wohnung wieder zu verlassen, und sagte noch: „Bis später, Baby!"

Besorgt, aber dennoch erregt über seine heutigen Pläne nickte ich und schloss die Tür hinter ihm. Noch nie in meinem Leben war mir ein Mann so wichtig gewesen wie er. Seine Aussage „Ich brauche dich" hatte ich das erste Mal aus seinem Mund vernommen und ließ einige Fragezeichen aufleuchten. Eine Tasse mit starkem Kaffee musste her, um die ganze Situation, die sich soeben abgespielt hatte, sacken zu lassen und mich wieder zu beruhigen.

Mit einem vollen Einkaufskorb, gefüllt mit den Zutaten für ein leckeres asiatisches Wokgericht, machte ich mich zwei Stunden später auf den Weg zum Gut.

Dort angekommen sah ich, dass Gabriel noch nicht da war. Hatte der Termin bei Gericht doch länger gedauert? Der Kies knirschte unter meinen Schuhen und ich ging mit dem Korb in der Hand in Richtung der großen, breiten Eingangstür. Mir fiel sofort auf, dass sie nicht richtig verschlossen, sondern nur angelehnt war. Verwundert blickte ich auf das imposante Eingangsportal. Gabriel war immer sehr bedacht, dass alle Türen versperrt waren. Ich trat ins Haus, und im gleichen Moment sah ich, dass Gabriels Bürotür sperrangelweit offen stand, was noch untypischer für ihn war. Gerade als ich die Türklinke in die Hand nehmen wollte, um sie wieder zu schließen, stachen mir sämtliche offenen Schreibtischschubladen ins Auge. Um Gottes willen, war hier jemand eingebrochen?, war mein allererster Gedanke. Mein Herz fing wie wild zu rasen an und ich spürte, wie mir das Adrenalin durch die Adern pumpte.

Beim Eintreten in den Raum blickte ich mich zuerst vorsichtig um, doch allem Anschein nach war nichts durchwühlt worden. Der Schreibtisch war ordentlich aufgeräumt, so wie ich es von Gabriel gewohnt war. Auf den ersten Blick fiel mir nicht auf, dass etwas fehlte. Doch dann erfasste mich eine bittere Tatsache mit voller Wucht. Die Reiseunterlagen, die am Vortag fein säuberlich auf dem Tisch gelegen hatten, waren verschwunden. Die lagen gestern noch neben Gabriels Laptop. Tausend Gedanken schossen mir durch den Kopf. Der erste, der mir in den Sinn kam, war, dass er deswegen so verändert gewirkt hatte. Weil er mich verlassen wollte. Vehement versuchte ich, diese Horrorvorstellung wieder aus meinem Gehirn zu verbannen. Das hätte er niemals getan. Vor ein paar Stunden hatten wir ausgemacht, dass wir uns später hier treffen würden. Was war hier passiert? Warum sollte er vier Tage früher zurück in die USA gereist sein?

Ich schloss die Schreibtischschubladen und machte mich auf den Weg in die Küche. Den Einkaufskorb, der mir zuvor auf den Boden gefallen war, hob ich auf und stellte ihn nun sorgsam auf der Arbeitsplatte ab. Meine Gedanken rasten unentwegt. Ich musste Gabriel anrufen, um zu erfahren, ob alles in Ordnung war. Es dauerte eine Weile, bis ich mein Handy mit zittrigen Händen aus der Handtasche hervorkramte. Völlig aufgelöst wählte ich seine Nummer. Sofort sprang die Mobilbox mit der Aussage an, dass der

Gesprächspartner derzeit nicht zu erreichen sei. Wiederum eine untypische Handlung für Gabriel. Diese Tatsache stimmte mich noch nervöser.

„Mist, verdammter", fluchte ich vor mich hin. Was hatte das alles zu bedeuten? Gabriel war doch sonst so penibel in sämtlichen Belangen. Morgens bei mir hatte er mir schon öfters, wenn er früher ins Büro musste, einen kleinen Zettel auf den Tisch gelegt und ein schlichtes „Guten Morgen, Baby – ich wünsche dir einen tollen Tag" draufgeschrieben. Diese ganze Aktion wurde mir immer suspekter.

Beunruhigt aber doch auf Gabriel vertrauend, besann ich mich darauf, mir vorerst keine großen Sorgen zu machen. Ich entschied mich, nun dem Kochen zu widmen. Er würde sicher demnächst auftauchen und mir alles erklären.

Um kurz nach acht war Gabriel noch immer nicht zu Hause. Das Essen hatte ich wohl umsonst zubereitet. Gefühlte hundert Male versuchte ich, zu ihm durchzukommen. Aber ich erhielt stets das gleiche Resultat wie beim ersten Mal. Das Gefühl in meinem Bauch wurde zunehmend schlechter und mich überkam die Angst. Hatte er mich tatsächlich verlassen? Immer wieder versuchte ich, diesen Gedanken zu verdrängen. Verdammt! Wo war er nur hingefahren? War ihm, was passiert? Ich konnte mir auf das Ganze keinen Reim machen. Erst vorgestern nach der Einweihungsparty hatte er mir seine Liebe gestanden. Das konnten doch keine leeren Worte gewesen sein. Noch nie hatte ich einem Menschen so vertraut wie ihm. Auf keinen Fall wollte ich mir vor Augen führen, dass ich mich erneut in einem Mann so sehr getäuscht haben sollte. Ich beschwichtigte mich immer wieder selbst, um meine Sorgen im Zaum zu halten. Doch das gelang mir nur mäßig.

Nachdem ich das Essen in den Mülleimer katapultiert hatte, rief ich Isa an, um mir von ihr einen Rat zu holen.

Nach dem zweiten Klingeln hob sie ab und meldete sich mit „Hey, Süße! Na, wie war der erste Sex im neuen, großen Bett?", zwitscherte sie gut gelaunt ins Telefon. Sofort hatte ich die Bilder von Samstagnacht wieder vor Augen, doch das ungute Gefühl in meiner Magengegend war vorherrschender. Erleichtert darüber, dass ich wenigstens sie erreichte, atmete ich zunächst tief durch.

„Hey, schön, dass du rangehst. Mir geht's ehrlich gesagt beschissen und ich weiß nicht, warum."

„Was ist los?".

„Ich habe keine Ahnung. Gabriel ist nicht wie vereinbart zum Gut gekommen und seine Tickets für die USA sind auch verschwunden."

„Hä, warum das denn?", wunderte sich Isa genauso wie ich.

„Hast du ihn schon angerufen?"

„Ja, klar, mehrere Male. Immer nur die Box."

„Das passt nicht zu ihm."

Ich wusste, dass ihr im Moment ebenfalls etliche große Fragezeichen im Kopf herumschwirrten. Ihre kurzen Kommentare verrieten mir, dass sie genauso ratlos war, wie ich. Sie hatte Gabriel in den letzten Wochen auch besser kennengelernt. Tom und er hatten ihre Freundschaft von früher wieder neu entfacht. Unsere Beziehung war in jeglicher Hinsicht positiv für alle Beteiligten gewesen.

„Stimmt! Der Meinung war ich eigentlich auch. Doch seit gestern war er irgendwie anders."

„Wie anders?", hakte Isa nach.

„Keine Ahnung. So still, in sich gekehrt und betrübt."

„Hmmm, seltsam."

„Meinst du, er hat mich verlassen?", fragte ich ganz vorsichtig und brachte die Worte nur schwer über die Lippen.

„Quatsch, nein – das kann ich mir nicht vorstellen!", protestierte sie. „Gabriel ist ein ehrlicher Mensch und Anwalt noch dazu. Selbst wenn das sein Plan gewesen wäre, hätte er dich darüber in Kenntnis gesetzt."

Etwas erleichtert über Isas Worte erwiderte ich: „Ja, das glaube ich irgendwie auch. Er würde mir doch nicht zwei Tage davor, seine Liebe gestehen, um sich kurz darauf in Luft aufzulösen. Das würde selbst das größte Arschloch von Mann wahrscheinlich nicht tun, oder?"

149

„Nee, vermutlich nicht. Aber das ergibt alles keinen Sinn", sinnierte sie „Irgendetwas ist da faul, aber was?

Kurz waren wir beide still.

„Nur, Süße, mach dich jetzt nicht selbst verrückt. Er wird einen triftigen Grund gehabt haben, wenn er sich heute plötzlich einen Flieger in die Staaten genommen hat. Die verschwundenen Tickets sprechen eindeutig dafür. Er wird sich bald bei dir melden, mit Sicherheit!"

Leise seufzend schickte ich ein paar Stoßgebete gen Himmel, dass meine beste Freundin doch recht behalten sollte. „Deine Worte in Gottes Ohr. Vielleicht mach ich mir echt zu viele Sorgen. Danke, Isa, fürs Zuhören. Ich fahr jetzt mal in meine Wohnung. Snoozie wird mich wahrscheinlich eh schon vermissen. Sollte ich was von ihm hören, melde ich mich bei dir."

„Ja bitte, tu das. Kopf hoch! Lass dich jetzt nicht unterkriegen. Gabriel und du, ihr seid füreinander geschaffen. Bye-bye, Küsschen, hab dich lieb", versuchte sie, mich noch aufzumuntern. Dann beendeten wir gleichzeitig das Gespräch.

Gabriel und ich waren in den letzten drei Monaten ein absolutes Traumpaar geworden. Das hatte jeder in unserer Umgebung mitbekommen. Nicht nur meine Eltern und mein Bruder hatten mir das öfters beteuert, sondern auch einige Leute, mit denen wir auf der Baustelle zusammengearbeitet hatten. Ich erinnerte mich noch genau an Bernd, den Restaurator des Brunnens. Der hatte mir sofort gesagt, dass er bei mir und Gabriel ein gutes Gefühl hatte. All diese Aussagen schwirrten in meinem Kopf umher. Mir fiel es schwer, Isas Worten Glauben zu schenken. Trotz ihrer positiven Zusprüche wurde ich immer unsicherer. Ich hatte solche Angst, wieder alleingelassen worden zu sein. Noch so eine bittere Enttäuschung würde ich nicht mehr verkraften. Vor allem nicht, weil ich diesen Mann über alles liebte.

Als ich in meiner Wohnung eintraf, kam mir meine Katze wieder einmal mit vorwurfsvollen Blick entgegen. Leider konnte ich ihr den nicht verübeln. Die letzten Wochen war ich wirklich spärlich zu Hause gewesen. Fast jeden Tag hatten wir bis spätabends am Gut gearbeitet und waren meistens nur zum Schlafen heimgekommen. Ich hob sie hoch und streichelte sie. Das gefiel ihr sichtlich, denn sie fing gleich darauf zu schnurren an.

„Ja, das gefällt dir. Nicht wahr? Sorry, Cat. Heute gehe ich nicht mehr außer Haus." Als ob sie mich verstanden hätte, gab sie ein leises Miauen von sich, das mich zum Schmunzeln brachte. Die Streicheleinheiten genoss sie offensichtlich, doch ihr baldiger Vorausgang zum Futternapf, sollte mir andeuten, dass ich ihr gefälligst etwas Frisches zum Fressen geben sollte.

Irgendwie machte sich in meinem Magen jetzt auch ein leichtes Hungergefühl breit, obwohl mir der Appetit auf Essen in den letzten Stunden durchaus vergangen war. Trotz allem beschloss ich, mir ein kleines Sandwich zu gönnen und mich bald darauf in mein Bett zu begeben. Es war mittlerweile fast Mitternacht. Etliche Sprachnachrichten waren noch auf Gabriels Mobilbox gelandet. Doch mein Telefon war stumm geblieben. Vielerorts war ich froh, wenn mein Handy keinen Mucks von sich gab, doch in dieser Situation erhoffte ich mir nichts anderes, als das es endlich klingeln würde. Mein Gefühl sagte mir jedoch, dass sich das so schnell nicht ändern würde. Die Gewissheit, dass Gabriel mich nicht verlassen hatte, würde ich heute ohnehin nicht mehr bekommen.

Während ich auf der Couch vor mich hin grübelte, kam mir plötzlich eine Idee. Mit neuem Lebensmut gefüllt, sprang ich auf die Beine und schnappte mir den Laptop, um mir die Homepage des Wiener Flughafens mit den Flugplänen anzuschauen. Hatte es heute einen Flug nach Chicago gegeben? Ich musste Gewissheit haben. Auch wenn es nur ein Bruchteil dessen war, würde mir das Wissen, ob Gabriel ein paar Tage vorher an Bord gegangen war, schon genügen. Sollte es wirklich so sein, dann wusste ich wenigstens darüber Bescheid.

Wenn er am Nachmittag einen Flieger genommen hatte, müsste er jetzt eigentlich noch immer im Flugzeug sitzen. Das dürfte dann wohl auch der Grund dafür sein, dass ich ihn telefonisch nicht erreichen konnte. Ein kleiner Stein fiel mir vom Herzen und plötzlich fühlte ich mich tatsächlich beruhigter. Ich scrollte durch die Flugpläne, doch leider musste ich bald feststellen, dass es heute Nachmittag keinen Direktflug nach Chicago gegeben hatte, sondern dass diese Flüge meistens schon am Vormittag starteten. Diese Erkenntnis ließ meine Nerven erneut verzweifeln. Irgendwann wählte ich abermals seine Nummer, aber es war weiterhin die Mobilbox zu hören. Wie schon zuvor, sprach ich ihm eine Nachricht darauf: „Gabriel, bitte ruf mich zurück und sag mir, dass es dir gut geht. Verdammt! Ich mach mir Sorgen", schrie ich durch die Leitung.

Plötzlich ließen sich die Tränen nicht mehr aufhalten. Ich konnte nicht mehr stark sein. Das verfluchte Handy warf ich auf die Bettdecke und ließ meiner Traurigkeit freien Lauf. Warum war er schlagartig wie vom Erdboden verschluckt? Wir waren doch nicht im Streit auseinandergegangen. War ihm doch alles zu schnell gegangen? Auf unzählige Fragen fand ich keine passende Antwort.

Meine Frustration wuchs von Stunde zu Stunde. Die Tränen kullerten unaufhaltsam meine Wangen hinab und ich ließ sie laufen. Es war schön, dass sich wenigstens meine Katze zu mir gesellte. Sie spürte, dass es mir nicht gut ging. Eingehüllt unter die Decke, kuschelte sich Snoozie in meine Armbeuge. Unzählige Male wälzte ich mich in meinem Bett hin und her, bis ich irgendwann gegen drei Uhr morgens in einen nicht sehr erholsamen Schlaf fiel.

Als mein Wecker um 06:30 Uhr klingelte, wusste ich nicht, wie mir geschah. Im ersten Moment konnte ich nicht realisieren, wo ich gerade war. Vorsichtig öffnete ich die Augen und mir wurde klar, dass ich in meinem eigenen Schlafzimmer wach geworden war. Völlig unausgeschlafen ließ ich mich zurück ins Kissen fallen und versuchte mich zu sammeln. Es war ein normaler Arbeitstag und ich musste ins Büro. In der vergangenen Woche war einiges liegen geblieben, da ich mich fast nur um Gabriels Auftrag gekümmert hatte. Meinen persönlichen Auftrag für mein Herz. Das Bewusstsein, dass er gestern mir nichts dir nichts untergetaucht war, rammte sich schlagartig in mein

Gehirn. Die Tränen suchten sich abermals ihren Weg nach draußen. In den letzten Stunden war ich zu einer absoluten Heulsuse mutiert. „Anne, jetzt reiß dich zusammen!", ermahnte ich mich selbst. Ich konnte doch nicht so verheult im Büro erscheinen.

Ich schüttelte mich kurz und versuchte mich, am Riemen zu reißen. Dieses ganze Dilemma ging mir unter die Haut. Mittlerweile steckte ich tiefer drin, als mir lieb war. Meine müden Glieder ließen sich kaum aufwecken. Qualvoll streckend erhob ich mich aus dem Bett. Das beflügelte auch meine faule Katze, sich zu bewegen und zu dehnen. Bevor ich den Weg ins Bad einschlagen konnte, sprang sie mir vor die Füße und deutete mir an, ihr nach oben zu folgen. Jetzt musste ich doch grinsen. Dieser Weg konnte nur der Weg zu ihrem Futternapf bedeuten.

„Na du, wenn es bei dir ums Fressen geht, dann kannst du echt verdammt schnell sein, hm?"

Meine Worte quittierte sie nur mit einem lauteren Schnurren und setzte sich erwartungsvoll vor ihren Napf.

Zuerst gönnte ich mir jedoch einen starken Kaffee, um halbwegs wieder auf die Beine zu kommen. Die eiskalte Dusche danach sollte meinen Kreislauf zusätzlich beleben. Eine halbe Stunde später fuhr ich ins Büro. In der Nacht musste es geregnet haben, da die Straßen nass waren. Dadurch hatte es sich ziemlich abgekühlt. Mehrmals überlegte ich, ob ich Gabriel noch mal anrufen sollte. Doch im Endeffekt entschloss ich mich dagegen. Was sollte es denn noch bringen? Er hatte sicherlich mehr als zwanzig Anrufe von mir bekommen und vermutlich die gleiche Anzahl an Sprachnachrichten. Meine Hoffnung, dass er sich bald melden würde, schwand von Stunde zu Stunde. Die letzten Wochen über hatte es nicht viele Nächte gegeben, die wir nicht zusammen verbracht hatten. Auf dieses Detail hatte Gabriel bestanden, und meine Widersprüche waren zwecklos gewesen.

Die plötzliche Einsamkeit und die Ungewissheit, ob er mich tatsächlich verlassen hatte, trieben mich an den Rand der Verzweiflung. In Gedanken malte ich mir die schrecklichsten Fantasien aus. Dieselben Gefühle, wie damals nach der Scheidung breiteten sich in mir aus. Auf einmal fühlte ich mich im Stich gelassen und abermals vor den Trümmern meines Lebens stehend. Die Enttäuschung mit meinem Exmann sollte wohl nicht die Einzige gewesen sein. Diejenige, die für eine Beziehung immer alles gab und sich viel zu schnell verliebte, war ich. Diejenige, die am Ende allein und verlassen zurückblieb, war ebenso ich. Die Beweggründe von Mario hatte ich im Nachhinein verstanden, weil eine andere Frau im Spiel gewesen war. Bei Gabriel konnte ich es absolut nicht verstehen. Zwei Nächte zuvor hatte er mich noch geliebt und mir seine Liebe gestanden, und am Tag darauf war er schlagartig nicht mehr da gewesen.

Mitten in meinen traurigen Gedanken fuhr ich über eine Kreuzung, als ich plötzlich rechts neben mir ein lautes Hupen hörte. Reflexartig trat ich auf die Bremse und legte eine Vollbremsung hin. Als ich realisierte, was passiert war, wurde mir bewusst, dass ich in die Kreuzung eingefahren war, obwohl ich kein Recht dazu gehabt hatte. Die rote Ampel hatte ich komplett übersehen. Auch der andere Wagen hatte radikal abgebremst, und so hatten wir beide eine Kollision doch noch verhindern können. Mit meinem Oberkörper war ich mit voller Wucht auf das Lenkrad geprallt. Dem ersten Anschein nach, war mir nichts passiert. Die Schnauzen der beiden Autos standen jetzt nur wenige Zentimeter auseinander. Eine Sekunde später hätte es geknallt.

Ich warf dem Fahrer des anderen Wagens einen besorgten Blick zu und murmelte ein paar entschuldigende Worte. Vorwurfsvoll und verärgert blickte er mich an und schüttelte den Kopf. Seine Fahrt setzte er aber ohne weitere Komplikationen fort. Mein Herz raste wie verrückt. Die Hände zitterten. Der Motor meines Autos war abgestorben. Erleichtert, dass der Vorfall glimpflich ausgegangen war, warf ich den Kopf auf das Lenkrad und atmete kurz durch. Es dauerte keine zehn Sekunden, da ging hinter mir das nächste Hupkonzert los. Verdammt, ich stand ja noch immer mitten auf der Kreuzung. Ein schneller Blick in den Rückspiegel zeigte eine brutale Kolonne hinter mir. Ruckartig startete ich den Wagen erneut und fuhr weiter. Nach ein paar hundert Metern fand ich eine kleine Ausweiche, an der ich kurz ranfuhr, um meine Nerven zu beruhigen. Mann, das war echt knapp gewesen. Ich war noch immer völlig durch den Wind. Der pure Kaffee in meinem Magen hatte mir ebenfalls nicht gutgetan, denn mein Bauch schmerzte nun auch noch wie verrückt.

Ich stieg aus, um mir die Beine zu vertreten und etwas frische Luft einzuatmen. Danach ging es mir zwar nicht besser, aber meine Knie zitterten nicht mehr wie Espenlaub und ich fühlte mich halbwegs wieder als Herrin meiner Sinne. Genug, um doch heil im Büro anzukommen. Am Mitarbeiterparkplatz traf ich auf meinen Chef, der gerade einparkte. Er bedeutete mir zu warten und ich nickte. Oh Mann, Herrn Gerhardt konnte ich jetzt, direkt nach dieser Höllenfahrt hierher, absolut nicht gebrauchen.

„Guten Morgen, Anne", rief er mir freudestrahlend entgegen und war kurz darauf bei mir angelangt. Er sprach mich stets mit dem Vornamen an, aber der Höflichkeit halber siezten wir uns nach wie vor. Mein Boss war ein großer, stattlicher Mann Anfang fünfzig. Seine Haare waren durch und durch graumeliert. Eine Tatsache, die mir bei Männern immer schon gut gefallen hatte und mir einen Eindruck von Reife vermittelte. In der Hand hielt er seine schwarze Aktentasche mit den Unterlagen, die er wahrscheinlich am Wochenende von zu Hause aus bearbeitet hatte.

„Guten Morgen, Herr Gerhardt! Wie war Ihr Urlaub?"

„Ja danke, toll. Ich war mit meiner Frau auf einem Weingut in der Nähe von Eisenstadt. Aber Sie sehen ein bisschen blass um die Nase aus. War das Wochenende nicht zufriedenstellend?", fragte er mich, während wir gemeinsam auf das Bürogebäude zugingen.

Was sollte ich ihm denn sagen? Die Wahrheit? Nein, damit hatte mein Chef wirklich nichts zu schaffen. Aber das von meinem Beinahe-Unfall konnte ich ihm ja erzählen. Das war nicht mal gelogen.

„Nein, das Wochenende war eigentlich ganz okay. Ich hätte nur auf der Fahrt hierher fast einen Unfall gebaut und wäre auch noch selbst schuld gewesen. Ich war wohl noch nicht ganz munter!"

„Ah, das ist nicht gut. Ist Ihnen wirklich nichts passiert?"

„Nein, danke, geht schon. Der Fahrer des anderen Wagens hat besser und schneller reagiert als ich."

Mittlerweile hatten wir den Haupteingang durchquert und auch gleich den Lift betreten, da dieser gerade im Parterre gehalten hatte.

„Na, dann bin ich ja beruhigt." Er warf mir ein sorgenvolles Lächeln zu und ich war ihm unendlich dankbar dafür. Er war so ein rücksichtsvoller und ehrlicher Mensch.

Als sich die Aufzugstüren im vierten Stock öffneten, traten wir beide hinaus, und wie immer war Miriam, unsere Empfangsdame, auf ihrem Platz. Wir begrüßten uns alle freundlich, und auch Miriams und meine Blicke kreuzten sich. Sie sah mich ebenfalls sorgenvoll an. Hatte ich einen Zettel auf der Stirn kleben, auf dem stand: „Mir geht's nicht gut", oder was? Diesmal übernahm Herr Gerhardt den Small Talk und ich versuchte, so schnell wie möglich an den beiden vorbei in mein Büro zu kommen.

Herr Gerhardt rief mir hinterher: „Anne, wir sehen uns um neun, zur Morgenbesprechung! Heute ausnahmsweise an einem Dienstag, da ich ja gestern nicht da war."

Ich drehte mich kurz um und nickte. „Ja, machen wir. Bis später!"

Im Büro ließ ich mich zuerst in meinen Sessel fallen und wischte mir ein paar Schweißtropfen von der Stirn. Das war jetzt doch zu viel Aufregung gewesen. Ich rieb mir die Augen und sah Gabriel wieder vor mir. Nein, das ging so nicht. Zornig auf mich selbst, dass dieser Mann es geschafft hatte, mich so dermaßen aus der Bahn zu werfen. Ich musste versuchen, mich mit Arbeit abzulenken. Also schaltete ich den Computer ein und checkte meine E-Mails.

Eine neue Anfrage für die Besichtigung eines alten Hauses am Stadtrand war hereingekommen. Ich stürzte mich auf die Details und war gleich darauf voll in meinem Element. Der Interessent hatte auch Fotos von dem Objekt mitgeschickt und geschrieben, was er damit geplant hatte. In meinem Kopf entstanden sofort ein paar wunderbare Ideen. Ich war sehr glücklich darüber, dass ich doch noch so viel Profi sein konnte.

Vertieft in diese neue Aufgabe bekam ich nicht gleich mit, dass mein Smartphone mir eine Nachricht von Isa angekündigt hatte.

„Hey, Süße, hast du schon was von Gabriel gehört? Ichmirwirklich Sorgenumdichmach **;-)"**

„Nein, leider kein Lebenszeichen von ihm. :-(Mir geht's beschissen. MusstdirkeineSorgenmachen **;-)) Irgendwie steh ich das schon durch. Auch wenn es wieder mal verdammt weh tut."**

Nicht einmal eine Minute später kam eine Rückantwort von ihr. **„Hey, du, jetzt hör aber auf, wieder mal vom Schlimmsten auszugehen. Gabriel wollte auf keinen Fall mit dir Schluss machen. Da bin ich mir hundertprozentig sicher. Ihm ist irgendetwas passiert und deswegen musste er wahrscheinlich noch schneller zurück in die Staaten. Er hat zu Tom gesagt, dass du das Beste bist, was ihm seit Lisa widerfahren ist. Er lässt dich ganz sicher nicht im Stich!!! Kopf hoch, Süße."**

„Ich weiß schon gar nicht mehr, was ich denken soll. Ich zermalme mir den Kopf, aber ich versteh es einfach nicht. Auch wenn er früher zurückmusste. Warum hat er mir nicht Bescheid gesagt?"

„Wenn ich eine Antwort wüsste … ich wünschte, ich könnte sie dir geben. Hab Geduld, er wird sich sicher bald bei dir melden ;-))", versuchte sie, mich aufzuheitern.

„Ich hoffe es!!! ;-)!", schrieb ich zurück, atmete dreimal tief durch und war erneut den Tränen nahe. Ich musste mich auf meine Arbeit konzentrieren und durfte mich nicht schon wieder ablenken lassen. Aus diesem Grund schrieb ich ihr gleich darauf ein weiteres Mal. **„Sorry, Süße, ich muss noch ein paar Sachen für die Besprechung vorbereiten. Ich melde mich – Küsschen!!!"**

„Kein Problem. Ich muss auch zurück an die Arbeit. Meine ,Sorgenkinder' warten. ;-)) Hab dich lieb. Wir telefonieren. Fester Drücker und Küsschen!!!!"

Ihre Antwort ließ mich schmunzeln. Mit Sorgenkindern meinte sie die Familien, die sie als Sozialpädagogin betreute. Isa war so ein warmherziger und freundlicher Mensch, dass sich jeder glücklich schätzen konnte, der sie kannte. Schon damals bei Mario hatte sie mich des Öfteren aus meinem tiefen schwarzen Loch geholt und jetzt war sie auch wieder für mich da. Ich war unendlich dankbar, dass ich ihre Freundin sein durfte, denn sie schaffte es stets, mich auf andere Gedanken zu bringen.

Als ich wieder auf die Uhr sah, traf mich fast der Schlag. Es war schon Viertel vor neun und ich hatte noch nichts für die Besprechung vorbereitet. Im Eiltempo erledigte ich schnell die restlichen Dinge, damit ich für das Treffen gewappnet war.

Bei dem Meeting saßen wir zu acht im Besprechungszimmer an einem großen, ovalen Tisch. Herr Gerhardt wollte über alle offenen Projekte genauestens Bescheid wissen. Meistens liefen unsere „Morgenandachten", wie Andreas, mein Kollege, sie spaßeshalber nannte, sehr harmonisch ab. Doch manchmal hatte es auch ganz andere Besprechungen gegeben, bei denen zwischen den Baumeistern und den Architekten wirklich die Fetzen geflogen waren, weil irgendwo ein Problem auftrat, das nicht gleich auszubügeln gewesen war. Heute war dies Gott sei Dank nicht der Fall.

Als jeder von uns zu seinen Projekten Stellung bezogen hatte und fast alles vorüber war, fragte mich Herr Gerhardt vor versammelter Mannschaft über die Beendigung des Projektes für Gabriel aus. Musste das jetzt wirklich sein? Eigentlich galt das Projekt Rabengut für die TG als abgeschlossen, da die Aufgaben für die Firma bereits erledigt worden waren. Aber meinen Kollegen war es in den letzten Wochen nicht entgangen, dass zwischen dem Auftraggeber und mir mehr als nur eine berufliche Zusammenarbeit zu Stande gekommen war.

Bei Herrn Gerhardts Frage zuckte ich kurz zusammen und mein Herz fing wieder zu rasen an. Sämtliche Farbe wich mir aus dem Gesicht, und ich wusste nicht gleich, was ich darauf erwidern sollte.

Zuerst stotterte ich vor mich hin und sagte dann: „Auf dieser

Baustelle ist alles perfekt gelaufen. Am letzten Samstag konnte Herr Carter seine erste Nacht im neuen Heim verbringen."

„Sehr gut! Das war wieder mal ein wirkliches Vorzeigeprojekt, von Ihnen, Anne", lobte er mich in höchsten Tönen.

Dankend nickte ich ihm zu. Seine positiven Worte taten mir gut. Nach Beendigung des Meetings wollte ich den Besprechungsraum gemeinsam mit den anderen Kollegen verlassen. Mein Chef hinderte mich daran und rief mir hinterher: „Anne, haben Sie kurz ein paar Minuten Zeit für mich?"

Selbstverständlich nickte ich und schloss, nachdem nur noch wir beide im Raum waren, die Tür hinter mir.

Herr Gerhardt hatte sich wieder gesetzt und deutete auf dem Sessel neben ihm, Platz zu nehmen.

Ich tat wie mir geheißen, wusste allerdings im ersten Moment nicht, was er noch von mir wollte. Er sah mir tief in die Augen und fragte mich direkt: „Was ist los mit Ihnen, Anne? Irgendetwas stimmt nicht. Sie waren heute zwar körperlich anwesend, aber geistig so gut wie gar nicht. Das bin ich nicht gewohnt von Ihnen."

Ich konnte es mit meinem Gewissen nicht vereinbaren, ihn nochmals anzulügen, und beschloss, ihm die Wahrheit zu sagen.

„Ich kann Ihnen nicht genau sagen, was los ist", begann ich zu berichten und schilderte ihm die ganze Geschichte, so wie ich sie zuvor Isa erzählt hatte. Er war zwar mein Chef, aber wir hatten in den letzten Jahren auch ein sehr freundschaftliches Verhältnis aufgebaut. Auf keinen Fall wollte ich das zerstören, indem ich ihm etwas vormachte.

Seine Stirn legte sich in Falten und er sagte: „Ich verstehe. Und nun haben Sie die Befürchtung, abermals vor dem Scherbenhaufen einer Beziehung zu stehen, ohne auch nur irgendetwas dafür zu können."

Nickend konnte ich meine Tränen plötzlich nicht mehr zurückhalten. Ich hatte keine Kraft mehr dafür.

Herr Gerhardt stand auf und reichte mir ein Taschentuch aus der Box, die auf der Kommode stand. Dankend nahm ich es an und versuchte meinen Gefühlsausbruch wieder halbwegs unter Kontrolle zu bringen.

„Wissen Sie was? Sie nehmen sich jetzt mal zwei Wochen Urlaub. Davon haben Sie ja sowieso noch genug. Fahren Sie weg und versuchen Sie, woanders auf andere Gedanken zu kommen. Das wirkt manchmal Wunder. Vielleicht sieht die Welt danach wieder ganz anders aus." Er sah mir erneut tief in die Augen und griff mit seinen Händen an meine Schultern.

„Aber ich soll doch morgen auf das Seminar nach Salzburg fahren?"

„Das sagen Sie ab! Es hätte sowieso keinen Zweck, wenn Sie in dem Zustand daran teilnehmen, in dem Sie sich gerade befinden."

Ich nickte kommentarlos und war insgeheim froh über seine Anweisung.

„Sie sind eine meiner besten Mitarbeiterinnen, Anne, und ich brauche Sie hier mit vollem Arbeitseinsatz. So wie ich es in den letzten Jahren von Ihnen gewohnt war."

Sein Kompliment erfüllte mich mit Stolz und ich nickte.

Er ergriff wieder das Wort und sagte: „Und nun lassen wir das auch mit diesem dämlichen Sie. Ich bin der Thomas."

Zuerst sah ich ihn verdattert an, aber er hatte recht. Jetzt, wo er über einen Großteil meines Liebeslebens Bescheid wusste, brauchten wir uns nicht mehr mit Höflichkeitsfloskeln aufhalten. Selbstverständlich nahm ich sein Angebot an.

„Vielen Dank, Thomas. Ich bin Anne." Er nickte, und anstatt das Ganze mit einem Küsschen links und rechts abzuschließen, nahm er mich kurzerhand in den Arm und drückte mich. Es war ungewohnt, meinem Chef so nahe zu sein, doch ich fühlte, seine Geste kam von Herzen. Sie half mir, dass es mir kurzzeitig etwas besser ging.

Als wir uns aus der Umarmung gelöst hatten, sagte er: „Also abgemacht. Du fährst jetzt ein paar Tage weg und ich sage Andreas, dass er in der Zwischenzeit deine Projekte mitbetreut. Du meldest dich, sobald du wieder oben auf bist, und dann sehen wir uns in alter Frische wieder. Ist das in Ordnung?"

Nickend antwortete ich: „Mehr als in Ordnung. Vielen Dank für dein Vertrauen in mich, Thomas."

„Nichts zu danken, ich war auch einmal jung. Zwischen mir und meiner Frau hat es auch nicht von Anfang an geklappt. Und nächstes Jahr feiern wir silberne Hochzeit. Bei dir wird sich auch alles zum Guten wenden." Er nickte mir aufmunternd zu, stand auf und verließ gleich darauf den Raum.

Ich blieb allein und versuchte, die Worte meines Chefs auf mich wirken zu lassen. Er war heute schon der Zweite, der mir gesagt hatte, dass das Ganze ein positives Ende haben würde. Trotzdem fiel es mir schwer, zu glauben, dass es für Gabriel und mich noch eine Zukunft gab. Thomas' Rat würde ich dennoch befolgen und meine Zelte hier vorübergehend abbrechen. Ich musste dringend irgendwo auf andere Gedanken kommen. Und ich wusste auch schon, wo.

♡ Kapitel 14

Nachdem ich im Büro alles erledigt hatte, fuhr ich bei meinen Eltern vorbei. Meine Mutter wunderte sich, dass ich am frühen Nachmittag eines normalen Wochentags bei ihr aufkreuzte. Sie war glücklicherweise zu Hause, mein Dad aber noch auf der Arbeit. Ohne ein Wort zu sagen, sah sie mir an, dass etwas nicht in Ordnung war.

„Oh mein Gott, mein Schatz, wie siehst du denn aus? Was ist passiert?" Noch immer stand ich im Vorgarten meiner Eltern, als diese Fragen auf mich einprasselten.

„Mama, ich habe ehrlich gesagt nicht die geringste Ahnung. Gabriel ist von gestern auf heute wie vom Erdboden verschluckt." Meine Stimme zitterte und meine Augen füllten sich mit neuerlichen Tränen.

Zunächst war sie fassungslos, im nächsten Moment zog sie mich in ihre Arme und drückte mich fest an sich. So wie sie es früher schon immer getan hatte, wenn ich Liebeskummer oder andere Sorgen hatte. Diese Liebkosung brachte mich dazu, ihre Umarmung zu erwidern und laut aufzuschluchzen.

Sie hielt mich lange gedrückt, und als ich mich einigermaßen beruhigt hatte, fasste sie mich an den Schultern und sah mir tief in meine verheulten und von Schminke verschmierten Augen.

„Habt ihr euch gestritten?"

Ich schüttelte energisch den Kopf und holte gleichzeitig ein Taschentuch aus meiner Tasche hervor, um mein Gesicht zu trocknen. „Nein, eben nicht. Am Nachmittag hatten wir uns noch für unseren letzten gemeinsamen Abend auf dem Gut verabredet, ehe er am Donnerstag fliegen sollte."

Meine Mutter sah mich verwundert an und fuhr in einem sanfteren Ton fort: „Jetzt komm erst mal rein und dann erzählst du mir die ganze Geschichte."

Ich nickte und war einfach nur froh, hier bei ihr zu sein.

Bei einem heißen Kakao mit viel Sahne und dem berühmten Gitterkuchen meiner Mutter erzählte ich ihr, was in den letzten vierundzwanzig Stunden vorgefallen war. Wie alle anderen hatte auch sie keine Antwort auf die unzähligen Fragen, die ich mir bereits gestellt hatte. Sie kümmerte sich wirklich mitfühlend um mich. Kurzzeitig fühlte ich mich in meine Kinder- und Jugendzeit zurückversetzt.

Schließlich weihte ich sie in den Vorschlag meines Chefs ein. Freinehmen, abtauchen und wieder Kraft für Neues schöpfen. Ich musste ihr gar nicht sagen, wo ich das vorhatte. Sie wusste es ohnehin. Mit dem Wörthersee in Kärnten hatte ich eine ganz besondere Verbindung. Dieser Ort, war schon einmal das Ziel meiner Reise gewesen, als die Ehe mit Mario gescheitert war. In früheren Jahren hatte ich mit meinen Eltern dort oft Urlaub gemacht. Die Schwester meiner Mama, meine Tante Corinna, lebte seit über drei Jahrzehnten dort und meine Cousine Diana war Besitzerin eines kleines Cafés mit Frühstückspension direkt am See. Dort herrschte keine brutale Hektik, wie hier in der Großstadt, und die Landschaft und der See luden jeden dazu ein, zu träumen und die Seele baumeln zu lassen. Ich war mir hundertprozentig sicher, dass ich nur in Kärnten auf andere Gedanken kommen konnte.

Meine Mutter hielt mein Vorhaben auch für eine wunderbare Idee: „Ja, das passt perfekt. Der Wörthersee hat dir damals schon immens geholfen und dort kannst du sicher komplett abschalten." Kommentarlos nickte ich und sie seufzte laut auf: „Ach mein Schatz, du bist viel zu gut für diese Welt. Du gibst immer mehr als hundert Prozent und nun stehst du wieder alleine da." Sie nahm meine Hand und drückte sie.

„Die große Liebe soll mir nicht vergönnt sein." Bei diesen Worten füllten sich meine Augen abermals mit Tränen, die ich jetzt gezielt zu unterdrücken versuchte.

„Gerade bei Gabriel war ich mir von Anfang an so sicher gewesen. Sollte sich dieser Mistkerl noch einmal in deine und meine Nähe trauen, dann wird er mich kennenlernen", wetterte sie nun vor sich hin.

Ihr mütterlicher Beschützerinstinkt erheiterte mein Gemüt etwas. „Lass mal gut sein, Mama. Ich bin erwachsen genug, um ihm, sollte er mir unter die Augen treten, gehörig den Marsch zu blasen."

„Ja, das weiß ich schon, mein Schatz. Ach, wenn ich dir nur irgendwie helfen könnte."

„Mama, du kannst tatsächlich etwas für mich tun. Ich werde mein Handy im Urlaub nicht in Betrieb nehmen. Wenn Gabriel so spurlos verschwinden kann, kann ich das auch. Ihr wisst, wie ihr mich erreichen könnt. Für alle anderen bin ich in der nächsten Zeit nicht erreichbar. Ist das okay für dich?"

„Aber selbstverständlich, mein Schatz. Sollte sich Gabriel bei mir melden, dann wird er mir mehr als nur Rede und Antwort stehen müssen, bevor ich ihn wieder mit dir in Kontakt treten lasse."

In solchen Belangen konnte meine Mutter ein genauso harter Brocken sein wie ich.

Mit hochgezogenen Mundwinkeln trank ich in diesem Moment den letzten Schluck von meinem Kakao. „So, jetzt werde ich mich mal auf die Socken machen. Ich habe noch einiges zu erledigen. Bei Isa und Tom möchte ich auch auf einen kurzen Sprung vorbei, um mich zu verabschieden."

Meine Mutter nickte und sagte: „Alles Gute, mein Schatz. Erhole dich ein bisschen von den Strapazen und lass bitte von dir hören, wenn du gut angekommen bist. Okay?"

Sie nahm mich abermals in den Arm. Es tat unendlich gut, von ihr gehalten und gedrückt zu werden, und verlieh mir neue Kraft. Auch wenn man erwachsen ist, helfen solche Liebkosungen manchmal über das Schlimmste hinweg.

„Klar, das mach ich, so wie immer. Richte Dad und Max, Nancy und David ganz liebe Grüße aus."

„Aber selbstverständlich erledige ich das." Zum Abschied nahmen wir uns nochmals doppelt intensiv in den Arm. In solchen Situationen war ich glücklich, eine intakte Familie und gute Freunde hinter mir zu haben, auf die ich mich voll und ganz verlassen konnte.

Kurz darauf verabschiedete ich mich von ihr und machte mich auf den Weg zu meiner besten Freundin.

Es ging mir kurzzeitig besser und ich fühlte mich nicht mehr so leer. Jetzt war ich tatsächlich froh darüber, dass Thomas mir das Angebot mit dem Spontanurlaub gemacht hatte. Nun freute ich mich wirklich auf Diana und alle anderen Verwandten in Kärnten. Plötzlich fiel mir ein, dass ich meine Cousine noch gar nicht in meine Pläne eingeweiht hatte. Womöglich hatte sie jetzt, in der Hochsaison, kein Zimmer für mich frei.

Diana war etwas jünger als ich. Das Café und die Pension hatte sie von ihrer Tante Inge vererbt bekommen, die nach zwei leichten Schlaganfällen den Betrieb nicht mehr weiterführen konnte.

Erst jetzt wurde mir bewusst, dass eine sehr lange Zeit vergangen war, seit ich das letzte Mal am Wörthersee gewesen war. Die Vorfreude, sie alle bald wiederzusehen, war riesengroß. Fast vier Jahre war es her, dass ich zuletzt dort gewesen war. Diana hatte mir damals schon, nach der Trennung von Mario, über meinen schlimmsten Liebeskummer hinweggeholfen. Jetzt, eine sehr lange Zeit später, befand ich mich in der gleichen Situation wie einst. Es hatte sich also nicht viel Grundlegendes verändert in meinem Leben. Nur dass ich bei Gabriel ernsthaft gedacht hatte, ich könnte mit ihm glücklich werden. Meine Mutter hatte recht. Ich hatte erneut zu viel gegeben und mich leider doch zu früh auf ihn eingelassen. Diejenige, die jetzt wieder allein und verlassen dastand, war nun mal ich, sinnierte ich während der Autofahrt vor mich hin.

Als ich bei Isa und Tom ankam, war es bereits später Nachmittag. Bei meiner Mama hatte es doch länger gedauert, als ich zuerst angenommen hatte. Isa war schon zu Hause. Ich weihte sie ebenfalls in mein Vorhaben ein und war froh, dass sie auch keine Widerstände gegen das geplante Ablenkungsmanöver empfand. Wir saßen eine Weile im Wintergarten, und sie versuchte mir Mut zu machen und bat mich, nicht alles gleich so schwarz zu sehen.

Isa war noch immer der Meinung, dass Gabriel einen triftigen Grund für sein Verschwinden gehabt haben musste und er mich sicher nicht verlassen hatte. Ich bemühte mich, ihren Worten Glauben zu schenken, doch was den Urlaub betraf, hatte ich meine Entscheidung bereits getroffen und war mir sicher, dass mir ein Tapetenwechsel so oder so guttun würde. In diesem Punkt pflichtete auch Isa mir voll und ganz bei.

Am frühen Abend zu Hause tippte ich zuallererst eine Urlaubsanfrage an meine Cousine: **„Hey, Cousinchen – wie geht es dir denn? Wollte mich wieder mal melden und fragen, ob ich dich besuchen kommen könnte. Muss dringend mal raus. Küsschen Anne"** das mit dem Melden stimmte leider nicht ganz, aber dass ich unbedingt auf andere Gedanken kommen musste, war tatsächlich nicht gelogen.

Die Antwort ließ auf sich warten, da sie ja eine vielbeschäftigte Frau war. Aber nach gut zwanzig Minuten erhielt ich eine Nachricht von ihr.

„Oh-oh, das klingt nicht gut. Eher nach Liebeskummer. Klar kannst du kommen. Es sind zwar alle Zimmer voll, aber du kannst gerne bei mir auf der Couch übernachten. ;-)) Wann bist du da? Diana" – und drei küssende Smileys hintendran.

Sie hatte den Nagel auf den Kopf getroffen und ich war froh, dass ich, dank ihrer Zusage, meine Zelte hier vorübergehend abbrechen konnte. Dieser ganze Scheiß mit Gabriel machte mich total fertig. Ich hatte ihm vertraut und ihm, ohne über mögliche Konsequenzen nachzudenken, mein Herz geschenkt. Ich hätte mich von Anfang an von ihm fernhalten und mich niemals auf ihn einlassen sollen. So, wie ich es nach der Enttäuschung mit Mario auch vorgehabt hatte. Doch meine Gefühle hatten mir leider wieder einmal einen Streich gespielt.

Meine Augen füllten sich mit Tränen, und trotzdem kochten gleichzeitig der Zorn und die Wut auf Gabriel in mir hoch. Eines schwor ich mir: Sollte dies tatsächlich das Ende zwischen uns beiden gewesen sein, so würde ich mich nie mehr in meinem Leben auf einen Mann einlassen. Und sollte Gabriel noch einmal österreichischen Boden betreten, würde ich ihm gehörig die Meinung sagen. Dann sollte er spüren, wie es sich anfühlte, wenn man eine Liebesbekundung nach der anderen erhielt und im Endeffekt erfuhr, dass sie alle nur erstunken und erlogen gewesen waren.

Kurze Zeit später fand ich von meinen negativen Gedanken wieder ins Hier und Jetzt zurück, und nachdem ich mich geschüttelt hatte, sagte ich zu mir selbst: „Reiß dich zusammen, Anne, so wird es auch nicht besser!"

Ich nahm den Laptop zur Hand und checkte, wie ich am besten ohne viel Stress nach Kärnten zu Diana kommen konnte. Für eine lange Autofahrt fehlte mir momentan einfach die Konzentration. Mein Schutzengel, der heute Morgen brav auf mich aufgepasst hatte, sollte sich wieder entspannen können. Der Vorfall hätte auch schlimmer ausgehen können.

Im Internet erfuhr ich, dass mehrmals täglich Züge von Wien in Richtung Kärnten fuhren. Nach kurzer Überlegung passte mir der Zug am Vormittag recht gut ins Konzept. Ich hatte noch genug Zeit, um hier alles auf Vordermann zu bringen, und meine Sachen zu packen. Also buchte ich das Ticket auf der Homepage, und ein paar Minuten später erhielt ich die Buchungsbestätigung auf mein Handy. Das war mittlerweile ganz einfach und man ersparte sich unnötigen Aufwand.

Ich tippte noch eine Nachricht an Diana, dass ich morgen um 14:20 Uhr in Klagenfurt ankommen würde, und gleich darauf kam die Antwort, dass sie sich sehr auf mich freute und mich abholen würde. Danach läutete ich bei meiner Nachbarin und fragte, ob sie Snoozie füttern könnte, während ich weg war. Sie willigte prompt ein. Wenigstens das lief wie am Schnürchen.

Nun war es erst acht Uhr abends, und draußen war es noch immer angenehm warm. Kurzerhand beschloss ich, meinen Koffer für morgen, gleich zu packen, und dann noch mal hinaus aufs Gut zu fahren. Es ließ mir keine Ruhe. Vielleicht war Gabriel mittlerweile ja zurückgekommen? Diesen kleinen Funken Hoffnung verbannte ich schnell wieder in die hinterste Ecke meines Gehirns. Das war totaler Humbug. Wenn er tatsächlich gestern in die Staaten geflogen war, dann konnte er nie und nimmer schon zurück sein. Ich konnte trotzdem nicht anders und musste noch einmal das Haus betreten, das mir in den letzten Wochen ein zweites Zuhause geworden war. Mir war bewusst, dass ich mich danach wahrscheinlich noch schlechter fühlen würde als jetzt, aber ich musste es tun. Ein letztes Mal wollte ich seinen Geruch wahrnehmen und mir in Erinnerung rufen, wie schön die gemeinsame Zeit mit Gabriel war. Ich wollte nicht wahrhaben, dass von einer Minute auf die andere plötzlich alles ausgelöscht war. Zerplatzt wie eine Seifenblase, und ich keine Ahnung hatte, warum es geschehen war.

Den Weg zum Gut kannte ich inzwischen beinahe auswendig. Schließlich war ich die Strecke in den letzten acht Wochen fast täglich, teilweise mehrmals täglich, gefahren. Als ich in die Allee einbog, bekam ich wieder dieses komische Gefühl im Bauch, das ich damals schon verspürt hatte, als ich die Straße zum allerersten Mal entlanggefahren war. Der wunderschöne, links und rechts von Kastanienbäumen eingesäumte Weg hatte für mich noch immer etwas Magisches an sich, sodass ich kurz ranfahren musste, um dieses Gefühl ein letztes Mal auf mich wirken zu lassen. Ich stellte den Motor ab, stieg aus dem Wagen aus und lehnte mich vorn an die Motorhaube. Mit geschlossenen Augen sog ich den Geruch des frischen Getreides ein. Es wehte ein leichter Wind, der die Ähren tanzen ließ. Letzte Sonnenstrahlen der gerade untergehenden Sonne schimmerten noch goldorange darauf herab.

Plötzlich überkam mich wieder eine Gänsehaut, und auch ein paar Tränen bahnten sich abermals ihren Weg hinab über meine Wangen. Ich wollte mich zusammenreißen, doch ich war nicht im Geringsten dazu in der Lage. Die schönen Erinnerungen an die gemeinsamen Momente, die ich mit Gabriel hatte erleben dürfen, überwältigten mich. Binnen kürzester Zeit hatte ich mich hier zu Hause gefühlt, und jeder Tag, den ich hier verbracht hatte, war ein absolutes Geschenk gewesen. Gabriels Auftrag war kein normaler Auftrag für mich gewesen. Es war einer, der mich direkt ins Herz getroffen hatte, in den ich nicht nur mein gesamtes Herzblut investiert hatte, sondern mein ganzes Ich.

Von einer Sekunde auf die andere war mein Mittelpunkt nicht mehr vollständig, stattdessen klaffte ein großer Riss mittendrin und Blutstropfen quollen aus diesem Herz, meinem Herz, hervor. In den letzten zwei Tagen hatte ich mich mehrmals gefragt, ob das alles gewesen sein konnte. Mein Liebesglück nach der unglücklichen Ehe mit Mario war immer von sehr kurzer Dauer gewesen. Ich stellte mir wieder einmal die Frage, warum ich nicht dazu im Stande war, dieses Glück für mich zu behalten. Warum stand ich nach einer gewissen Zeit immer wieder allein da?

Von hier aus war Gabriels Haus noch nicht zu sehen, aber mittlerweile wusste ich, dass links von mir der Feldweg zu unserem See, an dem wir uns das erste Mal geliebt hatten, entlangführte. Am Horizont konnte ich sogar den leichten Dunst über dem See entdecken. Die Sonne stand jetzt genauso tief am Himmel wie an diesem Tag und ich erinnerte mich daran, wie es gewesen war, als ich Gabriel nach Kater Bennys plötzlichem Erscheinen in die Arme gefallen war, und wie die Dinge dann ihren Lauf genommen hatten. Allein bei dem Gedanken an unser gemeinsames Sexabenteuer überzog mich eine Gänsehaut.

Um gegen die aufsteigenden anzukämpfen, fehlte mir die Kraft. Zweifelnd fragte ich mich, ob ich in der Lage war, zum Haus weiterzufahren. Wenn es mir jetzt, noch ziemlich weit vom Gut entfernt, schon so naheging und ich es nicht einmal in Gedanken schaffte, all die Empfindungen für dieses Fleckchen Erde zu verarbeiten, wie sollte ich dann das Gutshaus betreten, ohne mich innerlich zu zerfetzen?

Mit tränengefüllten Augen schrieb ich Gabriel eine letzte Nachricht.

„Gabriel, ich habe keine Ahnung, warum du so Hals über Kopf aus meinem Leben verschwunden bist und mich verlassen hast. Ich weiß nur, dass ich dich schrecklich vermisse,

denn ich liebe dich über alles. Ich werde deinen Entschluss in keinster Weise verurteilen, doch bitte nenn mir den wahren Grund dafür, dass ich nun alleine dastehe und mich ohne dich nur noch leer und eigentlich nicht mehr am Leben fühle. Dann kann ich deine Entscheidung vielleicht besser verstehen und einen Schlussstrich unter das Ganze – unter UNS – ziehen. Deine Anne."

Allein für diese Mitteilung hatte ich, fast eine halbe Stunde gebraucht. Mein Display musste ich mehrmals abwischen, da ich es vollgeheult hatte. Noch nie hatte ich so sehr um eine Beziehung geweint, wie es mit Gabriel der Fall war. Danach ging es mir aber tatsächlich ein bisschen besser. Weinen hatte nicht nur etwas Trauriges an sich, sondern konnte auch befreiend sein. Für mich zumindest war es so. Nun fühlte ich mich endlich dazu im Stande, das Haus ein allerletztes Mal zu betreten und mich von diesem kleinen Paradies zu verabschieden.

Es waren nur noch ein paar hundert Meter, und so entschied ich mich, diese zu Fuß zurückzulegen. Die Sonne leuchtete mittlerweile in einem dunklen Orange am Horizont und war kurz davor, dahinter zu verschwinden. Als ich bei dem prachtvollen Gutshaus ankam, nahm ich den renovierten Brunnen vor mir, den Bernd so liebevoll neu gestaltet hatte, ins Visier. Seine Worte kamen mir wieder in den Sinn. „Und wenn dieser gutaussehende junge Mann da drin der Grund dafür ist, dass du noch dazu strahlst wie ein Honigkuchenpferd, dann halt ihn gut fest und lass ihn ja nicht mehr los. Er tut dir gut und er ist der Richtige, das spüre ich."

So viele Personen hatten bei Gabriel und mir ein gutes Gefühl gehabt. Bernd, Isa und Tom, meine komplette Familie und sogar ich selbst hatten keine Zweifel daran gehegt, dass es zwischen uns zu einem Bruch kommen könnte. Und doch war es jetzt passiert. Was mich noch viel mehr verrückt machte, war, dass ich nicht wusste, warum es geschehen war. Er hätte mir zumindest reinen Wein einschenken können, wenn er tatsächlich vorgehabt hätte, wieder zurück in die USA zu gehen und das Gut doch zu verkaufen. Aber dass er so sang- und klanglos abgereist war, verstand ich nicht und brachte einfach kein Licht in mein Dunkel.

Der weiße Kies krachte unter meinen Schuhen und ich ging in Richtung der großen, breiten Eingangstür. Den Schlüssel holte ich unter dem mit Buchsbaum bepflanzten Terrakottatopf hervor. Hier hatte ich ihn gestern, nachdem ich mir sicher gewesen war, dass Gabriel nicht mehr kommen würde, wieder hingelegt. Beim Betreten der Eingangshalle schossen mir plötzlich erneut so viele Bilder durch den Kopf. Wir hatten uns in fast jedem Raum des Hauses bestimmt mindestens einmal geliebt, und immer und überall hatte mich Gabriel in seine Arme genommen und geküsst. Mich fröstelte bei dem Gedanken, dass ich dieses schöne Gefühl nie mehr verspüren durfte.

In seiner Gegenwart hatte ich mich von Anfang an unsagbar wohl gefühlt. Ich vermisste sein Lachen, seine rehbraunen Augen und auch seine hochgezogene Augenbraue, wenn ich manchmal versucht hatte, ihm irgendetwas Architektonisches zu erklären, und er damit nichts hatte anfangen können. Gabriels starke Arme, die mich so oft gehalten und manchmal getragen hatten. Einfach alles an ihm. Ich konnte mich nicht daran erinnern, dass ich auch nur für einen der Männer in meiner Vergangenheit jemals so tiefe Gefühle empfunden hatte wie für Gabriel.

Ich ging hinauf in den oberen Stock, in Gabriels Schlafzimmer, und wollte noch einmal den Geruch an seiner Kleidung wahrnehmen. Ein getragenes T-Shirt von ihm, das auf dem stummen Diener in der Ecke hing, hielt ich mir an die Nase. Sein männlicher Duft, vermischt mit dem Parfum von David Beckham, brachte mich erneut zum Träumen. Wie oft hatte ich an seiner Schulter gelehnt und das Aroma in mich eingesogen. Und jetzt kamen auch noch die schönen Erinnerungen und Gefühle hinzu, die ich in diesem Haus hatte erleben dürfen. Ich setzte mich kurz auf das gemachte Bett, schloss die Augen und ließ alles auf mich wirken. Was hatten wir hier in den letzten Wochen gemeinsam an Arbeit reingesteckt, dass es jetzt so war, wie es war. So viele helfende Hände hatten zusammengewirkt, damit Gabriel schnellstmöglich wieder einziehen und seine beiden Kinder hinzuholen konnte. Das konnte und durfte nicht alles nur ein Spiel für ihn gewesen sein. Wenn er es schon mit mir nicht ernst gemeint hatte, so hätte er doch niemals all seine Freunde so schamlos ausgenutzt. Das passte nicht zu ihm.

„Mann, verdammt noch mal, **G A B R I E L**, melde dich doch einfach bei mir und nenn mir den Grund!", schrie ich in den leeren Raum, weil mich die Ungewissheit verrückt werden ließ und ich nur diese eine Antwort auf all meine Fragen gebraucht hätte.

♡ Kapitel 15

Ohne Zwischenfälle kam ich in Kärnten an. Ich stieg am frühen Nachmittag in Klagenfurt am Wörthersee aus dem Zug und sah mich um. Der Bahnhof, wie er jetzt war, deckte sich nicht mit dem Erinnerungsvermögen vor vier Jahren. Zwischen all den Menschen versuchte ich, Diana ausfindig zu machen. Doch ich konnte sie nirgends entdecken. Ich nahm vorerst auf der Sitzbank Platz und wartete, dass sich der Trubel beruhigte. Ein paar Minuten später erfüllte sich meine Erwartung. Da ich Diana aber noch immer nirgendwo sah, beschloss ich, in Richtung Ausgang zu gehen, um mich nach einem Taxi umzuschauen.

Ich zog den Trolley hinter mir her und sah gedankenverloren auf meine Füße, als ich ein etwas lauteres Geräusch wahrnahm. Hatte eben jemand meinen Namen gerufen? Ich blickte auf und da erkannte ich Diana, die gerade mehrere Stufen zum Bahnsteig auf einmal nahm und mir entgegenlief. Sofort musste ich über ihre unbeschwerte Art schmunzeln. Wir fingen beide an zu laufen und ein paar Augenblicke später schlossen wir uns in die Arme. Die Umarmung war herzlich und intensiv. Diana hielt mich noch immer fest, als sie sagte: „Hey, Cousinchen, wirklich schön, dass du endlich da bist. Sorry für die Verspätung, aber im Café ging heute wieder alles drunter und drüber."

„Das macht doch nichts. Ich find es prima, dass du es dir so kurzfristig einteilen konntest, um mich abzuholen."

„Das ist doch selbstverständlich. Ich freue mich irrsinnig, dich wiederzusehen. Auch wenn du ziemlich beschissen aussiehst." Wir hatten uns gerade voneinander gelöst und sie musterte mich beiläufig von oben bis unten.

„Danke für das Kompliment", witzelte ich und boxte ihr gegen die Schulter. Jedoch konnte ich ihr diese Worte leider nicht verübeln. Sie hatte vollkommen recht. In den letzten zwei Tagen hatte ich nicht viel geschlafen und mich immer wieder mit dem Thema Gabriel beschäftigt. Das Geständnis an mich selbst, dass mein

173

Aussehen mehr dem eines Zombies fern der Heimat als dem eines Menschen glich, war legitim.

Diana und ich waren ungefähr gleich groß, aber ihre Erscheinung war das komplette Gegenteil von meiner. Sie trug ihre schwarzen Haare kurz, und ihre Haut hatte einen mediterranen Teint. Ihre Zähne blitzten mir strahlend weiß entgegen. Sie war eine echte Schönheit.

Nachdem wir unsere innige Begrüßung beendet hatten, nahm Diana mir den kleinen Rucksack ab. Gemeinsam schlenderten wir in Richtung Ausgang. Die Möglichkeit mich zu sammeln, ließ sie mir nicht. Noch während dem Fußmarsch zum Auto begann sie, mich mit ihren Fragen zum eigentlichen Anlass meiner Reise zu löchern.

Mich plagte das schlechte Gewissen. Ich hatte mich in der letzten Zeit wirklich selten bei ihr gemeldet und jetzt tauchte ich überfallartig und aus heiterem Himmel bei ihr auf. Somit war die ganze Wahrheit über meine Beweggründe unerlässlich: „Ach, was soll ich dir schon erzählen? Vor zwei Tagen dachte ich noch, endlich den richtigen Mann in meinem Leben gefunden zu haben. Doch nun, von einem Tag auf den anderen, hat er sich in Luft aufgelöst. Ich kann ihn weder erreichen, noch weiß ich, wo er ist. Zu Hause habe ich es nicht mehr ausgehalten. Leider ist dieser vermaledeite Liebeskummer der einzig wahre Grund meines Besuches. Ich hoffe, du verzeihst mir das irgendwann?"

„Ach Cousinchen, da gibt es nichts zu verzeihen. Ich werde dich und dein gebrochenes Herz schon wieder aufpäppeln. Das hat das letzte Mal bei deinem Ex-Italiener auch eine positive Wirkung erzielt."

Ich musste schmunzeln. „Das stimmt allerdings. Was glaubst du, warum du sonst meine erste Ansprechperson in Sachen ‚gescheiterte Liebe' bist?" Ich zwinkerte ihr zu. Ich war noch keine fünf Minuten hier, doch sie war in der Lage, mein Gemüt binnen kürzester Zeit etwas aufzuheitern.

„Sag ich ja, ich bin der Seelentröster der Nation."

In der Zwischenzeit waren wir bei ihrem Wagen angekommen, und Diana nahm mir mein Gepäck ab und verstaute alles im Kofferraum.

„Wie geht's dir eigentlich? Gibt es einen Mann, von dem ich nichts weiß?", fragte ich sie, während wir in ihrem Auto Platz nahmen und ich mich anschnallte.

Diana tat es mir gleich und antwortete mir beiläufig: „Ach was, ich habe im Café und in der Pension genug zu tun. Der Mann, der mit mir einhergeht, muss anscheinend erst geboren werden. Willst du sonst noch was wissen?"

Ich musste grinsen. Das war typisch für meine Cousine. „Alles beim Alten, bei uns beiden, also?"

„Sieht ganz so aus." Sie stimmte in mein Lachen mit ein.

Die Fahrt vom Bahnhof zum Café dauerte zirka fünfzehn Minuten. Schon als Diana ihren Wagen in den Innenhof lenkte, sah ich, wie Tante Inge uns entgegenkam, um mich zu begrüßen. Sie bewohnte nach wie vor eine kleine Wohnung im Haus und half aus, wenn Not an der Frau war. Durch die Schlaganfälle war ihre rechte Seite immens beeinträchtigt und sie musste diese mit einem Krückstock abstützen. Dennoch war sie eine sehr attraktive Frau mit braunen, kurzen Haaren.

Ihr Mann war schon vor vielen Jahren bei einem Autounfall ums Leben gekommen und danach hatte sie die Pension allein gemanagt. Nach dem ersten Schlaganfall war sie dazu nicht mehr in der Lage. Das gesamte Anwesen hätte aufgrund dessen verkauft werden sollen. Dianas Berufspläne waren ursprünglich ganz andere gewesen, doch ein Verkauf dieses Familienschatzes, war für sie nicht in Frage gekommen. In Tante Inges Fall bedeutete es ein Quäntchen Glück, da ihre Nichte gelernte Hotelmanagerin war und das Gastgewerbe ihr im Blut lag. Zum Gästehaus gehörte auch ein Privatstrand mit Steg direkt in den Wörthersee, und Dianas Konzept war es, zusätzlich zur Pension viele Tagesgäste mit leckeren Eisbechern und süßen Tortenkreationen zum Verweilen einzuladen. Im Gastronomiebereich hatte sie ihre festen Angestellten, doch in Extremsituationen war sie sich niemals zu schade, selbst mit Hand anzulegen.

Das Haus im alten Villenstil verfügte über drei Etagen, und nach der Übernahme hatte Diana einiges investieren müssen, um den Anforderungen der Gäste gerecht zu werden. Die Lage war ein absoluter Traum. Schon als ich aus dem Auto ausstieg verspürte ich das reinste Urlaubsfeeling. Tante Inge lächelte uns beide herzlich an und schloss mich auch gleich in ihre Arme, während sie sich seitlich immer an ihrem Stock abstützte.

„Ach Mädchen, schön, dass du uns wieder mal besuchen kommst. Du siehst mitgenommen aus, aber ich freu mich, dich wiederzusehen."

„Danke, Tante. Ja, ich freu mich auch, wieder hier zu sein. Bei Diana und dir werde ich garantiert auf bessere Gedanken kommen."

Nach ein paar Augenblicken lösten wir uns aus der Umarmung, hielten den anderen aber noch immer locker im Arm. Ich hatte meine Hände auf ihren Oberarmen abgestützt. Sie sah mir mit einem fürsorglichen Blick tief in die Augen und bei diesem Anblick erwärmte sich mein Herz.

„Diana hat mir schon erzählt, dass wahrscheinlich ein Mann der Grund deines unverhofften Besuchs ist. Immer dieses dämliche männliche Geschlecht", scherzte sie.

„Ja leider, da ist mir einfach kein Glück vergönnt."

„Was bin ich froh, dass es für mich nur einen einzigen Mann im Leben gegeben hat."

„Niemand anderem würde ich so sehr nochmals etwas Glück gönnen wie dir."

„Ach Kindchen. Ich hab mich meinem Schicksal gefügt. Jetzt, wo Diana hier alles so gut im Griff hat, bin ich froh, dass ich noch mithelfen kann, und viel mehr brauche ich nicht, um glücklich zu sein."

Sie war so eine bemerkenswerte und bodenständige Frau. Ich bewunderte sie dafür, dass sie alles, was ihr im Leben widerfahren war, hingenommen und akzeptiert hatte.

Diana mischte sich nun in unser Gespräch mit ein. „Ich muss noch ein paar Sachen für die Jugendgruppe morgen abchecken. Ihr könnt euch doch vorerst auf der Terrasse ein Eis bestellen, oder?"

„Aber klar, das machen wir. Komm, Anne, den Koffer kannst du auch später noch auspacken."

Das ließ ich mir nicht zweimal sagen. Ich hakte mich bei Tante Inge ein, und gemeinsam schlenderten wir in Richtung Hintereingang des Cafés und dann direkt hinaus auf die Terrasse. Dank der Erhöhung hatte man einen fantastischen Ausblick auf den türkisgrün schimmernden See. Dieser Anblick raubte mir im ersten Moment, wie schon so oft, den Atem. Gott, war das schön hier. Unten wurden auch der kleine Privatstrand und der Steg sichtbar. Das Wetter war sommerlich warm, und am Himmel ließ sich heute zusätzlich kein einziges Wölkchen blicken. Wir nahmen auf der Terrasse Platz, und Tante Inge bestellte uns einen Fruchteisbecher für zwei.

Sie löcherte mich mit den gleichen Fragen, die ich zuvor bereits Diana beantwortet hatte. Aber da musste ich jetzt wohl durch. Leider kam bei jedem Gedanken an Gabriel diese immense Traurigkeit, die ich seit zwei Tagen in mir spürte, wieder hoch und ich musste meinen inneren Kampf weiterkämpfen. Nicht nur mein Herz, auch mein gesamter Verstand waren eng mit Gabriel verbunden. Schlagartig wurde mir bewusst, dass sich das nicht in Luft auflösen würde, jedoch fiel mir das Abschalten hier um einiges leichter. Derselbe steinige Weg, den ich damals nach Mario gegangen war, stand mir abermals bevor. Dieses Mal, so kam es mir vor, hatte ich die Liebe zu einem Mann noch intensiver gespürt. Nicht im Traum hätte ich gedacht, dass dieses Gefühl so schnell wieder vorbei sein könnte.

Am Boden der Realität angekommen, fühlte ich mich erneut einsam und leer. Diese innere Leere versuchte ich nun mit all der Kraft, die ich noch besaß, zu bekämpfen. Ich verfügte schließlich über eine große Familie, in der sich alle rührend um mich kümmerten. Hier und jetzt würde ich keine Antworten auf all die Fragen erhalten, daher beschloss ich, die Traurigkeit in mir zu verbannen, um mich in diesem Paradies wohlzufühlen und auf andere Gedanken zu kommen.

Gemeinsam mit Tante Inge löffelte ich den riesigen Eisbecher komplett leer. Nach meiner Erzählung fühlte sie mit mir und konnte die abrupte Wende in unserer Beziehung auch nicht nachvollziehen. Irgendwann wechselten wir das Thema und plauderten über dies und das, und plötzlich waren ein paar Stunden wie im Flug vergangen. Aber die unbeschwerten Gespräche mit Inge hatten mir unheimlich gutgetan.

Als das Café später schloss, stieß Diana zu uns hinzu. Es war nach wie vor herrlich warm, und so ließen wir drei Frauen den Tag bei einem Gläschen Wein und dem wunderschönen Blick auf den Wörthersee ausklingen.

Am nächsten Morgen wurde ich von einer etwas lauteren Stimme in Dianas Küche wach. Ich hörte sie telefonieren und dabei vor sich hin fluchen.

Die dritte Nacht nach Gabriels Verschwinden war zu meinem Erstaunen deutlich besser verlaufen als erwartet, obwohl mir die letzten Tage noch immer in den Knochen steckten. Hier bei Diana und Tante Inge hatte ich mich vom ersten Moment an wohler gefühlt. Mein Handy hatte ich gestern, nachdem ich gut in Kärnten angekommen war und meinen Eltern Bescheid gesagt hatte ausgeschaltet. Stur, wie ich war, hatte ich auch nicht vor, es so schnell wieder in Betrieb zu setzen. Im Falle eines Notfalls konnten mich meine Liebsten über Diana erreichen. Von allem anderen wollte ich mich die nächsten Tage komplett abschotten.

Diana hatte das Telefonat mittlerweile beendet und ich ging zu ihr in die Küche. Ich stellte fest, dass ihre Gesichtsfarbe eher dem Farbton der Wand glich, und fragte sie gleich: „Guten Morgen, jetzt siehst du genauso aus wie ich gestern. Was ist denn passiert?"

Auf meine Worte hin huschte ihr ein kleines Lächeln über die Lippen und sie atmete hörbar aus.

„Ach, derzeit geht einfach wieder einiges schief. Heute sollten dreißig Jugendliche, eine Sportgruppe aus Bayern, hier ankommen. Das hast du gestern mitbekommen, oder?"

Ich nickte still und wartete auf Dianas weitere Erläuterung.

„Eigentlich koche ich ja für keine großen Gruppen. Aber in dem Fall habe ich eine Ausnahme gemacht, weil die Lehrerin ein Stammgast von mir ist."

„Okay, und jetzt hast du ein Problem mit der Versorgung, richtig?"

„Du hast es erfasst", sie verzog ihre Mundwinkel nach unten. „Mein Aushilfskoch hat mir gerade mitgeteilt, dass er krank ist und heute auf keinen Fall arbeiten kann."

„Ach herrje, das bedeutet, dass du die Gruppe nicht annehmen kannst?"

„Richtig, und das ist echt verdammt scheiße. Ein paar Cent mehr in der Brieftasche wären es auch gewesen.", in ihrer Stimme lagen Ärger und Frust. Kurz wischte sie sich ein paar Mal über ihre geschlossenen Augen und schien nachzudenken.

Auch bei mir liefen alle Gehirnwindungen auf Hochtouren und ich überlegte, wie ich meiner Cousine in dieser verzwickten Lage behilflich sein konnte.

Nach einer Weile resignierte sie: „Das hat keinen Zweck. Ich werde der Gruppe absagen."

„Ach Quatsch, das ist Blödsinn! Was sagtest du, was die Jugendgruppe zum Essen bestellt hat?"

„Wie, was, warum willst du das wissen?"

„Na ja, ganz einfach – ich werde für sie kochen. So eine schlechte Köchin bin ich nicht und ich hole mir Tante Inge als Hilfe dazu. Es wird schon irgendwie gehen."

Dianas Gesichtszüge entspannten sich sichtlich:

„Mann, Anne, wenn das echt funktioniert, dann bist du meine Rettung, weißt du das?"

„So wie du die meine. Also, was soll ich kochen?"

„So direkt bestellt haben sie nichts. Aber da es eine Sportgruppe ist, brauchen sie sehr viele Kohlehydrate – also irgendwas mit Nudeln."

Ich überlegte kurz. Da ich wusste, dass Tante Inge einen großen Gemüsegarten bewirtschaftete und jetzt Erntezeit war, fiel mir auch sofort ein, was ich kochen würde.

„Na, das passt doch perfekt. Dann mache ich ihnen Spaghetti mit meiner eigenen Spezial-Tomaten-Gemüse-Sauce, und die Zutaten finde ich garantiert in Tante Inges Garten, oder?"

Diana zögerte kurz. „Äh, ja – das ist eine tolle Idee. Mit Spaghetti kann man bei Kindern eigentlich nicht viel falsch machen."

„So sehe ich das auch. David mag auch kein Gemüse, aber wenn ich ihm meine leckere Sauce koche – und ich nenne sie immer Zaubersauce –, dann schaufelt er locker zwei Portionen in sich hinein. Und ganz plötzlich schmeckt Gemüse gar nicht mehr so schlecht."

„Zaubersauce?"

„Ja, eine eigene Kreation von mir. Lass dich einfach überraschen."

„Okay, da bin ich jetzt aber wirklich mal gespannt."

Nach einer schnellen Dusche und einer Tasse Kaffee ging ich in Tante Inges mit Liebe und Gefühl gestalteten Gemüsegarten. Was ich da alles fand, ließ mein Herz höher schlagen: Tomaten, Zucchini, Paprika, Karotten aus eigenem Anbau. Zusätzlich herrlichste italienische Kräuter, dass mir jetzt schon förmlich das Wasser im Mund zusammenlief. Auf diese Art und Weise würde mein Ablenkungsmanöver vollends glücken. Mit dieser sinnvollen Aufgabe machten meine Gedanken um das Dilemma zu Hause einen großen Bogen.

Tante Inge gesellte sich zu mir in den Garten, sobald sie von Diana erfuhr, was ich vorhatte. Mit ihrer herzlichen und freundlichen Art instruierte sie mich, was ich alles ernten konnte. Ich wusste zwar nicht sicher, wie viel dreißig hungrige Jugendliche vertilgen würden, aber da das Gemüse den Höhepunkt seiner Reife erreicht hatte, beschloss ich, so viel wie möglich davon zu verarbeiten. Schließlich sollte keiner mit knurrendem Magen vom Tisch aufstehen.

Unser Kochexperiment konnte also gleich losgehen. Tante Inge stattete mich mit einer ihrer Kochschürzen aus und half tatkräftig mit. Ihrer körperlichen Beeinträchtigung wegen war sie zwar etwas eingeschränkt, aber das sollte für sie kein Grund sein, nicht mit anzupacken. Ich kümmerte mich um die Hauptspeise, und sie bereitete den Salat zu, den wir ebenfalls bei ihr im Garten geerntet hatten. Wir lachten und machten Scherze.

Es verlief alles nach Plan. Als die Jugendlichen eintrafen, waren wir mit unserem Mittagessen fast fertig. Diana schaukelte mit ihrer Kellnerin den Servicebereich, und ein paar Minuten später, nachdem jeder etwas zu trinken hatte, legten wir mit der Raubtierfütterung los. Es ging rund wie in einem Hühnerstall und doch lief alles sehr diszipliniert und problemlos ab.

Die Jugendlichen mitsamt den zwei Lehrkräften waren mehr als zufrieden mit meiner Eigenkreation. Der zusätzliche Beweis waren die nahezu leergegessenen Teller, die mir beim Abservieren als Erstes ins Auge stachen.

Glücklich und zufrieden ging ich zurück in die Küche, um alles wieder sauber zu machen. Gerade als ich das ganze schmutzige Geschirr in die Spülmaschine räumte, ertönte hinter mir ein lautes Knallen. Erschrocken, mit der Hand auf der Brust drehte ich mich um und sah, dass Diana eine Flasche Sekt entkorkt hatte.

Freudestrahlend kam sie auf mich zu: „Anne, du bist einfach perfekt. Danke! Du hast mir heute wirklich mehr als nur aus der Patsche geholfen."

„Nicht der Rede wert. Das habe ich gern getan."

Diana schenkte währenddessen die prickelnde Flüssigkeit in zwei Gläser. Mit einem lauten Klirren stießen wir die Sektflöten aneinander und tranken beide einen kräftigen Schluck. Die Erleichterung über die gelungene Aktion stimmte uns heiter und vergnügt.

„Ich helfe dir nachher gleich noch beim Saubermachen, und danach besaufen wir uns einfach mal anständig. Was hältst du davon?"

Keine schlechte Idee. „Warum eigentlich nicht? Ich habe ja schließlich Urlaub", und stimmte in ihr Lachen mit ein.

Gefühlte drei Stunden später saßen wir noch immer in der Küche von Dianas kleinem Café. Jede von uns hatte mittlerweile eine Flasche Sekt geleert. Unsere Diskussion darüber, dass alle Männer totale Arschlöcher waren, fand damit ihren absoluten Höhepunkt.

„Weißt du, was, Anne? Es wird besser sein, wenn wir zwei uns einen Platz im Kloster reservieren."

„Hihihihi, ja, da kann uns kein Mann mehr das Herz brechen", stimmte ich ihr zu. Der Alkohol zeigte bei uns beiden bereits seine deutliche Wirkung. Plötzlich fand ich alles nur noch komisch und das derzeitige Trübsal hatte sich für den heutigen Tag in Luft aufgelöst.

„Oder vielleischt sollten wir 'nen Clubbb gründen – wasch meinscht du? Club der unbefriedigschten Powerfrauen." Jetzt lallte sie kräftig.

Ihr Vorschlag ließ mich laut auflachen. „Klingt nicht schlecht. Vielleicht ziehen wir dann die Männer besser an."

„Ja, genau so machen wir's." Wir prosteten uns abermals zu und unser Lachen hallte durch die ganze Küche.

♡ Kapitel 16

Die darauffolgenden Tage vergingen wie im Flug, und im Nu waren fast zwei Wochen vorüber. Der Aufenthalt hier in Kärnten tat mir unheimlich gut und ich versuchte das Beste aus der ganzen Situation zu machen. Doch hier ging es mir bedeutend besser, und so hatte ich vor ein paar Tagen beschlossen, die geplante eine Woche, um eine weitere zu verlängern. Thomas hatte mir ja sowieso befohlen, so lange zu bleiben, wie ich wollte. So konnte ich in diesem Sommer noch Urlaub machen, auch wenn der eigentlich nie geplant gewesen war. In der Zwischenzeit war bei Diana in der Pension ein Zimmer frei geworden und vor ein paar Tagen konnte ich von ihrer Couch in ein normales Bett umsiedeln. Ab und an half ich ihr im Café aus, wenn sie mich brauchte. Oft lag ich auch nur faul in der Sonne und kühlte mich im herrlichen Wasser des Wörthersees ab. Dieses Mal musste ich Diana hoch und heilig versprechen, dass ich nie mehr eine so lange Zeit verstreichen lassen würde, bis ich wieder auf Besuch kam.

Wenn mein Herz versuchte, Gabriel in den Vordergrund zu rücken, wies ich meinen Verstand an, es nicht zuzulassen. Manchmal gelang es mir besser, manchmal auch gar nicht.

So kurz unser gemeinsames Glück auch gewesen war, er hatte sich einen Platz in meinem Herzen erschlichen. Mit Sicherheit würde mein Liebeskummer nach diesen zwei Wochen auch noch präsent sein. Die Konfrontation der Erinnerungen wird zu Hause, noch ein sehr großer Brocken sein, den ich zu bewältigen habe. Nach wie vor heulte ich mir jeden Abend, allein im Bett, die Augen nach ihm aus. Das Nichtwissen der Antwort auf unzählige Fragen, war etwas, das mich am meisten quälte. Mit meinen Versuchen, ihn in seiner rasanten Art und Weise einzubremsen, war ich kläglich gescheitert. Insofern war es doch auch mein Traum von der großen Liebe gewesen.

Die Harmonie zwischen uns, war kein einziges Mal am Nullpunkt angelangt. Die vielen, gemeinsamen Abende auf der Baustelle, ohne unterschiedliche Meinung, waren ebenso ein Beweis dafür gewesen. Manchmal war mir unser Glück fast schon kitschig vorgekommen. Meine anfangs präsente Angst, ob wir als Familie glücklich werden könnten, war immer weiter in den Hintergrund gerückt. Mein Vertrauen in Gabriel war stark wie ein Stier gewesen. Wie sich am Ende herausstellte, leider doch vergebens. So stark ich mich in den letzten Jahren ohne Mann durch das Leben gekämpft hatte, so einsam war das Empfinden an den vielen Abenden allein zu Hause gewesen. Das war mir erst bewusst geworden, als ich mit Gabriel meinen Traum leben durfte. Ein Mann an meiner Seite, mit dem ich gemeinsam lachen, weinen, diskutieren und, vor allem, den ich wieder lieben konnte. Der schlagartige Verlust dieses Gesamtpakets hatte eine große Wunde hinterlassen. Noch immer konnte und wollte ich nicht wahrhaben, dass unsere Zukunftsträume, wie eine Seifenblase zerplatzt waren.

Die Sehnsucht nach Gabriel war heute genauso groß wie am ersten Tag nach seinem Verschwinden. Wenn ich ehrlich war, nahm sie von Tag zu Tag zu. Mein Handy blieb während meiner selbst auferlegten Liebeskummerbekämpfungsaktion trotzdem ausgeschaltet. Insgeheim hoffte ich, dass Dianas Telefon einmal läuten würde und meine Mutter oder Isa versuchten, mich zu erreichen. Aus keinem anderen Grund wollte ich derzeit mit jemanden aus meiner Heimat in Kontakt treten wollen. Doch dieser Wunsch blieb bis jetzt leider unerfüllt. Einige Male hatte ich mit mir selbst gehadert, es nur kurz einzuschalten, um Gewissheit zu erlangen, ob er es wenigstens versucht hatte. Doch mein Bauchgefühl war eindeutig dagegen und mein Sternzeichen war eben nicht umsonst der Steinbock. Am Ende wäre ich nur noch enttäuschter, sollte es tatsächlich stumm geblieben sein.

Tante Inge leistete mir während meines Aufenthalts liebenswürdige Gesellschaft. Sie hatte offensichtlich große Freude daran, etwas mit mir zu unternehmen. In den letzten Tagen hatte sie mich bereits mit ein paar Sehenswürdigkeiten rund um den Wörthersee vertraut gemacht. Auf ihre Art und Weise tat sie ihr Möglichstes, um mich auf anderweitige Gedanken zu bringen. Für diese Geste war ich ihr sehr dankbar.

Heute hatte sie mit mir einen Ausflug auf den Pyramidenkogel, zum größten Holzaussichtsturm der Welt, geplant. Dieser stand auf einer Anhöhe hoch über dem Wörthersee. Von hier aus konnte man den ganzen See und noch viele weitere, kleine Kärntner Seen überblicken. Bei schönem Wetter waren die Karawanken, jene Gebirgskette, die die Grenze zu Slowenien bildete, zum Greifen nah. Wir standen an diesem Tag beide am Geländer des prachtvollen Bauwerks und genossen die überwältigenden Naturschätze dieses Landes in vollen Zügen. Der See schimmerte in den verschiedensten Farben. Türkisgrün, dunkelgrün, und an tieferen Stellen sogar fast schwarz.

„Hier oben hat mein Manfred mich das erste Mal geküsst", sagte Inge, tief in ihre Gedanken versunken. Neugierig lauschte ich ihren Worten. „Seit diesem Augenblick waren wir das Traumpaar schlechthin gewesen. Die Hochzeit fand ein halbes Jahr später in der Kirche von Maria Wörth statt. Die kannst du von hier aus auch sehen." Mit dem Ende ihres Krückstocks zeigte sie in Richtung des Gotteshauses, in der sie ihrem verstorbenen Mann vor fast vier Jahrzehnten das Jawort gegeben hatte. Obwohl so viele Jahre verstrichen waren, spürte ich, dass es ihr wie gestern vorkam. Niemals würde sie diese schöne Zeit mit ihrem Ehemann vergessen. Es fiel mir nicht schwer, mich in ihre Lage hineinzuversetzen. Ihre besten Lebensjahre hatte sie mit ihm verbracht und dieser schlimme Autounfall hatte schlagartig sämtliches Glück der beiden in tausend Stücke gerissen. Kein Mann, der danach noch in Tante Inges Leben trat, konnte jemals wieder diese Liebe bei ihr entfachen, wie Manfred es getan hatte.

Plötzlich kam mir ein Gedanke und ich fragte Tante Inge: „Meinst du, Gabriel hat mich deswegen wieder verlassen, weil er über den Tod seiner Frau doch noch nicht hinweg war?"

Es vergingen ein paar Sekunden, ehe sie antwortete: „Oh, mein

185

Mädchen, das könnte durchaus sein." Mit der einen Hand stützte sie sich auf ihrem Gehstock ab, die andere legte sie über meine Schulter. Dankend nahm ich ihre Geste an und schloss für einen Moment die Augen.

„Aber ich glaube es irgendwie nicht. Wenn das wirklich der Grund sein sollte, dann hätte er ihn dir doch mitteilen und ehrlich zu dir sein können. Das, was du mir von ihm erzählt hast, lässt mich glauben, dass er ein aufrichtiger und vertrauenswürdiger Mann ist. Das wäre kein Anlass dafür, dich nach eurer gemeinsamen Zeit einfach zu verlassen und komplett im Dunkeln stehen zu lassen."

Ich atmete tief durch und konnte ein oder zwei Tränen, nicht verhindern. Vermutlich hatte sie recht und ich stimmte ihr zu. „Nach alldem was passiert ist, fällt es mir schwer, zu glauben. Doch das hätte er ganz sicher nicht getan." Meine Stimme nahm einen verzweifelten Ton an: „Aber wenn ich bloß wüsste, warum ich schon zum zweiten Mal in meinem Leben vor so einem Scherbenhaufen stehe, dann könnte ich es wenigstens verstehen, oder?"

„Du darfst dich nicht selbst verrückt machen. Ich weiß, dass du gerne alle Fragen beantwortet hättest, dann fiele es dir leichter, mit dem Thema Gabriel abzuschließen. Doch glaub mir, es bringt nichts, wenn du dich hier weiter mit deinem Selbstmitleid quälst. Irgendwann wirst du die Antworten auf deine Fragen erhalten." Sie drückte mich noch einmal fest an sich.

Nickend wischte ich mir die Tränen aus den Augen und von den Wangen.

„So, genug Trübsal geblasen. Du wirst dich jetzt dort in die Schlange stellen und diesen Turm nach unten rutschend verlassen", heimtückisch grinste sie mich an.

„WAAAAS, wie soll ich das denn machen?"

„Ganz einfach. Im Inneren des Holzturms führt die höchste überdachte Rutsche Europas abwärts. Du wirst diese Art des Wieder-nach-unten-Kommens wählen. Der Eintritt ist bereits bezahlt. Ich werde den Lift nehmen, denn mein Gesundheitszustand und auch mein Alter lassen deine Variante leider nicht mehr zu. Ich warte dann am Ende auf dich, mein Mädchen." Ehe ich dagegen protestieren konnte, war sie aus meinem Blickfeld verschwunden.

Beim Hochkommen hatte ich nicht bemerkt, dass es eine weitere Besucherattraktion gab. Die herrliche Aussicht hatte mich voll und ganz in ihren Bann gezogen. In meiner Kindheit war ich schon mal hier gewesen, doch damals hatte es diese Adrenalinrutsche mit Sicherheit noch nicht gegeben. Erst jetzt klingelte es bei mir. Tante Inge hatte mir erzählt, dass der alte Turm des Pyramidenkogels vor ein paar Jahren hatte gesprengt werden müssen, da er nicht mehr den aktuellen Sicherheitsbestimmungen entsprochen hatte. Bei der neuen Ausführung, für einige Millionen Euro hatten sich die Architekten zusätzlich etwas ganz Besonderes für die Besucher einfallen lassen. Hier hatten meine Berufskollegen, wirklich gute Arbeit geleistet.

Nun wollte ich mir dieses Highlight tatsächlich zu Gemüte führen und freute mich sogar darauf. Von meiner Tante war ja keine Spur mehr zu sehen. Heute war ein ganz normaler Wochentag, sodass sich mir Gott sei Dank eine nicht allzu große Menschenmenge präsentierte. An den Wochenenden konnte es hier sicherlich zu etwas längeren Wartezeiten kommen, da die Mitarbeiter peinlich darauf achteten, dass die Zeitabstände zwischen den rutschenden Personen sehr genau eingehalten wurden.

Nach ein paar Minuten des Wartens war ich bereits an der Reihe, und der freundliche Mann mit dem langen grauen Bart reichte mir eine Art Sack, den ich mir über den Po hochziehen musste, damit ich gut durchrutschen konnte.

Das Blut pumpte aufgeregt durch meine Adern, ein qualvolles Lächeln lag auf meinen Lippen, während ich sagte: „Oh mein Gott", griff mir an die Stirn, um die paar Schweißtropfen abzuwischen, die sich dort gebildet hatten.

Er lächelte zurück und sprach mir Mut zu. „Keine Angst, junge Frau, bis jetzt sind noch alle unten angekommen." Dabei grinste er verschmitzt.

In Gedanken verfluchte ich Tante Inges Einfall, auch wenn es dafür jetzt zu spät war. Ich saß ja schon in dem Sack auf der Rutschbahn und wartete, dass der Mitarbeiter grünes Licht für mich meldete.

Gleich nach dem Aufleuchten erreichten mich die Worte des Mannes: „Auf Los geht's los, und gute Reise", zu meiner Überraschung schubste er mich von hinten an. Der Schweiß brach mir am ganzen Körper aus, denn von Anfang an war ich recht schnell unterwegs. Während des Rutschens schloss ich einfach die Augen. Der Gegenwind blies mir ins Gesicht und ich versuchte, meiner Angst Luft zu machen, indem ich aus vollem Hals schrie. Dazwischen musste ich lauthals lachen, da es trotz des Nervenkitzels immens lustig war, mit hoher Geschwindigkeit im Kreis gen Erde zu rasen. Ich fühlte mich zeitweise wie ein kleines Kind, das zum ersten Mal im Leben am Besuch einer großen Vergnügungsattraktion teilnehmen durfte. Als ich unten ankam, wartete Tante Inge bereits auf mich und grinste mich über das ganze Gesicht an.

„Na, Anne, wie war es? Hast du es genossen?"

„Oh Mann, ja, das war mehr als nur blutdrucksteigernd." Ich lachte noch immer aus voller Kehle.

Ein paar Sekunden später war ich halbwegs wieder auf dem Boden der Realität angekommen. Ich zog meine Füße aus dem Sack und gab diesen dem Mitarbeiter, der mir helfend seine Hand zum Aufstehen reichte. Dankend nahm ich sie an. Dabei lächelte er mich an und schaute mir in die Augen. Meine Wangen waren wahrscheinlich noch gerötet von der ganzen Aufregung gerade eben.

Mein Plan war es, mich gleich auf den Weg in Richtung Ausgang zu machen, als der junge Mann, das Wort an meine Tante richtete: „Das ist also deine hübsche Nichte aus Wien."

Hatte er gerade hübsch gesagt? So wie ich mich in den letzten Tagen gefühlt hatte, konnte ich mir kaum ausmalen, dass ich noch ansehnlich sein sollte. Warum auch immer, war dieses Kompliment von dem fremden Jüngling, Balsam für meine Seele. Nach erster Betrachtung musste er einige Jahre jünger als ich sein. Sein brünettes Haar trug er kurz, und die Augen schimmerten ins Grünliche, irgendwie fast türkis wie das Wasser des Wörthersees. Im ersten Moment wäre er mir wahrscheinlich nicht aufgefallen, doch jetzt, wo er direkt mit Tante Inge gesprochen hatte, musste ich mir eingestehen, dass ich einem äußerst attraktiven Mann gegenüberstand.

Inge beantwortete seine Frage und nickte. „Ja, das ist sie. Anne, darf ich dir Jakob vorstellen, den Sohn von einem guten Freund unserer Familie? Seine Eltern betreiben auch ein Hotel hier in der Nähe."

Er reichte mir eine Hand zur Begrüßung und sagte: „Schön, dich kennenzulernen, Anne."

„Freut mich ebenfalls." Ein kurzes Händeschütteln folgte.

„Wie gefällt es dir hier bei uns am Wörthersee?"

„Danke, es ist absolut traumhaft hier. So ein schönes Fleckchen Erde gibt es wohl nur äußerst selten auf dieser Welt."

Jakob nickte. „Das stimmt. Wer einmal hier gewesen ist, der kehrt immer wieder zurück."

„Ja genau. Ich war sehr lange nicht mehr hier, aber dieses Mal werde ich nicht so viel Zeit verstreichen lassen, bis ich hierher zurückkomme."

„Das freut mich", erwiderte er und klatschte dabei kurz in seine Hände. Doch im selben Moment stoppte er und sagte: „So leid es mir tut. Ich würde gerne länger mit euch plaudern, aber ich muss hier wohl noch ein paar Gäste mehr betreuen."

„Kein Problem. Wir hätten uns sowieso gleich auf den Weg nach Hause gemacht. Ciao, es war echt nett, dich kennenzulernen."

Jakob lächelte und winkte uns mit einer schnellen Handbewegung zu. Der nächste Rutschgast war bereits am Ende angelangt und wollte von ihm den Fußsack abgenommen haben. Sein ausgeprägter Kärntner Dialekt und die sympathische Art gefielen mir sehr.

Auf der Fahrt zurück zu Dianas Pension fragte ich meine Tante: „Sag mal, macht Jakob das beruflich den ganzen Tag, hier den Gästen beim Aufstehen von der Rutsche zu helfen?"

189

Ein kurzes Kopfschütteln ihrerseits und dann folgte die Antwort. „Nein, natürlich nicht. Das macht er nur während der Sommermonate, um sich sein Studium zu finanzieren. Seine Eltern sind nicht unvermögend und unterstützen ihn in allen Belangen, doch Jakob will das nicht. Er will sich, so gut es geht, selbst erhalten. Er ist wirklich sehr bodenständig. Das hat er wahrscheinlich von seiner Mutter."

„Das finde ich toll. Was studiert er denn?"

„So ziemlich das Gleiche wie das, was Diana studiert hat. Auch Hotelmanagement oder so. Aber er macht das Ganze an der Fachhochschule und nicht an der Universität. Mit den ganzen Studienrichtungen heutzutage kenn ich mich leider nicht aus. Er wird irgendwann das Hotel seiner Eltern übernehmen. Jakob ist der einzige Sohn von Marietta und Werner, und die sind auch nicht mehr die Jüngsten."

„Ah, okay, ich verstehe."

„Er kommt heute Abend übrigens auf einen Sprung bei uns im Café vorbei. Dann könnt ihr eure nette Unterhaltung von gerade eben fortsetzen."

„Mann, Tante Inge, willst du mich etwa auch verkuppeln?", sagte ich etwas schockiert und genervt.

„Ach, Kindchen, wo denkst du hin? Jakob ist doch viel zu jung für dich. Aber ihr versteht euch gut und er kann dich sicher auch auf andere Gedanken bringen. Ihr könntet in den nächsten Tagen bestimmt irgendetwas gemeinsam unternehmen, oder?"

Da hatte sie vermutlich nicht ganz Unrecht. Zaghaft lächelte ich sie an, bevor ich ihr zustimmte. „Ja, Tantchen, da ist sicherlich nichts Verkehrtes dran."

„Siehste, genau deswegen", erwiderte sie und ich stimmte in ihr Lachen mit ein.

Am Abend kam Jakob tatsächlich vorbei. Diana nahm sich ebenfalls Zeit für ihn, da sich die beiden schon eine Weile kannten. Wir plauderten nett miteinander und gingen recht freundschaftlich miteinander um. Das ein oder andere Jugenderlebnis lieferte genügend

Gesprächsstoff für ein lustiges Beisammensein auf der Terrasse des Cafés. Jakob versuchte des Öfteren, einen intensiveren Blickkontakt zu mir aufzunehmen. Auch wenn mich die Trennung von Gabriel massiv belastete, ging ich trotzdem auf seine Flirtversuche ein. Es tat mir gut, von ihm wahrgenommen zu werden. Das gab meinem angeknacksten Selbstbewusstsein wieder einen kleinen Aufschwung.

Später, beim Verabschieden, fragte mich Jakob: „Äh, Anne, hast du nicht Lust, morgen mit mir gemeinsam eine Tour auf meinem Quad zu machen?"

Hm, was sollte ich ihm antworten? Mit so einer Frage hätte ich niemals gerechnet. Ich überlegte kurz. Heute die Adrenalin-Rutsche und morgen nochmals Nervenkitzel. Mein Aufenthalt wurde immer abenteuerlicher. Warum nicht? Schließlich bin ich ja hergekommen, um meine tristen Gedanken zu verbannen.

Daher nahm ich seine Einladung auch an. „Ja, gerne, aber nur, wenn du fährst. Diese Dinger sind mir ganz und gar nicht geheuer.

„Klaro! Morgen zeige ich dir noch ein paar weitere schöne Fleckchen hier bei uns am Wörthersee. Passt zehn Uhr?"

Ich nickte ihm kommentarlos zu.

Nun mischte sich Diana in unser Gespräch mit ein. „Schon komisch, was für Angebote eine unbekannte hübsche junge Frau hier bei uns bekommt. Mich hast du noch nie gefragt, ob ich mit dir gemeinsam einen Quad-Ausflug mache, du alter Casanova, du", dabei klopfte sie ihm freundschaftlich auf die Schulter.

Jakob lachte laut auf: „Ja, liebe Diana, ein anderes Mal gerne, aber jetzt muss ich zuerst mal Anne ein bisschen was von unserer schönen Gegend hier zeigen."

„Ja, ja, ich glaub dir kein Wort", spöttelte Diana.

Später, als Jakob weg war, fragte ich sie: „Sag mal, was sollte denn deine Anspielung in Bezug auf Jakobs Einladung vorhin?"

„Ach, gar nichts. Er ist ein echt netter Kerl, doch bis jetzt hat er noch keine richtige Beziehung gehabt. Er baggert für sein Leben gern. Bei dem ein oder anderen weiblichen Urlaubsgast ist er dann auch erfolgreich. Deswegen: Lass dich ja nicht auf mehr mit ihm ein."

„Das kann ich mir schon denken. Trotzdem mag ich ihn. Er ist irgendwie so unbeschwert und ich möchte sowieso nichts weiter als ein paar Stunden mit ihm verbringen."

„Korrekte Einstellung, Liebes! Das wird dir mit Jakob bestimmt gelingen."

Dianas Aussage beflügelte meine Laune. Nun freute ich mich auf den morgigen Tag, denn er würde mit Sicherheit lustig werden.

Kapitel 17

Der darauffolgende Tag war mein vorletzter Urlaubstag. Am Vorabend hatten wir doch, wie so oft in den letzten Tagen, ein wenig zu tief ins Glas gesehen. Reue machte sich deswegen keine bemerkbar. Dank des süffigen Weißweines fiel mir das Einschlafen recht leicht. Zu Hause durfte ich es auf keinen Fall zur Gewohnheit werden lassen, immer Alkohol zu trinken, nur um besser schlafen zu können. Hier im Urlaub ließ ich es einfach zu, um mir das Leben nicht noch schwerer zu gestalten, als es sowieso schon war.

Die restlichen Stunden im Morgengrauen waren ohnehin zur Hölle auf Erden für mich geworden. Gabriel hatte sich, wie jede Nacht, in meine Träume geschlichen. Schweißgebadet war ich aufgewacht und hatte mich danach nur noch sinnlos im Bett hin -und hergewälzt. Dafür hasste ich ihn, doch gleichzeitig vermisste ich ihn so sehr! Erst jetzt, wo ich ohne ihn klarkommen musste, war mir bewusst geworden, wie schnell ich mich an ihn, als den Mann an meiner Seite, gewöhnt hatte. Mir fehlten seine Wärme und die damit verbundene Geborgenheit, seine männliche Art, seine Scherze und am allermeisten seine Zärtlichkeiten, die mich in den letzten Wochen schier um den Verstand gebracht hatten. Ich vermisste alles.

Das Frühstück nahm ich gemeinsam mit Tante Inge in der Küche ein. Gerade hatte ich in mein Brötchen gebissen, als sie fragte: „Na, mein Mädchen, nach was steht dir an deinem vorletzten Tag der Sinn?"

Ihre Frage erheiterte mir den Morgen. Sie wollte sich wieder Zeit für mich nehmen. Doch heute hatte ich andere Pläne. Als ich den Mund wieder frei hatte, antwortete ich: „Keine Sorge, Tante, heute hast du mal deine selige Ruhe vor mir. Ich bin später mit Jakob verabredet. Er holt mich zu einem Quad-Ausflug ab."

Im ersten Moment sah sie mich fragend an, lächelte dann aber. „Ach, das sind diese neumodischen Fahrzeuge mit den dicken Reifen, oder?"

„Ja, genau. Du kennst dich ja wirklich gut aus."

„Hier bei uns im Ort kannst du die Dinger ja auch ausleihen und es gibt, glaub ich, sogar ein paar eigene Strecken dafür. Also, da wünsch ich dir ganz besonders viel Spaß heute. Und verdreh dem lieben Jakob mal nicht allzu sehr den Kopf", dabei grinste sie.

„Den Spaß werde ich ganz bestimmt haben. Das mit dem Kopfverdrehen überlass ich anderen Frauen. Danke dir für alles, Tantchen." Im Aufstehen drückte ich ihr ein Küsschen auf die Wange und huschte daraufhin in mein Zimmer, um die Sachen für den Ausflug zusammenzupacken.

Während ich an der Bar des Cafés auf Jakob wartete, kam mir doch der Gedanke, ob es das Richtige war, was ich hier machte. Ein Hauch schlechtes Gewissen überflog mich. Doch dann rief ich mir ins Gedächtnis, dass eine Spritztour unter Freunden wirklich nichts Dramatisches war. Hoffentlich sah Jakob das genauso. Ich wollte nur ein wenig Ablenkung und außerdem hatte ich mir in keinerlei Hinsicht etwas vorzuwerfen. Gabriel hatte schließlich mich sang -und klanglos verlassen und nicht ich ihn. Trotzdem kam ich mir vor, als würde ich ihn betrügen. Warum das so war, konnte ich mir selbst nicht erklären.

Ein paar Minuten vor zehn fuhr Jakob mit seinem Quad auf den Parkplatz des Cafés vor. Ich setzte mich gleich in Bewegung, um ihm entgegenzugehen. Als er mich sah, setzte er sein Zahnpasta-Lächeln auf und wir begrüßten uns mit Küsschen links und rechts auf die Wangen.

„Hey, schön, dass du da bist."

„Ja, klar doch. Bist du so weit, Prinzessin?"

„Alter Charmeur", erwiderte ich und nickte auf seine Frage hin.

Er reichte mir eine Lederjacke und einen zweiten Integralhelm und meinte: „Ich denke, die Sachen dürften dir passen."

„Danke" und probierte die Teile gleich an. Zu meiner Verwunderung passten beide optimal. Kurz darauf schwang ich mein Hinterteil hinter Jakob auf das Quad und suchte zuerst nach einer Möglichkeit, mich festzuhalten, nur war da nichts. So musste ich mich wohl oder übel an meinem Fahrer festhalten. Ich schlang meine Arme um seinen Bauch, und plötzlich packte mich doch die Nervosität. Jakobs Duft versprühte etwas Freches und Unverblümtes, und genau das verkörperte er auch nach außen hin.

Als er dann schließlich Gas gab, rutschte mir gleich am Anfang ein paarmal das Herz in die Hose. Notgedrungen schloss ich sicherheitshalber die Augen. Oh mein Gott, auf was ließ ich mich da bloß ein? Nachdem ich mich an die Geschwindigkeit gewöhnt hatte, genoss ich die Fahrt in vollen Zügen. Wir blieben nicht lange auf der Hauptstraße. Irgendwann bog Jakob rechts ab und wir fuhren mit dem Quad eine steile Bergstraße hinauf. Von meiner Position auf dem Rücksitz hatte ich eine wunderschöne Aussicht auf den Wörthersee und die paradiesische Umgebung.

Nach zirka 30 Minuten Fahrt durch Wald und Wiesen beendete Jakob vorerst unseren Ausflug und stellte den Motor ab. Er kannte sich hier wirklich gut aus.

„Tadaaaa, absteigen, Prinzessin. Jetzt geht es ein Stückchen zu Fuß weiter. Hier durch diesen Zaun komm ich mit dem Quad leider nicht durch." Etwas erstaunt über den Plan eines Spazierganges blickte ich ihn fragend an: „Wo gehen wir hin?"

„Ich zeige dir einen meiner Lieblingsplätze hier. Helm und Lederjacke wirst du, glaub ich, nicht brauchen."

Mein Gefühl im Bauch wurde immer mulmiger. War es doch so eine gute Idee, mit Jakob einen Ausflug zu unternehmen? Plötzlich fühlte ich mich bei der ganzen Sache nicht mehr wohl.

Jakob schien meine Verunsicherung zu bemerken: „Keine Angst, Prinzessin. Ich habe nicht vor, dich zu vergewaltigen."

Mir schoss die Röte ins Gesicht, trotzdem beruhigte mich seine Aussage: „Haha, na dann ist ja gut."

Jakob lachte.

Nun reichte ich ihm Jacke und Helm und verstaute sie im Inneren des Sitzes. Im Gegenzug holte er einen Rucksack hervor und schnallte ihn sich auf den Rücken. Er hatte das also alles geplant.

Nach ein paar Metern mussten wir über den besagten Zaun

hinweg steigen. Es war ein Stacheldrahtzaun, an dem eine Übersteighilfe befestigt war. Anscheinend diente diese Route auch als beliebter Wanderweg. Links und rechts an den Pfosten, war eine kleine Treppe montiert. Die Bretter hatten ihre besten Zeiten bereits hinter sich und man sah auf Anhieb, dass sie nicht mehr allzu stabil waren. Es war eine sehr wackelige Angelegenheit. Jakob reichte mir, als ich fast drüber war, eine Hand, um mir zu helfen. Sie war warm und weich. Mit seiner Hilfe konnte ich viel leichter auf der anderen Seite absteigen. Mit wieder festen Boden unter den Füßen, hielt Jakob noch immer meine Hand und machte auch keine Anstalten, sie gleich wieder loszulassen.

Es war nicht unangenehm, doch aufgrund von Dianas Vorwarnung, was Jakobs Ambitionen betraf, wollte ich sie ihm entziehen. Er ließ meine Hand aber nicht los. Zweifelnd blickte ich ihn an.

„Anne, noch einmal, ich hab nicht vor, hier und jetzt über dich herzufallen. Ist da etwas dabei, wenn wir uns freundschaftlich die Hände reichen?

Meine Augen weiteten sich. „Äh, nein, natürlich nicht."

„Siehst du! Inge hat mir den wahren Grund deines Urlaubs erzählt.

Ich traute meinen Ohren kaum. Inge, diese Tratschtante.

„Dass dich in deiner derzeitigen Situation nicht einmal ein kleines Abenteuer reizen würde, verstehe ich vollkommen. Und ich respektiere es." Beide Hände hob er unschuldig nach oben und lachte.

Ich stimmte in sein Lachen mit ein: „Das ist mal wieder typisch für Inge. Hat sie dir auch erzählt, welche BH-Größe ich in etwa habe?"

„Nein, das gerade nicht. So intensiv konnten wir uns leider nicht unterhalten, aber wenn ich ehrlich bin, würde es mir nichts ausmachen, sie zu wissen." Er senkte seinen Kopf, um mir direkt auf den Busen zu starren.

Die Situation wurde immer heiterer. Jegliche Anfangszweifel waren beseitigt. Um ihm zu signalisieren, dass er sich diesen

Anmachversuch sparen konnte, boxte ich ihm in seinen linken Oberarm. Dennoch brachte mich Jakobs unbeschwerte Art voll und ganz auf andere Gedanken. Mit seinen Sprüchen versuchte er mich zu beeindrucken. Die kannte ich zur Genüge noch sehr gut von früher, wenn irgendein Kerl bei mir hatte landen wollen.

„Nein, das war ein Scherz. Ich finde dich wirklich nett, Anne, und jetzt, wo wir die Fronten zwischen uns geklärt haben, können wir auch Spaß unter Freunden haben, oder?" Nun war es doch Jakob, der plötzlich wieder ernst wurde.

Mir fiel ein riesiger Stein vom Herzen, als er das sagte und stimmt ihm zu. „Oh ja, da bin ich absolut deiner Meinung. Danke, dass du es verstehst.

„Inge hat es nur gut gemeint, damit wir uns nicht selbst hemmen."

„Ja, zuerst dachte ich, ich müsste sie erwürgen für ihr Getratsche, aber dadurch hat sie uns tatsächlich einiges erleichtert."

Nun spazierten wir also Hand in Hand den Weg entlang und Jakob erzählte mir ein bisschen was von der Gegend hier.

„Wir kommen jetzt gleich zu einem Steingarten, wo mehrere größere Steine platziert sind. Darauf kann man sich auch problemlos hinlegen. Für mich war das immer ein genialer Ort, um abzuschalten."

„Es ist wirklich traumhaft hier. Hier könnte ich mir gut vorstellen zu leben. Die Berge, diese teilweise unberührte Natur und die schönen Seen sind wunderbar."

„Ja, dann, warum machst du es nicht einfach?"

Eigentlich hatte Jakob recht. Ich war ja wieder frei und ungebunden. Nach etwas genauerem Überlegen musste ich ihm aber eine andere Antwort geben. „Von der Sache her ist der Gedanke nicht so verkehrt, doch ich will meinen Job, den ich über alles liebe, nicht aufgeben. Obendrein bin ich ein Familienmensch. Ohne sie und meine Freunde würde ich es nicht lange aushalten."

„Das kann ich verstehen", stimmte er mir zu. „Auch wenn ich schon viel auf der Welt herumgekommen bin, aber meine Heimat steht bei mir an allererster Stelle. Ihr für immer den Rücken kehren, könnte ich mir auch niemals vorstellen. "

Ich musste schmunzeln. „Na, da haben wir wieder etwas gemeinsam." Er stimmte in mein Lachen mit ein.

Während dem gemütlichen Schlendern, querfeldein über eine Wiese, vernahm ich das leise Plätschern eines Baches. Jakob hielt noch immer meine Hand. Mittlerweile machte es mir nichts mehr aus. Nun, da ich wusste, dass unser Verhältnis auf einer rein freundschaftlichen Basis beruhte, konnte ich Jakobs Zuneigungen dennoch genießen.

Als wir bei dem kleinen Bächlein ankamen, ließ Jakob meine Finger los und ging direkt auf das Gewässer zu. Er fasste mit beiden Händen unter den Wasserstrahl, der über einige Steine hinunter plätscherte, und trank ein paar Schlucke davon. Dann füllte er seine Handflächen abermals und sagte: „Hier, trink, das ist wunderbares, unberührtes Quellwasser."

Erinnerungen an Gabriel kamen in mir hoch. Er hatte mir auch mehrmals unberührten Gänsewein zum Trinken angeboten. Egal wo ich war, immer wieder huschte er sich in meine Gedanken. Schnell versuchte ich, sie zu verdrängen, trat näher an Jakob heran und führte meinen Mund zu seinen Händen. Das Wasser mundete mir vorzüglich. Es war herrlich kühl und erfrischend.

„Absoluter Wahnsinn. So schmeckt tatsächlich unberührte Natur."

Jakob nickte. „Hmmmm, das stimmt. Alle unsere Seen, auch der Wörthersee haben Trinkwasserqualität. Du könntest also völlig unbedenklich daraus trinken."

Ich bückte mich zu der Quelle hin und ließ das kühle, belebende Wasser über die Handgelenke laufen. Die Fahrt mit dem Quad und der anschließende Fußmarsch hierher waren doch sehr erhitzend für mich und mein Gemüt gewesen. Ein weiteres Mal füllte ich das kühle Nass in meine Hände und tupfte mir damit das Gesicht ab. Jakob stand neben mir und beobachtete mein Treiben.

Etwas später hielt er seine Hände erneut unter das Wasser und spritzte es genau in meine Richtung, sodass der Strahl mein T-Shirt durchnässte.

„Ups, sorry, da ist mir wohl etwas ausgekommen", sagte er scheinheilig zu mir.

Ahhh, war das kalt, aber es machte mir gar nichts aus, dass Jakob mich damit aus der Reserve locken wollte. Ich schüttelte mich kurz ab: „Na warte, das wirst du mir büßen", rief ich ihm zu und tat dasselbe wie er vor einigen Augenblicken. Er drehte mir den Rücken zu und versuchte wegzulaufen. Doch meine Art von Rache landete noch im selben Moment auf seiner Rückenpartie.

Unser beider Lachen hallte durch die Natur.

Doch Jakob war noch nicht fertig mit mir. Seine Augen funkelten vor lauter Rachegelüsten. Diesmal erwischte er mich nur teilweise, da ich mich bereits aus der Ziellinie entfernt hatte. Eine Zeitlang blödelten wir noch so rum, einmal er, dann wieder ich. Es machte einfach riesigen Spaß. Irgendwann, als wir beide völlig durchnässt waren, sagte Jakob: „Ich sehe schon, mit dir ist nicht gut Kirschen essen. Endstand: Unentschieden."

„Schön, dass du es einsiehst, Endstand akzeptiert." Jakob ging zu seinem Rucksack und holte ein kleines Handtuch hervor.

„Hier, rubble dich trocken. Nicht, dass du dich an deinem letzten Urlaubstag noch verkühlst."

„Danke." Er hatte recht. Die Sonne spendete uns auch heute angenehme Wärme. Der gleichzeitig leicht wehende Wind, konnte bei durchnässter Kleidung ziemlich unangenehme Folgen haben.

Mit einem etwas trockeneren Gefühl auf meinem Körper, gab ich Jakob sein Handtuch dankend zurück. Danach tat er es mir gleich.

„Komm, lass uns zu den Steinen gehen. Die geben die gespeicherte Hitze ab. Da können wir uns auch von der Sonne trocknen lassen."

„Gute Idee", sagte ich. Jakob ging mir voran und ich folgte ihm.

Der Steingarten war atemberaubend schön. Der Ausblick auf den Wörthersee war auch von hier aus gegeben. Ein idealer Platz, um wieder neue Kraft für den Alltag zu sammeln. Ein paar der Steine – es waren richtige Gesteinsbrocken – hatten eine gebogene Form, in die man sich bequem hineinlegen konnte. Jakob ging geradewegs auf einen, mit einer extrabreiten Ausführung zu. Auf diesem Monstrum konnten wir beide problemlos Platz nehmen. Wohlwollend lehnte ich mich zurück und die erhitzte Oberfläche des Felsens fühlte sich angenehm im Rücken an. Jakob legte seine Hand auf meine Schulter und deutete mir an, dass ich mich bei ihm anlehnen sollte.

„Komm her, ich versuch dich, zu wärmen."

Ich schloss die Augen und ließ mich von der Sonne und von Jakob wieder aufwärmen. Es tat irrsinnig gut.

Nach ein paar Minuten, in denen wir beide schwiegen, ergriff mein Begleiter das Wort und sagte: „Du bist so ein natürlicher Typ Frau, weißt du das? Mir gefällt diese Art an dir sehr."

„Ich fühle mich geschmeichelt – danke."

„Erzählst du mir, was dir vor kurzem widerfahren ist und warum du hierher flüchten musstest?"

„Willst du das wirklich wissen?" Erstaunt blickte ich ihn von der Seite an.

Jakob nickte. „Ich würde sonst nicht fragen."

In der letzten Stunde war er mir durch seine jugendliche Art ans Herz gewachsen. Durch den Spaß, den wir heute hatten, fiel es mir leichter, ihm mein Vertrauen zu schenken. Also fing ich an zu erzählen: „Vor zirka drei Monaten habe ich mich Hals über Kopf in Gabriel verliebt, einen Halbamerikaner, der gerade wieder in Österreich sesshaft werden wollte. Wir wurden sehr schnell ein Paar, und ich glaube, es war Liebe auf den ersten Blick. Ich hatte das Gefühl, dass er das gleiche für mich empfand. Wir verbrachten eine kurze, aber wunderschöne Zeit zusammen und schmiedeten sogar schon Zukunftspläne. Plötzlich war er von einem Tag auf den anderen verschwunden. Bis heute kann ich ihn weder erreichen, noch weiß ich, wo er jetzt ist. Diese Tatsache hat mich vor etwa zwei Wochen total aus der Bahn geworfen."

„Ich verstehe, und deswegen bist du hierhergefahren, um deinem Liebeskummerdasein zu entfliehen."

„Ja, so in der Art. Es ist mir bis dato auch nur sehr mäßig gelungen. Gabriel hat in dieser kurzen Zeit, mein Leben auf positive Weise auf den Kopf gestellt. Ich kann ihn nicht so einfach vergessen. Dank den vielen netten Menschen hier habe ich es geschafft, durchaus auf andere Gedanken zu kommen. Die Entscheidung mit dem Tapetenwechsel war vollkommen richtig gewesen."

„Trotzdem hätte ich dich gerne intimer kennengelernt."

Ich rollte die Augen darüber, musste aber dennoch über seinen Themenwechsel lächeln. Es war seine Art, mich aufzuheitern. Mit der Schulter tippte ich an seine: „Warum ist dir die Richtige bis jetzt noch nicht über den Weg gelaufen?"

„Ach, keine Ahnung. Wahrscheinlich weil ich noch nicht nach ihr Ausschau gehalten habe. Ich war zwar schon mal verliebt und mit dieser Frau hätte ich mir mehr vorstellen können. Bei meinem Auslandspraktikum in England hatte ich Emma kennengelernt. Von ihr weiß hier eigentlich fast niemand etwas. Wir waren ein halbes Jahr ein Paar und haben im gleichen Hotel gearbeitet. Doch als meine Zeit dort zu Ende war, musste sie auch wieder zurück in ihre Heimat Irland und so trennten sich leider unsere gemeinsamen Wege."

Ich spürte, dass ihm diese Geschichte noch sehr naheging, und fühlte irgendwie mit ihm.

„Oh, das tut mir leid. Wie lange liegt das zurück?"

„Ach, das muss es nicht. Nicht ganz zwei Jahre ist es jetzt her. Wir waren offenbar doch nicht füreinander bestimmt."

Es erinnerte mich an meinen Exmann. Damals hatte ich auch ungefähr die gleiche Zeit benötigt, bis ich an dem männlichen Geschlecht überhaupt wieder einen Gefallen gefunden hatte.

„Das mag wohl sein. Es klingt jetzt wahrscheinlich sehr abgedroschen, aber vielleicht findet ihr ja irgendwann doch noch zusammen."

„Gut möglich. Ich zerbreche mir darüber nicht allzu oft den

Kopf. Irgendwann wird die Richtige schon vor mir stehen. Bis es soweit ist, werde ich mich ausleben."

„Das ist absolut in Ordnung so. Du bist ein sehr ehrlicher und liebenswerter Mann. Gestern hatte ich noch eine ganz andere Meinung von dir."

„Ach ja, welche denn?", fragte er erstaunt.

„Na ja, eigentlich dachte ich, dass du ein Vollblutcasanova bist, der jede Frau abschleppt, die bei drei nicht am Baum ist. "

Jakob lachte: „Manchmal bin ich das auch. Es kommt aber immer auch auf die Frauen an. Die meisten, die hier Urlaub machen, wollen ohnehin nur einen heißen Urlaubsflirt. Ich gebe zu, solche Situationen nutze ich dann auch voll und ganz aus. Da kommt es mir zugute, ein geiler Hecht zu sein." Er zwinkerte mir zu.

„Verrückter Kerl."

„Schade eigentlich, dass wir beide uns nicht unter anderen Umständen kennengelernt haben. In dich könnte ich mich sofort verlieben."

„Jetzt hör aber auf, ich bin doch viel zu alt für dich."

„So ein Blödsinn. Du bist zwar ein paar Jährchen älter, aber du bist interessant, intelligent und ausgesprochen hübsch noch dazu."

Seine Worte schmeichelten mir. „Vielen Dank, das baut mich wieder auf."

„Ist dir mittlerweile wärmer?", fragte er und rieb mit seiner Hand ein paarmal über meinen Oberarm.

„Ja, danke, ich bin fast trocken."

„Was hältst du davon, wenn wir jetzt langsam zurück zum Quad marschieren und dann irgendwo gemütlich irgendetwas zu Mittag essen? Ich lade dich selbstverständlich ein."

„Oh, ja, das ist eine sehr gute Idee. Mir knurrt eh schon der Magen."

Wieder im Ort angekommen, lud Jakob mich zu seinem Lieblingsitaliener ein. Wir nahmen auf der Terrasse Platz, die einen seitlichen Ausblick auf den See bot. Gleichzeitig hatte man aber auch einen Blick auf die Hauptstraße und die zahlreichen Urlaubsgäste, die auf der Seepromenade entlang spazierten.

Man merkte, dass der Sommer langsam begann, sein Ende einzuläuten. In den Bergen hinkten die Temperaturen immer etwas hinterher. Viele Sonnenhungrige saugten die Strahlen intensiv in sich auf.

Antonio, den freundlichen Wirt des Lokals, kannte Jakob gut. Im Vorfeld hatte er mir bereits erzählt, dass er zu den Stammgästen gehörte. Deswegen konnte er mir auch einige leckere Gerichte auf der Speisekarte empfehlen.

„Also mit den Spaghetti alà Vongole oder den Calamari kannst du nichts falsch machen. Pizza ist jede einzelne genießbar. "

„Hmmm, Spaghetti klingen großartig." So lautete unsere Bestellung Nudeln für mich und gebratene Tintenfische für Jakob. Er hatte nicht zu viel versprochen. Das Essen schmeckte köstlich und ich genoss es in vollen Zügen.

Ein Espresso als Dessert, sollte es für uns beide sein. Beim Antippen meiner Lippen an der Kaffeetasse stach mir ein Wagen mit amerikanischem Kennzeichen ins Auge, der im Schritttempo an uns vorbeifuhr. In meinem Kopf schrillten sämtliche Alarmglocken. Im ersten Moment wusste ich nicht, wie mir geschah. Mein Herz fing wie wild zu rasen an, meine Hände wurden feucht. Jakob entging es nicht, dass meine Gesichtsfarbe zu „bleich wie eine Wand" wechselte.

„Anne, was ist los? Ist dir schlecht?", fragte er mit sorgenvoller Stimme.

„Nein, ja – ich weiß nicht. Hast du den schwarzen Wagen bemerkt, der eben vorbei gefahren ist?"

„Äh, nein, leider. Wieso?"

Inzwischen standen mir Schweißperlen auf der Stirn. „Ich weiß nicht, aber ich glaube, dass das gerade Gabriels Auto war."

„Ach du Scheiße, du meinst, der Gabriel?" Ich nickte nur, denn zu mehr war ich nicht in der Lage.

„Hast du ihn erkannt?"

„Nein, ich hab den Wagen zu spät gesehen. Ich hatte keine Chance, den Fahrer zu erkennen."

„Na dann los! Komm auf! Worauf wartest du denn noch?" Jakob war bereits aufgesprungen und reichte mir die Hand, um mich aus meiner versteinerten Position hochzuziehen.

„Was, wohin soll ich denn kommen?", fragte ich perplex.

„Zurück zu Diana ins Café. Wenn das wirklich dein Gabriel war, dann wird er wohl auf dem Weg dorthin sein, oder nicht?"

Im Moment war ich zu keinem klaren Gedanken fähig und fragte: „Meinst du?" Mein ganzer Körper zitterte wie Espenlaub und mir wurde übel. Ich hatte keine Ahnung, was ich als Nächstes machen sollte. Energisch ergriff Jakob die Initiative, zog mich von meinem Stuhl hoch und bugsierte mich in Richtung Ausgang. Im Hinauslaufen bekam ich mit, wie er Antonio zurief, dass er die Rechnung später begleichen würde.

Als er mir beim Aufsteigen auf das Quad behilflich sein wollte, ruderte ich nochmals zurück: „Ach Quatsch, ich hab mich sicher nur getäuscht", und schüttelte kräftig den Kopf.

„Das sollten wir herausfinden. Wenn nicht jetzt, wann dann?"

Noch einmal versuchte ich zu widersprechen, doch Jakob ließ mir keine Chance dazu.

„Anne, hör auf mit dem Blödsinn. Du steigst jetzt sofort auf das Quad und ich bringe dich zurück zu Diana. Wenn das wirklich Gabriel war, den du gesehen hast, dann ist es sicher ein Zeichen, dass er dir bis hierher nachgereist ist. So eine weite Strecke nimmt nicht jeder Mann auf sich, um eine Frau wiederzusehen."

Der Gedanke daran, dass Jakob recht haben könnte, machte mich fast verrückt. Instinktiv hoffte ich, mich getäuscht zu haben und das Ganze gleich als eine dumme Halluzination abtun zu können.

Was war plötzlich los mit mir? Seit mehr als zwei Wochen wünschte ich mir nichts sehnlicher, als Gabriel endlich wieder gegenüberzustehen. Und plötzlich versuchte ich mich mit aller Kraft dagegen zu wehren. Andererseits wollte ich definitiv wissen, ob ich soeben ein Gespenst gesehen hatte oder, ob Gabriels Nachkommen tatsächlich der Wahrheit entsprach.

Ich saß noch nicht mal richtig auf dem Quad, da brauste Jakob bereits mit Vollgas davon. Schnell schlang ich meine Hände um ihn. Ich zitterte noch immer am ganzen Körper. Am liebsten hätte ich mich irgendwo übergeben, aber selbst dazu war ich gerade nicht fähig. Meine Nerven lagen komplett blank.

Bei Dianas Café angekommen sah ich den Wagen von eben zum zweiten Mal. Jakob hatte das Quad noch gar nicht zum Stillstand gebracht, da wusste ich bereits, dass es Gabriels Auto war. Mein Herz drohte inzwischen aus meiner Brust zu springen.

Jakob sah mich an und fragte: „Ist er das?"

Stumm nickte ich. Meine Angst sah er mir vermutlich an.

„Soll ich mitkommen?"

Ein zartes „Ja, bitte" brachte ich geradeso über die Lippen.

Jakob ergriff wieder meine Hand und ging voran. Beim Eintreten sah ich Gabriel tatsächlich bei Diana an der Theke stehen. Als er mich erblickte, kam er direkt auf mich zu. Jakob hielt noch immer schützend meine Hand, und als Gabriel die Geste bemerkte, stoppte er in der Bewegung, sah zuerst mich und dann meinen Begleiter an.

Plötzlich stand er wieder vor mir. Der Mann, den ich so schrecklich vermisst hatte. Von dem ich gedacht hatte, ich würde ihn nie wiedersehen. Sein Erscheinen brachte mich vollkommen um den Verstand.

Auf einmal fühlte ich nichts mehr. In mir drin war alles komplett leer, doch mein Herz raste noch immer wie verrückt. Der kalte Schweiß brach abermals aus, und schlagartig wurde alles schwarz um mich herum.

Kapitel 18

Ich hörte Stimmen in meiner Umgebung und benötigte eine Weile, bis ich diese den dazugehörigen Personen zuordnen konnte. Beim Versuch, die Augen zu öffnen, blendete mich das grelle Licht der Sonne, die beim Fenster hereinschien. Am liebsten hätte ich sie gleich wieder geschlossen. Nach einigem Blinzeln war es nicht mehr so unangenehm. Als ich mit der Hand auf die Stirn fasste, fühlte ich einen kalten Lappen darauf und meine Füße waren durch mehrere Sitzpolster hochgelagert. Ich lag auf einer Bank in dem leeren Frühstücksraum von Dianas Café. Scheinbar musste ich bewusstlos geworden sein, nachdem ich Gabriel unverhofft wieder begegnet war. Aber genau konnte ich es nicht sagen.

Noch etwas benommen rappelte ich mich hoch und nahm mir das nasse Tuch vom Kopf. Plötzlich sah ich in Gabriels besorgtes Gesicht. Er saß unweit von mir auf einem Stuhl und hielt meine Hand gedrückt. Diana und Jakob saßen auf der anderen Seite. Alle blickten mich an, als ob ich eine Außerirdische wäre.

„Anne, Gott sei Dank. Du bist wieder bei dir", hörte ich Gabriel sagen. Er atmete erleichtert aus, führte meine Hand an seine Lippen und hauchte mir einen zärtlichen Kuss darauf. Eigentlich wollte ich sie ihm sofort wieder entreißen, doch dazu war ich nicht fähig.

Diana kam jetzt auch an meine Seite und hockte sich neben mich. „Mensch, Anne, du hast uns einen Wahnsinnsschrecken eingejagt?" Sie atmete hörbar aus. „Wie geht es dir?"

„Leichte Kopfschmerzen. Aber was ist überhaupt passiert?", fragte ich völlig perplex.

„Genau kann ich es nicht sagen. Du bist zur Tür rein. Hast ihn gesehen" – sie deutete mit ihrer Hand in Gabriels Richtung – „und auf einmal bist du vor uns zusammengebrochen. Du warst jetzt ungefähr eine Minute bewusstlos. Gabriel hat dich sofort hochgenommen und zu der Bank getragen."

Ich nickte, und langsam kamen meine Erinnerungen von vor der Ohnmacht wieder zurück.

Gabriel hielt noch immer meine Hand. Er sah mich mit sorgenvoller Miene an. Seine Gesichtsfarbe glich auch eher der meinigen. Immer wieder hatte ich mir unser Wiedersehen im Geiste ausgemalt. Aber so, wie es jetzt geschehen war, hätte ich gut und gerne darauf verzichten können.

Diana räusperte sich, bevor sie sprach: „Ich glaube, wir lassen euch besser allein, damit ihr euch aussprechen könnt. Ist das okay?"

Kommentarlos nickte ich ihr zu und ließ meinen Blick durch das Zimmer schweifen. In unmittelbarer Nähe nahm ich eine Bewegung wahr. Jakob erhob sich gerade von seinem Stuhl und wollte fluchtartig den Raum verlassen.

Ich versuchte, ihn zurückzuhalten, und erwischte gerade noch seine Hand. Er drehte sich zu mir um und sah mich an.

„Danke, Jakob, für den aufregenden Tag und dass du mich hierher begleitet hast." Ohne ihn hätte ich die Rückfahrt keinesfalls geschafft.

Jetzt lächelte er mich doch an und sagte: „Keine Ursache, Prinzessin. Es war wirklich toll mit dir. Jetzt ist dein Traumprinz ja wieder da. Ich hoffe, wir sehen uns wieder einmal. "

Ich bejahte: „Ganz bestimmt!"

Er zwinkerte mir ein letztes Mal zu, und gleich darauf folgte er Diana nach draußen und verschwand aus meinem Blickfeld.

Jetzt war ich mit Gabriel allein. Mein Herz raste noch immer wie verrückt und mir fiel kein einziger sinnvoller Satz ein. Scheinbar hatte mein Kopf die Bewusstlosigkeit von eben nicht ganz einwandfrei überstanden. Ich spürte, wie es darin stark zu hämmern anfing. Gabriel reichte mir ein Glas mit Mineralwasser und sagte: „Hier, trink erstmal. Das braucht dein Kreislauf jetzt."

Mit vorsichtigen Schlucken ließ ich das herrlich kühle Wasser meine Kehle hinabrinnen. Es tat wirklich gut und langsam erholte ich mich von der ganzen Strapaze.

Nach gefühlten zehn Minuten stand Gabriel von seinem Stuhl auf und ging neben mir auf und ab. Seinem Blick konnte ich mittlerweile keine freundliche Gefühlsregung mehr entnehmen. Er versuchte als Erster, das Schweigen zwischen uns zu brechen. Mit einem Mal war ich sehr gespannt, was er mir zu sagen hatte. Seine tiefe Stimme, die mich von Anfang an immer schon gereizt hatte, erfüllte unvermittelt den ganzen Raum.

„Anne, ich weiß nicht, wer dieser Jakob ist und was es mit diesem Typen auf sich hat, der dich händchenhaltend hier rein begleitet hat. Ich hoffe, du kannst es mir erklären." Sein Ton hatte etwas zutiefst Vorwurfsvolles.

Das ließ mich die komplette Beherrschung verlieren! Ich richtete mich abrupt auf, stellte meine Füße auf festen Boden und sprang dann von der Bank. Mein ganzer Verdruss suchte sich seinen Weg aus meinem Körper. Gabriel stand mir gegenüber, und plötzlich holte ich aus und verpasste ihm eine schallende Ohrfeige. Er wich vor mir zurück, hielt sich seine Hand an die Wange und starrte mich mit großen Augen an. Fast im selben Moment entkam ihm ein Fluch: „Sag mal, spinnst du?"

Doch ich ließ ihn nicht weiter zu Wort kommen und schrie ihn aus vollem Hals an: „Du bist eifersüchtig? Zuerst verlässt du mich und dann tauchst du mir nichts dir nichts wieder auf und machst mir Vorwürfe?" Ich musste mich kurz sammeln. Das Zittern in meinem Körper wurde immer stärker, und entsprechend kam auch die Stimme aus meiner Kehle.

„Jakob ist ein Mann, den ich hier in Kärnten kennengelernt habe. Er, Diana und Tante Inge haben in den letzten zwei Wochen versucht, mir über meinen extremen Liebeskummer hinwegzuhelfen. Wenn du glaubst, du kannst mir deswegen einen Vorwurf machen, dann verschwinde ganz schnell wieder von hier. Ich brauche nämlich keinen Mann in meinem Leben, der mir erst seine unendliche Liebe gesteht und am nächsten Tag wie vom Erdboden verschluckt ist."

Ich bot ihm keine Möglichkeit, zu Wort zu kommen. Jetzt klang meine Stimme fast schon hysterisch, und ich ließ den ganzen Kummer der letzten Wochen nach draußen.

„Was, verdammt, willst du jetzt noch von mir? Kannst du dir eigentlich vorstellen, wie es mir nach deinem Verschwinden ergangen ist?" Tränen der Wut und des Zorns sammelten sich in meinen Augen.

Schockiert sah er mich an und fuhr sich mit der Hand durch die Haare. Dann setzte er sich auf eine Bank, kippte seinen starken, robusten Oberkörper in Richtung seiner Oberschenkel und vergrub das Gesicht in den Händen. Anscheinend versuchte er, seine Gedanken zu ordnen. Nach einer kurzen Funkstille richtete er sich wieder auf und ergriff das Wort: „Scheiße, Anne, es tut mir leid. Ich wollte dir auf keinen Fall irgendwelche Vorwürfe machen." Seine Stimme hatte jetzt einen verzweifelten und traurigen Ton angenommen. Er sah mich flehend an.

In mir brodelten Wut und Unverständnis, und dennoch klopfte mein Herz wie wild. Mein Gott, was hatte ich diesen Mann in den letzten Wochen vermisst. Es war unmöglich, die Gefühle für ihn zu ignorieren. Doch ich hatte mir geschworen, im Falle eines Wiedersehens, ihm nicht gleich um den Hals zu fallen. Ich hatte ein Recht darauf, die ganze Wahrheit zu erfahren.

Ein leichtes Schwindelgefühl machte sich in mir breit, mein Kreislauf schien noch nicht fit zu sein. Ich musste mich setzen, um nicht nochmals in Ohnmacht zu fallen.

„Warum bist du hier, Gabriel?"

Nun sah er mir tief in die Augen, erhob sich von der Bank und kam in meine Richtung. Er nahm neben mir Platz und erwiderte: „Ich bin in den letzten zwei Wochen ebenso durch die Hölle gegangen wie du. Es war nie meine Absicht gewesen, dich sang- und klanglos zu verlassen. Noch weniger, dich in irgendeiner Art und Weise, zu verletzen. Ich liebe dich, Anne." Jäh nahmen seine Augen einen schimmernden Glanz an.

Ich benötigte ein paar Sekunden, um seine Worte auf mich wirken zu lassen. Mit allem hätte ich gerechnet, doch bestimmt nicht, dass er mich noch immer liebt.

„Und das soll ich dir jetzt so ohne weiteres glauben? Die letzte Zeit ohne dich war für mich die Hölle. Ich bin aus Wien geflohen, da ich dort keinen klaren Gedanken mehr fassen konnte. Du kannst dir nicht im Geringsten vorstellen, wie ich unter der plötzlichen Trennung gelitten habe."

„Mir ist bewusst, dass ich selbst daran schuld bin, und du musst mir das alles nicht glauben. Doch bitte hör mich an."

Mein Vorhaben, stark zu bleiben, konnte ich plötzlich nicht mehr umsetzen. Mein eiserner Wille, ihn auf Abstand zu halten, schien sich in Luft aufzulösen. Der Wunsch, von ihm wieder in den Arm genommen und gehalten zu werden, trat immer mehr in den Vordergrund. Verbal versuchte ich, noch dagegen anzukämpfen: „Sprich, aber wenn dann die Wahrheit. Die ganze Wahrheit!"

Gabriel lehnte sich zurück und begann zu erzählen. Auch er war nervös, das blieb mir nicht fern.

„An jenem Nachmittag, kurz nachdem ich den Termin bei Gericht beendet hatte, bekam ich einen Anruf von meiner Mutter. Ich saß gerade in meinem Auto und war auf dem Weg zum Gut. Sie schrie hysterisch ins Telefon, dass Sarah ins Krankenhaus hatte eingeliefert werden müssen. Sie hatte einen akuten Blinddarmdurchbruch, musste notoperiert werden und für kurze Zeit hing ihr Leben am seidenen Faden."

Ich fasste mir mit der Hand an den Mund und murmelte nur: „Oh mein Gott." Auch wenn ich Gabriels Töchter noch nicht persönlich kannte, hatte ich sie durch die vielen Skype-Anrufe vom ersten Moment an in mein Herz geschlossen. Auf einmal ergab sein unerwartetes Verschwinden einen Sinn für mich.

„Ich bin dann nach Hause gerast, habe mir mein Ticket geholt und wollte dich von unterwegs anrufen, um dir Bescheid zu sagen. Doch leider ist mir bei diesem Vorhaben meine eigene Nervosität dazwischengekommen. Mit der Umbuchung des Fluges hat nicht alles gleich geklappt. Ich hatte eine fürchterliche Angst um sie. Panische Angst, dass sie mir auch noch genommen werden könnte. Zusätzlich plagten mich extreme Selbstvorwürfe, weil ich wieder nicht bei ihr war und es womöglich auch nicht rechtzeitig schaffen würde."

Mir hatte es die Sprache verschlagen. Stumm versuchte ich, das soeben Erzählte in meinem Gehirn zu ordnen. Auf eine Frage brauchte ich trotzdem eine sofortige Antwort.

„Bitte sag mir, dass Sarah alles gut überstanden hat."

Gabriel kam ein schwaches Lächeln über die Lippen und er sagte: „Ja, sie hat es Gott sei Dank geschafft."

Ich atmete laut durch und irgendwie fielen mir in diesem Moment mehr als hundert Steine vom Herzen. Dann erzählte er weiter: „Sie hat sich recht schnell erholt und vor ein paar Tagen konnte ich sie aus dem Krankenhaus wieder mit nach Hause nehmen. Gestern sind wir alle zusammen inklusive meiner Eltern in Wien gelandet. Sie unterstützen mich in allen Belangen und sind jetzt vorerst auf dem Gut bei den Zwillingen."

„Ja, aber warum um Gottes willen hast du mir das alles nicht gesagt? Warum hast du mich nicht angerufen? Ich hätte das doch alles verstanden." Ich sah ihn zwar erleichtert an, dennoch wollte ich endlich Antworten.

„Mann, Anne, ich war so ein verdammter Vollidiot. Das Ganze klingt für dich jetzt sicherlich erstunken und erlogen, aber es ist die Wahrheit. Während ich auf den Flieger wartete, wollte ich gerade deine Nummer wählen, um dir alles zu erklären. Doch mein Handy war unauffindbar. In der absoluten Hektik und Eile dürfte ich es irgendwo ausgestreut oder liegen gelassen haben. Deine Nummer kannte ich nicht auswendig und so nahm dieses Missverständnis immer schlimmere Formen an. Als ich dann in den USA angekommen war, wollte ich nur zu Sarah ins Krankenhaus. Die ersten drei Tage und Nächte stand es wirklich schlimm um sie."

Schlagartig wurde mir klar, dass der Grund mehr als nur triftig gewesen war. Er hatte gar keine andere Möglichkeit gehabt, als mich zu verlassen.

Gabriel war noch nicht fertig mit seinem Geständnis: „Nicht dass du glaubst, ich hätte es nicht versucht, dich zu erreichen."

Hatte er? Scheiße und ich dumme Kuh, hatte mein Handy außer Betrieb genommen. Jetzt plagten mich Selbstvorwürfe.

„Mein Bruder Lucas hat versucht, über deine Firma Kontakt mit dir aufzunehmen. Er wollte mir unbedingt helfen, da ihm meine Sorge um dich auch nicht entgangen war."

„Hat er meine Handynummer herausgefunden?", fragte ich erstaunt.

„Ja klar! Ich habe zigmal versucht, dich zu erreichen, aber leider ohne Erfolg. Ein neuerlicher Anruf in der Firma klärte alles auf. Der Grund für dein plötzliches Abtauchen bin ich gewesen. Hab ich recht?"

Er benötigte keine Antwort auf seine Frage, er wusste sie ohnehin. Vor lauter Blödheit, hätte ich mir in den Hintern beißen können. Ich hatte tatsächlich nicht bedacht, dass jemand aus der Firma versuchen könnte, mich zu kontaktieren. Die ganzen zwei Wochen, hatte ich mir unnötig das Leben schwer gemacht. Mein verfluchter Liebeskummer war völlig umsonst gewesen. Wut und Zorn über mich selbst, brodelten nun in mir.

Gabriel erzählte weiter: „Nach der OP wurde Sarah in einen künstlichen Tiefschlaf versetzt. So konnte sie sich von den ganzen Strapazen am besten erholen. Als sie daraus wieder erwachte, gaben die Ärzte grünes Licht und teilten mir mit, sie sei über den Berg. Gestern, gleich nachdem ich meine Familie auf dem Gut einquartiert hatte, bin ich zu deinen Eltern gefahren und habe ihnen das Gleiche geschildert, wie dir jetzt. Der Blick deiner Mutter, als ich in der Haustür stand, glich eher dem eines todesmutigen Kriegers. Im ersten Moment wusste ich nicht, ob sie mich hereinlassen würde."

Bei der Vorstellung musste ich in mich hinein schmunzeln. So wie das einer frischgebackenen Katzenmutter, die ihre Jungen vor jeglicher Gefahr zu beschützen weiß.

Gabriel ergriff noch einmal das Wort: „Den Rest der Geschichte kennst du."

Wir schwiegen beide für mehrere Sekunden. Er sah mich unsicher an, nahm dann aber meine Hand und streichelte ganz leicht über den Handrücken. Seine Nähe, seine Berührung taten mir unheimlich gut. Ich schloss die Augen und musste mich für ein paar Augenblicke sammeln. Sein männlicher Duft, der mir in der letzten Zeit so vertraut gewesen war, stieg mir in die Nase. Plötzlich war alles wieder da - die Schmetterlinge im Bauch, das Herzklopfen, die Sehnsucht nach ihm. Mein Herz tanzte bereits einen Tango.

Doch die Erinnerungen an meine verflossenen Liebeleien der Vorjahre, ließen mich noch nicht vollends los. In gewisser Weise deckten sie sich alle mit Gabriels Verhalten. Die Angst, noch einmal ganz von vorne anfangen zu müssen, erweckte Horrorszenarien in meinem Gehirn.

„Das war jetzt alles viel auf einmal. Ich muss das erst mal verdauen."

Er blickte mich an und in seinen Augen schimmerten Enttäuschung und Angst. „Das verstehe ich, aber glaubst du mir?"

„Ja, ich glaube dir. Ich habe dich als aufrichtigen Mann und fürsorglichen Vater kennengelernt. Du wirst dir die Geschichte wohl nicht komplett aus den Fingern gesogen haben."

„Danke!"

Angesichts der Tatsachen trug ich genauso viel Schuld daran, dass wir so lange voneinander getrennt gewesen waren.

„Es war nie meine Absicht, dir weh zu tun oder dich zu verletzen. Das Schicksal hat uns beiden ziemlich übel mitgespielt. Doch ich habe in dem ganzen Spiel nicht unbedingt brilliert. Wenn ich könnte, würde ich es sofort rückgängig machen. Ich will dich nicht verlieren, Anne – ich liebe dich doch."

Ich war noch nicht in der Lage, die gleichen Worte zu erwidern. Der Schock saß mir noch zu tief in den Knochen.

Einerseits war ich so verdammt froh, dass er jetzt hier bei mir war und dass ich ihm endlich wieder nah sein konnte. Andererseits konnte ich diesen schlimmen Liebeskummer nicht so einfach vergessen.

Wieder schwiegen wir beide eine Zeitlang. Gabriel war mittlerweile aufgestanden und hatte begonnen hastig im Raum auf und ab zu gehen. Dabei fuhr er sich sichtlich nervös, aber lässig durch die Haare. Eine Geste, die ich immer gerne an ihm sah. Irgendwann ergriff ich wieder das Wort.

„Was denkst du, wie soll es jetzt weitergehen?"

„Bitte sag du es mir."

Auf keinen Fall wollte ich ihn verlieren. Ich liebte ihn immer noch. Aber waren wir wirklich in der Lage, eine Beziehung mit sämtlichen Höhen und Tiefen einzugehen? Einmal mehr stand ich in meinem Leben vor einer Entscheidung, von der ich eigentlich gehofft hatte, sie nie treffen zu müssen.

Er kam auf mich zu, ging vor mir in die Knie und nahm abermals meine Hände in seine. Inzwischen war das alles recht viel für mein belastetes Herz und ich spürte das Blut in meinen Adern rauschen. Eine einsame Träne suchte sich ihren Weg über meine Wangen. Ich war nicht mehr in der Lage, auch nur ein Wort über die Lippen zu bringen. Gott sei Dank brach Gabriel erneut das Schweigen.

„Ich hoffe einfach nur inständig, dass du mir das alles verzeihst und wir unsere Pläne und Ziele auf dem Gut doch noch wahr werden lassen. Wenn du mir nicht sofort eine Antwort darauf geben kannst, dann kann ich damit leben."

Ich musste überlegen: „Heute kurz nach unserem Wiedersehen, hatte ich tatsächlich vorgehabt, dich auf der Stelle fortzuschicken und dich ganz aus meinem Leben zu verbannen. Ich hab die Nase voll von Männern, die es nicht ernst mit mir meinen. Vor allem davon, immer wieder von vorn anfangen zu müssen. Ich brauche endlich Beständigkeit in meinem Leben."

Gabriel nickte: „Anne, mein Liebesgeständnis ist kein leeres Geschwafel. Bitte gib uns eine zweite Chance. Sarah und Laura wollen dich genauso in ihrem Leben, wie ich dich will. Sie sind total begeistert von dir. Ich soll dir ausrichten, dass sie noch nie in ihrem Leben so tolle Zimmer gehabt haben. Gestern sind ihnen fast die Augen herausgefallen, als sie ihre neuen Reiche betreten konnten." Gabriels Iriden begannen zu leuchten, als er an die Situation mit seinen Kindern dachte.

Ich musste schmunzeln und freute mich irrsinnig darüber, dass den beiden meine Malerkünste in ihrem neuen Zuhause gefallen hatten. So waren die ganze Mühe und Stunden, die ich dafür aufgebracht hatte, nicht umsonst gewesen.

„Du stellst dir trotzdem alles so einfach vor." Diese verdammten Zweifel in mir, hasste ich mittlerweile selbst.

„Ja, das tue ich. Denn ich weiß, wie gut wir in der Zeit vorher miteinander harmoniert haben. Hast du das alles, schon vergessen?" Seine Stimme nahm jetzt doch wieder einen vorwurfsvollen Ton an.

Meine Tonlage war eher zitternd und leise, und ich musste mich sehr zusammenreißen, um nicht auf der Stelle in Tränen auszubrechen. Auf der einen Seite wollte ich mich gegen ihn wehren, und auf der anderen wünschte ich mir nichts mehr, als ihn wieder bei mir zu haben.

„Jetzt kann ich dir endlich etwas Festes bieten. Ich wusste schon zuvor, dass du die Richtige für mich bist. In dir habe ich endlich jemanden gefunden, der nicht nur die Partnerin an meiner Seite sein kann, sondern genauso eine vertraute Person für meine beiden Töchter." In seinem Blick las ich Wahrheit und aufrichtige Ehrlichkeit. Gerade als ich ihm sagen wollte, dass er endlich seine Klappe halten und mich küssen sollte, fuhr er fort: „Genug der Worte!" Seine Stimme hatte einen ernsten Ton angenommen. „Danke, dass du mich angehört hast. Lass dir das alles in Ruhe durch den Kopf gehen und triff dann eine Entscheidung. Ich muss heute wieder zurück zu meinen Kindern. Ich will sie nicht länger als unbedingt notwendig allein lassen." Er stand auf und setzte dazu an, den Raum zu verlassen.

„Wo willst du jetzt hin?", fragte ich ganz entsetzt.

„Ich werde deine Cousine fragen, ob sie mir ein Zimmer zur Verfügung stellen kann. Der Jetlag sitzt mir noch in den Knochen. Ich muss mich ein wenig aufs Ohr hauen, bevor ich später die Heimreise antrete." Seine Hand lag schon am Türgriff und er war gerade dabei, die Tür zu öffnen.

Wie von der Tarantel gestochen sprang ich auf und lief auf ihn zu. Ich konnte ihn nicht gehen lassen. Nicht noch einmal.

„Scheiße, Gabriel, bitte warte." Er drehte sich nochmals in meine Richtung, und im selben Moment stolperte ich mehr oder weniger in seine Arme.

„Bitte lass mich nicht schon wieder allein zurück. Ich liebe dich doch auch und will dich nicht noch einmal verlieren." Meine Worte glichen eher einer wilden Stotterei als einer normalen Aussage. Er nahm mich trotzdem in die Arme und hielt mich ganz fest. Eine Gänsehaut durchlief mich und ich war mir absolut sicher, das Richtige getan zu haben. Nun strich er mit einer Hand zärtlich über meine Wange. Ich schloss die Augen und legte meinen Kopf in seine Handfläche. Gott, was machte er nur mit mir?

„Heißt das, dass du mir verzeihst?"

„JAAAAA, verdammt noch mal."

Er schloss mich noch fester in die Arme, hob mich gleichzeitig hoch und wirbelte mich im Kreis herum. Laut kreischend genoss ich die Synergie zwischen uns. Das war pures Glück. Ganz langsam setzte er mich mit beiden Beinen auf dem Boden ab. Endlich kam sein Mund meinem immer näher. Ein paar Augenblicke darauf fühlte ich einen der schönsten Küsse meines Lebens auf meinen Lippen. Tausend Gefühle schossen mir durch den Körper. Zaghaft erbat er sich mit seiner Zunge Einlass. Unendlich glücklich über die positive Wendung, hieß ich seine Bitte willkommen. Wir küssten uns heiß und innig. Je intensiver der Kuss wurde, desto größer wurden meine Erregung und das Verlangen, mehr von Gabriel zu spüren. Er beendete unser Lippenspiel. Gerade als ich dagegen protestieren wollte, schob er seine Hand unter mein Kinn und zwang mich, ihn anzusehen.

„Bitte lass mich dich lieben, Anne, jetzt sofort!"

Total ausgehungert nach seinen Zärtlichkeiten nickte ich. Beinahe im gleichen Moment nahm ich ihn bei der Hand, um den Frühstücksraum zu verlassen, und mit auf mein Zimmer zu nehmen. Diana stand gerade hinter der Theke, als sie uns Hand in Hand herauskommen, sah. Ich deutete ihr ein Daumen-nach-oben-

Zeichen an und grinste dabei. Sie fasste sich ans Herz, und ihrer stummen Lippenbewegung zufolge musste es ein „Gott sei Dank" sein, was sie vor sich hin murmelte.

An der Hand zog ich Gabriel hinter mir her die Treppe hoch in den ersten Stock. Den Schlüssel für mein Zimmer hatte ich in der Hosentasche verstaut. Ich schloss die Tür auf und bedeutete Gabriel, als Erster einzutreten. Noch bevor ich den Raum richtig betreten und die Tür verschlossen hatte, fand ich mich an die Wand gelehnt wieder. Mit den Händen hoch über meinem Kopf. Gabriel hielt sie zusammen und sein Kuss hatte nichts Zärtliches, sondern nur pures Verlangen an sich. Seine beginnende Erektion drückte gegen meine bereits erregte Scham. Dieses Gefühl, ihn wieder nah bei mir zu spüren, raubte mir beinahe alle Sinne.

Er zog mir das T-Shirt über den Kopf und warf es achtlos auf den Boden. Seine warmen Hände strichen an meinen Seiten entlang. Währenddessen versuchte ich, sein Hemd aufzuknöpfen und es ihm auszuziehen. Als ich seine blanke, starke Brust wieder vor mir hatte, war es um mich geschehen. Wir waren wild aufeinander und konnten es kaum erwarten, endlich nackt zu sein. Energisch versuchten wir, uns all der Klamotten zu entledigen, und küssten uns weiter hungrig nacheinander. Gabriel zog mich in seine Arme und knetete meine Brüste. Er sah mir tief in die Augen und sagte: „Gott, wie hab ich dich vermisst."

Mit der Zunge leckte er an meinem Hals hinab, verwöhnte meine Nippel und biss leicht hinein. Seinen Körper so nah an meinem zu spüren, war die pure Sünde für mich. Ich war so heiß auf ihn, dass ich es einfach nicht mehr aushielt, und sagte: „Gabriel, bitte, liebe mich!"

Er unterbrach seine Zärtlichkeiten an meinem Busen. Kurzerhand legte er einen Arm in meinen Rücken, mit der anderen griff er unter meine Knie und hob mich hoch. Mir entfuhr ein schrilles Lachen. Gabriel ging mit mir durch den kleinen Vorraum in das angrenzende Zimmer. Sanft legte er mich auf der Bettdecke ab. Ich blickte zu diesem unsagbar schönen nackten Mann auf, den ich so sehr liebte. Er sah mich ebenfalls mit Leidenschaft und Liebe in den Augen an. Endlich kam er meinem Körper näher und küsste mich abermals begierig. Ohne seine Lippen von meinen zu entfernen, spreizte er meine Beine und führte seinen Penis zu meiner feuchten Vagina. Mühelos konnte er in mich eindringen. Als ich ihn in mir spürte, schlang ich meine Arme fester in seinen Nacken. Mit den Beinen wollte ich ihn gefangen nehmen und nie mehr loslassen.

In seinem Blick las ich, dass auch er nie wieder ohne mich sein konnte. Fast verzweifelt rieben wir unsere ausgehungerten Körper aneinander. Gabriel stieß unaufhaltsam in mich. Es war ein unbeschreiblich schönes Gefühl, wieder mit ihm vereint zu sein. Es dauerte nicht lange, bis wir gemeinsam zu einem erlösenden Höhepunkt kamen. Verschwitzt, aber unendlich glücklich, verharrten wir weiter in der gleichen Position. Irgendwann, als sich das Adrenalin in unseren Adern allmählich beruhigt hatte, stützte sich Gabriel auf seine Arme und sah mir tief in die Augen. Seinem Blick entnahm ich Erleichterung, die sich in meinem ebenfalls breitgemacht haben musste.

„Anne, ich liebe dich, und von nun an kann uns niemand mehr trennen."

Ich erwiderte sein Geständnis und sagte: „Du sprichst mir aus der Seele!"

 **Epilog**

Fast zwei Jahre später

„Komm, lass uns hinaus an den See gehen und die Stille genießen!", rief mein Freund mir entgegen. Heute war Samstag, und Sarah und Laura waren mit Gabriels Eltern in den Zoo gefahren. „Ja, gute Idee, ich komme gleich!", antwortete ich ihm.

Wir wohnten mittlerweile seit fast einem Jahr gemeinsam auf dem Gut. Nirgendwo anders würde ich mehr leben wollen, als gemeinsam mit Gabriel und seiner Familie auf seinem Familienerbstück. Meine Eigentumswohnung stand nach unserer Rückkehr aus Kärnten nahezu leer. Gabriel hätte es am liebsten gesehen, wenn ich sofort bei ihm eingezogen wäre. Doch es war nicht in meinem Sinn gewesen, mich prompt in das neue Leben der Zwillinge zu drängen. Erst als die beiden mich voll und ganz anerkannt hatten, konnte ich mich zu dieser Entscheidung durchringen.

Die erste Zeit als Familie war nicht unbedingt leicht, jedoch hatte ich es mir noch viel schwerer vorgestellt. Sarah hatte mich ohne Zögern als neue Partnerin ihres Papas akzeptiert, aber Laura hatte das am Anfang nicht gleich gelten lassen wollen. Ich hatte oft versucht, mich beiden zu nähern, und war da, wenn sie mich brauchten. Ganz langsam war das Vertrauen von Laura immer weiter gewachsen und nach ein paar Monaten, hatte sie mir gestanden, dass sie mich eigentlich sehr mochte. An diesem Tag hätte ich am liebsten die ganze Welt umarmt, da ich die beiden von Anfang an in mein Herz geschlossen hatte. Ich liebte nicht nur den Vater der Mädchen, sondern Laura und Sarah mindestens genauso.

Vor kurzem hatten wir den siebten Geburtstag der Zwillinge hier gefeiert, und da waren bereits ein paar neue Freunde mit dabei gewesen. Mein Neffe David, der sich wunderbar mit den Mädchen verstand, war auch mit von der Partie. Dieses Jahr im Herbst würde für die beiden die Schule beginnen. Aufgrund der sprachlichen Hindernisse hatte Gabriel ihnen ein weiteres Jahr im zweisprachigen Kindergarten gewährt, um alle Lücken ausmerzen zu können. Diese Entscheidung konnte ich nur befürworten. Er hatte zwar immer vorwiegend Deutsch mit ihnen gesprochen, doch die englische Sprache überwog bei beiden signifikant, da sie die ersten Lebensjahre über in den USA gelebt hatten. Jetzt waren sie für ihren neuen Lebensabschnitt perfekt vorbereitet und freuten sich sehr darauf.

Gabriels Eltern kehrten letztes Jahr auch nach Österreich zurück und bewohnten inzwischen eines der damals noch leer stehenden Nebengebäude auf dem Gut. Seine Mutter, Maria, war es genauso wie ihrem Sohn ergangen: Als sie Rabenstein nach so vielen Jahren wieder betreten hatte, hatte sie gewusst, wohin sie gehörte. Da Peter ohnehin bereits in Pension war, hatte es ihn nicht weiter gestört, dem Wunsch seiner Frau nachzukommen. Es war nur eine Frage der Zeit, bis Gabriels Bruder Lucas auch zurückkommen würde.

Ich lief hinaus zu meinem Traummann, der schon auf mich wartete. Er reichte mir seine Hand und gemeinsam spazierten wir den Feldweg entlang zu unserem See. Dieser Ort hatte für uns beide nach wie vor eine sehr große Bedeutung.

Dort angelangt überkam mich wieder, wie so oft, wenn wir hier waren, ein Bauchkribbeln. Es kam mir noch immer vor wie am ersten Tag. Ich war so unendlich glücklich mit Gabriel und seinen Kindern, und es würde nicht mehr lange dauern, bis unser gemeinsames Baby auf die Welt kommen würde. Glückseliger als jetzt war ich noch nie gewesen, denn ich war bereits im vierten Monat schwanger. Meine Pechsträhne mit Männern hatte ein für alle Mal ihr Ende gefunden.

Ich stand am Steg und schaute auf das ruhige Wasser hinaus. Es war später Vormittag, die Sonne strahlte mit ihrer Frühlingswärme vom Himmel, und um uns herum erblickte ich keine einzige Wolke. Ich hielt meine Hand auf dem Bauch und streichelte sanft

220

darüber. Mit großer Freude und Zuversicht erwartete ich alles, was die Zukunft bringen würde, und hatte keine Angst mehr davor. Gabriel war gerade mit einer Decke und zwei Gläsern Wasser, genau wie damals, zu mir zurückgekehrt und hatte eine schützende Unterlage zu meinen Füßen ausgebreitet. Er stellte sich hinter mich, schlang seine Arme um meinen Körper und führte seine Hand über meine, die auf unserem Baby ruhte. Ich genoss es, von ihm gehalten zu werden.

„Bist du glücklich?", flüsterte er mir fragend ins Ohr.

Mit geschlossenen Augen nickte ich und sagte: „Ich könnte niemals glücklicher sein."

Für ein paar Augenblicke standen wir nur still da und genossen beide die Nähe des anderen. Mit seinen Lippen berührte er sanft meinen Hals und zog mit der Zunge eine Spur entlang der Schlagader. Ich erzitterte bei dieser innigen Berührung, und auf meinem gesamten Körper breitete sich eine Gänsehaut aus.

Irgendwann drehte er mich zu sich, sodass wir uns tief in die Augen sehen konnten. Er nahm meine Hände in seine und plötzlich ging er vor mir auf die Knie.

Im ersten Moment wusste ich nicht, was er vorhatte.

Kniend hielt er meinen Blick gefangen, und in den seinen sah ich ein Funkeln und gleichzeitig bedingungslose Liebe. Er griff in seine Hosentasche und holte eine kleine, schwarze Schatulle hervor. Als er sie öffnete, blitzte mir ein alter Silberring mit einem blauen Saphir obenauf entgegen. Er war wunderschön.

„Das ist ein Familienerbstück meiner Großmutter. Bist du bereit, diesen Ring an deinen Finger zu nehmen und mir meinen allergrößten Wunsch zu erfüllen, indem du, noch bevor unsere Tochter auf die Welt kommt, meine Frau wirst?" Sein Ton war klar, als hätte er diesen Satz vorher lange geübt.

In meinem Kopf drehte sich alles und ich konnte noch immer nicht realisieren, was gerade um mich herum passierte. Weil ich mit allem gerechnet hätte, aber nicht mit einem Heiratsantrag, murmelte ich etwas undeutlich: „Gabriel, das geht doch nicht - was werden denn die Zwillinge davon halten?"

„Mit Laura und Sarah ist alles abgesprochen. Sie haben bereits ihr Einverständnis gegeben. Sarah meinte, du solltest endlich genauso heißen wie wir alle, und ich finde auch, dass du den Namen deines Exmannes lange genug getragen hast!"

„Oh mein Gott!", stammelte ich und fasste mir mit einer Hand an den Mund. Ich stand komplett neben mir, aber zugleich füllten sich meine Augen mit Tränen und ich nickte nur, da mich meine Stimme verlassen hatte.

Gabriel sah mich fragend an. „Ist das ein Ja?"

Ich schluckte alles hinunter und nahm meinen ganzen Mut zusammen. „JAAA", krächzte ich, fiel ebenfalls auf die Knie und gleichzeitig ihm um den Hals.

Er erwiderte meine Umarmung. „Du machst mich zum glücklichsten Mann auf der ganzen Welt. Ich liebe dich, zukünftige Mrs Carter."

„Ich liebe dich mehr als mein Leben, Mr Carter, und du machst mich zur glücklichsten Frau!"

Gabriel half mir aufzustehen und steckte den Ring, der mir wie angegossen passte, an meinen linken Ringfinger. Er streichelte sanft über meine Wange, sah mir wieder tief in die Augen, und dann küsste er mich intensiv und innig.

Zum ersten Mal in meinem Leben wusste ich, dass ich endlich angekommen war.

ENDE

Über die Autorin – Ich über mich

Der Weg bis zur Veröffentlichung meines ersten Romans war ein schwieriges Unterfangen, da ich in vielen Bereichen komplettes Neuland betreten habe. Auf diesem Weg haben mich zahlreiche Menschen begleitet und unterstützt, bei denen ich mich von Herzen bedanken möchte. Ohne euch hätte ich es nie zu Ende gebracht!

Mein größter Dank gilt meinem über alles geliebten Mann und unseren beiden Töchtern, die in dieser Zeit häufig auf mich verzichten oder mit meiner rein physischen Anwesenheit vorliebnehmen mussten.

DANKE an meine Eltern, die so oft den Job des Kindersitters übernommen haben und mir immer den Rücken stärken.

Im Herbst 2015 habe ich an der „Kärntner Schreibschule" an einem Schreibcoaching teilgenommen. Damals war ich an einem Punkt, wo nichts mehr weiterging und ich kurz davor war, aufzugeben. Danke an Roland Zingerle (Leiter der Schreibschule und Krimiautor) und auch an Hemma, die gemeinsam mit mir den Kurs besuchte. Sie haben mir zugehört und mich ermutigt, weiterzumachen.

Und last but not least: Vielen Dank an meine Testleser Liesl, Erich, Monika, Natascha und Iris, die sich durch meinen unkorrigierten Roman gekämpft haben und nicht daran verzweifelt sind, und an die Autorenkolleginnen, die ich im Laufe der Zeit kennenlernen durfte: Manuela Fritz, Lisa Diletta, Sarah Saxx, Maria Föderl und Nicole S. Valentin. Sie haben mir unzählige Fragen beantwortet, mit denen ich ihnen auf die Nerven gegangen war, DANKE VON HERZEN!

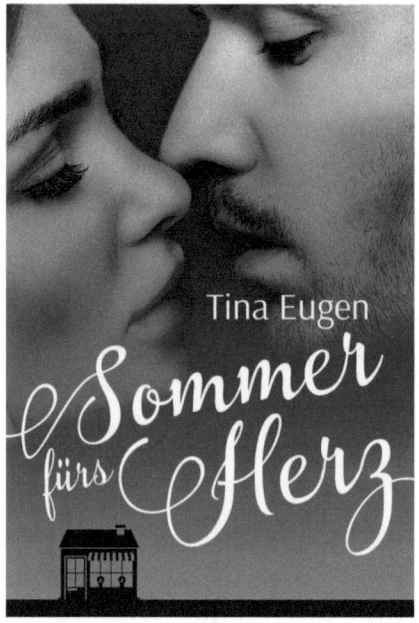

Diana betreibt ein gut gehendes Café am Wörtersee. Die letzte Beziehung zu einem Mann liegt schon sehr lange zurück, trotzdem empfindet sie es weder als Unglück, noch als besonders tragisch, alleine zu sein. Auch wenn ihr das Schicksal in Belangen Liebe einen großen Strich durch die Rechnung gemacht hat, geht Diana in ihrer Arbeit auf und ist glücklich. Bis ...

... Bis Roman bei ihr auftaucht. Von einem Tag auf den anderen bringt der smarte Wiener Geschäftsmann ihre Gefühlswelt gehörig durcheinander und Diana beschließt, sich ein weiteres Mal auf das Abenteuer Liebe einzulassen.

Leider ist ihr gemeinsamer Weg ins Glück alles andere als einfach. Romans Scheidung und der Streit um das alleinige Sorgerecht für seine Tochter, stellen die neu entfachte Liebe auf eine harte Probe. Romans Noch Ehefrau ist keinesfalls bereit, kampflos das Feld zu räumen, und treibt ein böses Spiel, das in einem Ringen um Leben und Tod endet.

Kapitel 1

Mittwochnachmittag – heute gönnte ich mir ein paar faule Stunden. Vor einigen Minuten hatte ich es mir, bekleidet mit Schlabbershirt und Lieblingsjogginghose, auf der Couch gemütlich gemacht. Ein Luxus, den ich mir nicht allzu oft herausnahm.

Ein heftiges Gewitter mit Blitz und Donner war vor Kurzem direkt über dem See niedergegangen. Mittlerweile klopften nur noch ein paar Regentropfen leise und einschläfernd auf das Dachflächenfenster meiner Wohnung. Ich liebte dieses beruhigende Geräusch. Der neueste Roman meiner Lieblingsautorin trug zusätzlich dazu bei, die totale Entspannung bald herbeiführen zu können.

Vertieft in die Seiten des Buches nahm ich zuerst nicht wahr, dass mein Handy auf dem Glastisch vor ein paar Sekunden zu vibrieren angefangen hatte. Alsbald setzte auch der laute und schrille Klingelton ein. Nein, heute nicht! Ohne auf das Display zu sehen, drückte ich das Gespräch weg und widmete mich weiter meinem spannenden Leseabenteuer. Doch der Anrufer hatte etwas anderes im Sinn und wählte abermals meine Nummer. Seufzend legte ich das Buch zur Seite und griff entnervt nach dem Störenfried. Mein entspanntes Feeling zerplatzte binnen ein paar Sekunden wie eine Seifenblase. Die gute Laune verflüchtigte sich. Durfte ich nicht einmal einen ruhigen Nachmittag verbringen?

Auf dem Display leuchtete der Name meiner besten Freundin. Wenn Lilly unter der Woche bei mir anrief, konnte dies nur einen Grund haben. Insgeheim hoffte ich, dass sich mein Verdacht jedoch nicht bestätigte.

Unsere Freundschaft war sehr vertraut und so bedurfte es auch keiner großartigen Begrüßungsfloskeln. „Sag mir bitte nicht, dass schon wieder etwas mit Romy ist?"

„Doch, leider! Sie hat Fieber und erbricht", entgegnete sie.

„Mensch, das darf doch nicht wahr sein", sagte ich leicht aufgebracht. Nach einem tiefen Seufzer ruderte ich etwas zurück und fragte: „Wieso denn das schon wieder?" Gleichzeitig nahm ich eine sitzende Position ein und lauschte den Worten meiner Freundin.

„Ich habe keine Ahnung", antwortete sie. Die Verzweiflung in ihrer Stimme war hörbar. „Der Kindergarten tut ihr einfach nicht gut. Kaum hat sie sich etwas erholt und ist halbwegs auf dem Damm, schleicht sich auch schon die nächste Infektion an. Ich weiß echt nicht mehr, was ich machen soll."

Lilly war eine alleinerziehende Mutter ohne familiären Rückhalt. Romys Vater hatte sie sitzen gelassen, bevor die Kleine geboren worden war. Ihren Lebensunterhalt erwirtschaftete sie sich mit einem Job an der Tankstelle bei uns an der Autobahn. Das war kein leicht verdientes Geld. Zweimal in der Woche musste sie die Spätschicht übernehmen. Wenn das der Fall war, übernahm ihre Nachbarin das Babysitten, aber wehe die Kleine war krank, dann akzeptierte sie niemand anderen als ihre Mama.

„Lass den Kopf nicht hängen. Das wird sich bald einpendeln. Sie ist ja noch ein Frischling. Ihr Körper muss sich erst an die vielen Viren, die da herumschwirren, gewöhnen", versuchte ich, sie aufzumuntern.

Romy war vor Kurzem drei Jahre alt geworden und besuchte erst seit zwei Monaten den Kindergarten. Leider kam ihr zierlicher kleiner Körper oder besser gesagt ihr Immunsystem mit der neuen Situation nicht zurecht. Sie war ständig krank.

Lilly fing an, sich am Telefon zu räuspern, eigentlich ohne Grund, da ich ohnehin wusste, warum sie mich überhaupt angerufen hatte. Die unausweichliche Bitte brachte sie nur stotternd über ihre Lippen: „Äh, Diana, du weißt, ich frage dich das nicht gerne, aber könntest du heute vielleicht noch ein einziges Mal die Schicht in der Tankstelle übernehmen?" Es war ihr peinlich, mich immer wieder, um diesen Gefallen anflehen zu müssen. In letzter Zeit war ich schon öfters für sie eingesprungen. Erstens, lag mir Romy sehr am Herzen und zweitens, wollte ich sie nicht im Stich lassen. Doch Romys Krankheitsfälle häuften sich in der Vergangenheit.

Aus dem Grund wollte ich ihr nicht gleich zusagen. Mir wäre am liebsten, wenn sie an dieser miserablen Situation endlich etwas ändern würde. „Mann Süße, ich weiß nicht. Das geht so nicht mehr weiter. Du musst dir einen neuen Job suchen", brachte ich in einem vorwurfsvollen Ton hervor. „Jetzt, Anfang der Saison, kann ich dir noch helfen, doch wenn die Hochsaison losgeht, schaffe ich das auch nicht mehr."

„Ich verspreche, ich werde mir was einfallen lassen", beteuerte sie.

Kopfschüttelnd verdrehte ich die Augen. Wie oft hatte ich den Satz schon von ihr gehört? Klar, sie hatte sich diesen ganzen Scheiß nicht ausgesucht. Auch für Lillys Chef war die Sache nicht in Ordnung, dass ich öfters für meine beste Freundin einsprang. Doch er war sehr verständnisvoll, da er selbst wusste, was es heißt, eine alleinerziehende Mutter zu sein. Mehrmals hatte er angedeutet, dass er mit mir als Ersatz zwar keinerlei Probleme hatte, aber dass das keine Dauerlösung war, war allen bewusst.

„Schon mal an Lotto spielen gedacht?", meinte ich schmunzelnd, um die Situation aufzulockern. „Dann wärst du auf den Job nicht länger angewiesen und könntest für Romy da sein."

Lilly lachte kurz und befreit auf: „Ich glaub, die Glücksfee mag mich nicht, Diana - ich hab maximal einen Dreier - und der reicht nicht für die Karibik."

Ja, das war die fröhliche Lilly, die ich seit 20 Jahren kannte.

„Gut, ich spring heute noch mal für dich ein und mache freundliche Nasenlöcher bei deinem Chef, aber das ist das allerletzte Mal, hörst du?"

Im Hochsommer hielt ich die Seeperle, mein Café und die dazugehörige Frühstückspension am Ufer des Wörthersees an sieben Tagen in der Woche offen. Da hatte ich keine Chance, eben mal schnell für Lilly den Retter in der Not zu spielen. Sonst würde mein Betrieb auch bald den Bach runter gehen und die ganze harte Arbeit der letzten Jahre wären für die Katz gewesen. Das konnte, noch wollte ich es zulassen. Mein Café war mein Baby, auch wenn ich es eher unfreiwillig übernehmen musste.

Lilly atmete erleichtert aus. „Danke, Diana - du hast was gut bei mir."

„Nein, nicht dafür! Such dir endlich einen anderen Job! Das ist alles, was du mir versprechen MUSST." Das letzte Wort betonte ich laut und einschüchternd.

„Ach, wenn das mal so einfach wäre. Wer nimmt denn schon jemanden wie mich?" Erneut verfiel sie in ihre dämlichen Selbstzweifel.

Widerspenstig wie ich war, ließ ich ihre Mitleidsmasche nun nicht mehr zu. „Ja, aber du musst es wenigstens versuchen. Du hast ein großartiges Talent. Das solltest du endlich einmal zu deinem Vorteil nutzen."

Mein Blick fiel wieder auf die neue Kalkulation des Zulieferers, der mich mit Torten und Kuchen versorgte. Den Brief hatte ich erst heute Mittag in der Post gehabt. Er wollte satte 15% mehr als letztes Jahr.

„Talent hin oder her. Mit einer abgebrochenen Konditorlehre stellt mich niemand ein", klagte Lilly weiter und klang ärgerlich über sich selbst.

Mein Blick blieb abermals auf der Kalkulation kleben.

„Weißt du, Lilly, manchmal ist man einfach nur dämlich", murmelte ich, weil es mir plötzlich wie Schuppen von den Augen fiel.

„Wie? Was meinst du?", fragte eine zurecht verwirrte Lilly.

„Na ja", ich schmunzelte. „Was hältst du davon, wenn ich dein neuer Chef werde?"

„Waaaas, du? Brauchst du ein Zimmermädchen?"

Ich lachte. „Nein, Miretta macht ihre Arbeit hervorragend." Mittlerweile war ich von der Couch aufgesprungen und zum Wohnzimmerfenster gegangen, wo ich einen wunderschönen Ausblick auf den türkisgrünen Wörthersee hatte. Der Regen hatte endlich aufgehört. Die Sonne hatte ihre Vormachtstellung wieder eingenommen. Am anderen Ufer des Sees erstreckte sich ein bunt schimmernder Regenbogen. Die Begeisterung über meine Idee gepaart mit dem wunderschönen Naturschauspiel brachten mein Blut in Wallung. Meine öde Laune von eben hatte sich blitzartig verzogen. Energisch begann ich im Raum auf und abzugehen. In der einen Hand das Telefon haltend, mit der anderen drehte ich an meinen kurzen, schwarzen Haaren.

„Das ist es! JA, das ist die Lösung für dein Problem und gleichzeitig auch für meins. Der Tortenlieferant will mehr Geld von mir. Du benötigst einen neuen Job. Du kannst das, was ich für mein Café brauche – BACKEN!", sagte ich in einem energischen Ton.

In der Leitung herrschte Stille. Es benötigte ein paar Sekunden, bis Lilly meine Worte erreicht hatten.

„Oh, mein Gott", hörte ich sie leise ins Telefon wimmern. „Diana, ist das dein Ernst? Du bietest mir einen Job als Konditorin im Café an?"

„Na und ob! Dass wir darauf nicht schon viel früher gekommen sind. Wir dummen Hühner! Bei mir musst du keine Spätschichten mehr schieben. Ab sofort kannst du jeden Abend bei Romy zu Hause sein."

„Ich fass es nicht, juhuuuuuu", drang die Stimme einer laut jubelnden Lilly durchs Telefon. Um keinen Hörsturz zu erleiden, hielt ich es etwas vom Ohr weg. Gleichzeitig übernahm mein Mund ein herzliches Lachen. Als sie sich wieder eingekriegt hatte, sagte sie: „Ich hab dich so lieb, Süße. Ich danke dir aus tiefstem Herzen. Ich werde dich bestimmt nicht enttäuschen!"

„Davon gehe ich aus. Fang schon mal an, deine Backbücher zu studieren. Die Gäste werden deine Kreationen lieben."

„Sicherlich, das mach ich, Chefin! Bist du dann um sechs auf der Tanke? Bis dahin kann ich Romy bei der Nachbarin lassen."

„Ja, klar! Ich werde dort sein. Gib der Kleinen einen dicken, fetten Genesungskuss von mir. Sie soll schnell wieder gesund werden. Tschüssi!"

Wir beendeten beide das Gespräch. Ich legte das Handy zur Seite. Lächelnd nahm ich wieder auf meiner Couch Platz und sinnierte ein wenig vor mich hin. Somit konnten wir zwei Fliegen mit einer Klappe schlagen. Sie hatte endlich einen Job, mit dem sie in der Lage war, ihre Mutterrolle unter einen Hut zu bringen. Und ich ab sofort die besten Kuchen und Torten am ganzen Wörthersee. Das tat nicht nur mir, sondern auch meinem Café gut und würde mir sicherlich zusätzliche Gäste bescheren.

Ein paar Stunden später machte ich mich auf den Weg zur Tankstelle, um Lilly abzulösen.

Kaum, dass ich die Schwingtüren passiert hatte, kam mir meine Freundin bereits entgegen und gab mir ein T-Shirt mit dem Tankstellenlogo.

Mit einem strahlenden Lächeln drückte sie mich fest und herzlich zur Begrüßung. Ebenso fröhlich erwiderte ich ihre Umarmung.

„Ich danke dir von ganzem Herzen, das werde ich dir niemals vergessen", flüsterte sie mir ins Ohr.

„Ja, ja, schon gut. Du weißt, was wir ausgemacht haben."

„Als ob mir das entfallen könnte. Die Kündigung liegt bereits beim Chef. Zum nächsten Ersten lässt er mich gehen." Sie sprang leicht jubelnd von einem Bein auf das andere. Zusätzlich schickte sie mit gefalteten Händen ein Stoßgebet gen Himmel.

Erstaunt blickte ich sie an. Dass sie gleich Nägel mit Köpfen gemacht hatte, hatte ich nicht erwartet.

„Das ist ja super!", freute ich mich ehrlich mit ihr und umarmte sie nochmals. „Aber, jetzt mach, dass du raus kommst." Ich fuchtelte mit meiner Hand in Richtung Ausgang.

Sie nickte, nahm mich beim Wort und schon war sie verschwunden.

Es herrschte ein Kommen und Gehen an der Tanke, da diese eine günstige Lage, direkt an der Autobahn Richtung Italien, hatte. Jetzt, Anfang Juni, waren bereits einige Urlauber in den Süden unterwegs. Ich hatte während der gesamten Schicht gerade mal Zeit, kurz die Toilette aufzusuchen. Worüber ich ganz und gar nicht beleidigt war. Je schneller ich diese Spätschicht beenden konnte, desto fröhlicher stimmte es mich.

Kurz vor zehn, als ich mit den Gedanken schon zu Hause im Bett war, bemerkte ich, dass draußen an einer Zapfsäule ein auf

Hochglanz poliertes Käfercabrio vorgefahren war. Diese Fahrzeugtype hatte mir immer schon besonders gut gefallen. Mein Blick blieb kurz an dem historischen Gefährt haften. Der stetige Kassenbetrieb ließ es aber nicht zu, dass ich es länger anstarren konnte. Erst als der Fahrer des Wagens sich dem Zapfhahn näherte, erregte er neuerlich meine Aufmerksamkeit. Ich blickte durch das große Schauglas hinaus. Wegsehen war nicht möglich. Der attraktive, blonde Mann wendete seinen Kopf in meine Richtung. Vermutlich hatte er bemerkt, dass ich ihn beobachtet hatte. Er lächelte mir zu, während er sich zur Zapfsäule bewegte. Sicher war es ihm nicht entgangen, dass ich ihn angestarrt hatte. Plötzlich erhöhte sich mein Puls und mein Herzklopfen legte an Tempo zu. Warum das so war, konnte ich mir selbst nicht erklären. Um den Blick wieder von diesem Mann abzuwenden, griff ich etwas nervös nach der Wasserflasche und führte sie eilig an meine trockenen Lippen.

In dem Moment betrat Joe, meine Ablöse für die Nachtschicht, die Tankstelle und grüßte mich freundlich. Wir kannten uns bereits von ein paar anderen Schichten und ich fand ihn total nett.

„Hey, Diana, was ist denn mit dir los? Du bist blass wie die Wand. Hast du einen Geist gesehen?"

Ich verneinte instinktiv. „Nein, nein, alles in Ordnung", und lächelte ihn an.

„Na, Gott sei Dank. Ich geh kurz nach hinten, dann kannst du auch schon abhauen."

„Alles klar, danke dir." Durch den kleinen Wortwechsel mit Joe hatte ich meine Fassung zurückerlangt und den Gefühlsausbruch von eben wieder im Griff. Trotz allem konnte ich nicht anders, als ständig in die Richtung des Typen zu starren.

Nachdem er den Tankvorgang beendet hatte, ging der Unbekannte auf den Eingang zu und grüßte mit einem netten Hallo. Schnellen Schrittes kam er zu mir an den Tresen und lächelte mich abermals an. Sein Körper steckte in lässiger Freizeitkleidung. Der trainierte Oberkörper fiel mir durch das weiße T-Shirt hindurch, als erstes auf. Beim Begegnen unserer Blicke musterten mich seine türkisgrünen Augen von oben bis unten. Vom Alter her schätzte ich ihn auf Mitte dreißig. Er dachte nicht daran, unseren Augenkontakt zu beenden. Dies führte dazu, dass mir plötzlich eine unangenehme Hitze in die Wangen schoss. Seit wann brachte mich ein Mann im Handumdrehen aus der Fassung?

Zaghaft grüßte ich zurück, versuchte, mir meine schlagartig aufgetauchte Nervosität nicht anmerken zu lassen. „Hallo, guten Abend. Die sechs?", stellte ich gleich die Frage nach der Zapfsäule.

Er nickte kommentarlos und holte aus seiner Brieftasche, in der ich mehrere grüne Scheine erblickte, eine Kreditkarte hervor.

Ich tippte ein paar Tasten und nannte ihm den Betrag, den er zu zahlen hatte.

„Mit Kreditkarte bitte."

Ich nickte und drehte den Kartenautomat in seine Richtung.

Mühelos erledigte er den Bezahlvorgang. Wir blickten uns währenddessen immer wieder an. Von diesen Augen werde ich heute Nacht träumen, sinnierte ich vor mich hin.

Etwas widerwillig reichte ich ihm den Kassenbon und einen Stift für die Unterschrift. Dabei berührten sich für einen kurzen Augenblick unsere Finger. Es kam mir vor, als ob ein Blitz durch mich raste und gleichzeitig einen kalten Schauer über meinen Rücken verteilte.

Als er alles problemlos beendet hatte, verabschiedete er sich. „Danke, ciao." Er steckte den Bon lässig in seine Hosentasche. Dabei lächelte er mir noch ein letztes Mal verführerisch entgegen und bewegte sich rückwärts in Richtung Ausgang. Kurz vor der Tür machte er plötzlich Halt und kam nochmals zu mir an den Tresen. Verdutzt sah ich ihn an. Hatte er etwas vergessen?

Da stellte er mir auch schon die Frage, warum er zurückgekehrt war. „Sag mal, kannst du mir hier in der Nähe eine Unterkunft empfehlen. Ich wollte ursprünglich nach Italien weiterreisen, aber meine Tochter ist in ihrem Kindersitz eingeschlafen und ich will sie lieber schlafend in einem Bett wissen statt in einem fahrenden

Auto."

Zuerst schüttelte ich den Kopf, da ich seine Frage zwar vernommen hatte, jedoch nicht gleich in der Lage war, ihm zu antworten.

„Nein, oder?"

Ich war noch immer nicht ganz bei mir. Erst langsam drangen seine Worte zu mir durch. Er hatte eine Tochter? Klar, war ja zu erwarten. Die meisten Männer in unserem Alter waren glücklich vergeben. Die Enttäuschung versuchte ich, mir nicht anmerken zu lassen, und fragte nochmals nach: „Äh, Entschuldigung, was hast du gesagt?" Da er mich duzte, tat ich es ihm gleich.

Er wiederholte die Frage in verkürzter Form. Meine Fassung kehrte in diesem Moment zurück. Ich dachte ein paar Sekunden über eine mögliche Antwort nach. Gott sei Dank, kam mir die Idee, wie ich sein Anliegen bejahen konnte. Ich unterbreitete ihm folgenden Vorschlag: „Ja, klar. Du kannst bei mir übernachten."

Zuerst sah er mich mit hochgezogenen Augenbrauen fragend an, doch dann lachte er laut auf und meinte: „Sehr selbstbewusst."

Erst jetzt wurde mir klar, welchen Blödsinn ich von mir gegeben hatte. Er konnte ja nicht wissen, dass ich einen Beherbergungsbetrieb führte.

Der Ärger über mich selbst, brachte mein Gesicht abermals zum Glühen. Dennoch versuchte ich, die peinliche Situation wieder zu kitten.

„Äh, sorry, nein, so war das nicht gemeint. Ich betreibe eine Pension mit einem Café einige Kilometer von hier entfernt, direkt am See und hab sogar noch ein paar Zimmer frei."

Seine Gesichtszüge erhellten sich. „Oh, das ist ja super. Das heißt, du arbeitest hier nicht regelmäßig?"

„Äh, nein, ich habe heute nur meiner Freundin aus der Patsche geholfen."

„Ah, ja, verstehe. Ist um die Uhrzeit noch jemand dort, der mich einquartieren könnte", wollte er wissen.

Ich schüttelte den Kopf. „Nein, leider nicht. Wir haben keine

Rund-um-die-Uhr-Rezeption, aber in wenigen Augenblicken habe ich Schluss. Wenn du ein paar Minuten wartest, kannst du mir hinterherfahren." Oh mein Gott, was tat ich da?

„Das wäre grandios", sagte er strahlend. „Ich bin übrigens Roman Sander und komme aus Wien." Er streckte eine Hand zu mir herüber. Das Kennzeichen am Auto hatte seine Herkunft bereits verraten.

Entschlossen ergriff ich sie, doch bei der Berührung wurde mir wieder heiß und kalt. Mensch, Diana, jetzt reiß dich mal zusammen.

„Äh, Diana, Diana Marx. Freut mich, dich kennenzulernen", sagte ich leicht stotternd. Wir schüttelten uns kurz die Hand und unsere Blicke versanken ineinander.

In dem Moment kam Joe zu mir hinter den Tresen. Über diese Tatsache war ich sehr froh und musste tief durchatmen. Just im gleichen Augenblick räusperte sich Roman und meinte: „Äh, ich warte beim Wagen."

„Ja, geht klar, ich komme gleich."

Jetzt machte sich auch Joe bemerkbar. „Ah, daher weht der Wind. Der Typ hat dich gerade so nervös gemacht, oder?"

„Ach Quatsch, Joe. Mich kann kein Mann mehr aus dem Konzept bringen", und zwinkerte ihm zu.

„Diana, ich bin zwar ein etwas älterer Jahrgang, aber ich habe Augen im Kopf und jetzt mach, dass du raus kommst."

„Jepp, bin schon weg."

Roman lehnte lässig an seinem Wagen. Ich ging auf ihn zu. Sein megaweißes Lächeln erreichte mich heute nicht zum ersten Mal. Mann, kann er das bitte mal sein lassen? Meine Beine fühlten sich mittlerweile wie Gummischlangen an.

„Danke, wegen der ganzen Umstände", sagte er jetzt doch nüchtern.

„Nicht dafür. Ich wäre sowieso gleich nach Hause gefahren. Das habe ich nur gemacht, weil ich dein Auto absolut genial finde. "

Romans Gesicht erhellte sich und er lachte schallend los. „Ah, verstehe, du denkst materialistisch", witzelte er zurück. Wir verstanden uns für den Anfang echt gut.

„Gefällt er dir?"

Ich nickte. „Ja, und die dunkelrote Farbe sieht auch hammermäßig aus. So etwas hat nicht jeder!"

„Hm, ja - und ich hab ein Faible für alte Autos."

Durch die Fahrertür konnte ich einen kurzen Blick auf den Beifahrersitz erhaschen, wo ich ein kleines Mädchen in ihrem Kindersitz sah. Sie schlummerte friedlich und hatte einen Stoffhasen eng an sich gedrückt. Ein Lächeln stahl sich auf meine Lippen. Ich liebte Kinder ja über alles. Ein eigenes war mir bis jetzt verwehrt geblieben. Falsche Männer, falsche Orte, falsche Zeitpunkte. Trotzdem tat das meinem fröhlichen Gemüt keinen Abbruch.

„Wie alt ist deine Tochter?", fragte ich Roman, weil es mich interessierte.

„Nächsten Monat wird sie vier Jahre alt."

Ich nickte. „Sie ist wirklich süß."

„Sie ist ein wahrer Engel, mein Engel!"

Plötzlich packte mich die Neugier. Die Frage, ob dieser gutaussehende Typ eine glückliche Familie auf dem Konto stehen hatte, brannte mir unter den Nägeln. Des Öfteren sprach ich die Dinge aus, wie mir der Schnabel gewachsen war. Was in prekären Situationen nicht unbedingt von Vorteil war. Ohne weiter nachzudenken, platzte ich auch schon mit der Frage raus. „Warum fährst du alleine mit deiner Tochter in den Urlaub?"

Roman sah mich zuerst mit geweiteten Augen an, doch letztlich begann einer seiner Mundwinkel zu zucken. Nun lächelte er über meine Neugier. „Die Mutter von Ella spielt keine Rolle mehr in meinem Leben. Deswegen auch der Single-Urlaub mit Kind."

Mein Herz machte ein paar Jubelschreie. Warum mich das erfreute, konnte ich mir im ersten Moment nicht erklären. Er war also Vater und anhand seiner zuletzt gesprochenen Worte, nahm ich an, dass er in keiner noch bestehenden Beziehung mit der Mutter seiner Tochter lebte. Was ja heutzutage leider keine Seltenheit mehr war.

Kurz presste ich meine Lippen aufeinander und blickte ihn entschuldigend an.

„Sorry, dass ich so neugierig war."

„Kein Problem. Ich lege alles offen", sagte er und lachte.

„Dann bin ich aber beruhigt", seufzte ich erleichtert und stimmte in sein Lachen mit ein. „Wollen wir los?"

„Nichts lieber als das", antwortete er sogleich und öffnete die Fahrertür seines Wagens.

Gerade als ich mich in Bewegung setzen wollte, fiel mir eine Gitarre auf dem Rücksitz auf. Dieses Instrument erregte meine Aufmerksamkeit.

„Du spielst Gitarre?", fragte ich kurzerhand nach.

„Ja, aber nicht so gut. Nur ab und zu für Ella zum Einschlafen."

Ich nickte. Dennoch gefiel mir seine Aussage. Die Musik begleitete mich schon mein ganzes Leben, doch das wollte ich jetzt vor ihm nicht unbedingt preis gegen.

„Ich habe hinter dem Haus geparkt. Bin gleich bei dir. Wir müssen lediglich etwas zurück in die Richtung, aus der du gekommen bist, dann die nächste Abfahrt runter."

„Okay, ich fahr dir hinterher."

„Bis gleich", antwortete ich und lief zum Auto. Die Situation überforderte mich ein wenig. So etwas Krasses, hatte ich schon lange nicht mehr erlebt. Hinter mir fuhr eigentlich ein wildfremder Typ, der in ein paar Minuten eines der Zimmer in meiner Pension beziehen würde. WAHNSINN!